U0544128

《小楼听雨》编委会

策 划 统 筹：《小楼听雨》诗词平台

编纂指导委员会主任：钟振振

副主任：杨逸明　熊盛元

编委：洪君默　尚佐文　葛　勇　王海亮
　　　刘鲁宁　苏　俊　刘　川　沈利斌

主　编：章雪芳

2016-
2020

《小楼听雨》诗词平台 辑
章雪芳 主编

小楼听雨

钟振振

等著

广西师范大学出版社
·桂林·

图书在版编目（CIP）数据

小楼听雨：2016—2020 /《小楼听雨》诗词平台辑；章雪芳主编；钟振振等著. --桂林：广西师范大学出版社，2021.12
 ISBN 978-7-5598-4334-0

Ⅰ. ①小… Ⅱ. ①小… ②章… ③钟… Ⅲ. ①诗集－中国－当代 Ⅳ. ①I227

中国版本图书馆 CIP 数据核字（2021）第 208857 号

广西师范大学出版社出版发行

（广西桂林市五里店路 9 号　邮政编码：541004）
　网址：http://www.bbtpress.com
出版人：黄轩庄
全国新华书店经销
广西民族印刷包装集团有限公司印刷
（南宁市高新区高新三路 1 号　邮政编码：530007）
开本：880 mm×1 240 mm　1/32
印张：13　　　字数：250 千
2021 年 12 月第 1 版　2021 年 12 月第 1 次印刷
印数：0 001~5 000 册　定价：58.00 元
如发现印装质量问题，影响阅读，请与出版社发行部门联系调换。

小楼听雨

《小楼听雨（2016—2020）》序

· 熊盛元

（一）

> 春雨楼头取次听，卖花声里梦初醒。
> 一枝红杏临风曳，香到瀛寰第几亭？

《小楼听雨》诗词平台组建于2016年7月22日，两天后即在公众号上正式推出第一期《小楼听雨诗友集》，迄今已近六年矣。除每日定时刊发诗友作品外，并成功举办三届全国性"人间要好诗"诗词大赛，以及"山大王杯"临海蜜橘全球征诗大赛与采风活动，影响颇巨，厥功甚伟。为进一步展示业绩，提高品位，小楼编委决定精选2016—2020五年间在小楼诗平台公开发表之诗词精品，出版纸质选集，定名为《小楼听雨（2016—2020）》。承主事者章雪芳女史不弃，嘱为喤引。我虽自知浅陋，然对小楼情有独钟，盖自幼即酷爱放翁"小楼一夜听春雨，深巷明朝卖杏花"之句，对简斋"客子光阴诗卷里，杏花消息雨声中"及曼殊"春雨楼头尺八箫，何时归看浙江潮"之境亦无任向往，觉"小楼听雨"诗平台亦如一枝红杏，报道芳春消息，香遍诗坛词苑也。

（二）

老辈填胸感不胜，云回水去梦腾腾。
而今我亦伤迟暮，当日深恩记也曾？

灯前披览《小楼听雨（2016—2020）》样稿，读到老辈周退密、寇梦碧、启功、熊鉴、傅义、叶元章等先生遗作，忆定庵"新知触眼春云过，老辈填胸夜雨沧"之句，不禁感慨系之。此六老者，生前于我均极力提携，或当面见诲，或惠书垂教，或谈旧日文坛之轶闻，或授自身创作之秘诀。岁月不居，忽忽卅载，诵义山"从来系日乏长绳，水去云回恨不胜"之诗，能不愀然以悲乎？"室有梅花增喜气，茶当浓酒欠深情"，此周退老《丙戌人日》警句也，其襟怀旷达，指出向上一路，读之令人昂首高歌；而梦碧翁《蝶恋花·题陈少梅天寒倚竹图》结拍"对镜妆成心更苦，娥眉却恨无人妒"，一反稼轩"蛾眉曾有人妒"之意，尤觉沉哀入骨，诵之无限低徊；至于"古史从头看。几千年，兴亡成败，眼花缭乱。多少王侯多少贼，早已全都完蛋。尽成了灰尘一片"（启功老《贺新郎·咏史古史》）、"跳跃灵于蟹，峥嵘势若龙。生前无滴血，死后一身红"（熊老楚狂《虾》）、"意适遂忘归，爱此红崖好。我身早已闲，不羡仙人岛"（傅老仰斋《通天岩敬步王阳明玉岩题壁》）、"挥毫欲写天然景，纸上烟云总不如"（叶老元章《游海盐南北湖》），亦均个性鲜明，足供我辈效法也。此外，此集尚收录我夙所崇敬而未尝拜谒之杨叔子前辈《鹧鸪天·访西湖父迹》词一阕，诵其"香山洞渺人何去，一炷云山拜奠遥"之句，缅怀曾起草《讨袁檄文》之杨赓笙将军。杨将军即叔子前辈尊人，曾任讨袁军总司令部秘书长、江西省代主席也。

（三）

灯前细雨漫敲窗，料理行吟屐一双。
怅绝苔痕青蚀鼎，龙文百斛更谁扛？

《小楼听雨（2016—2020）》中收录当今诗词大家作品颇多，屏间盥诵，恍行山阴道上，远岫烘晴，烟岚滴翠，令人目不暇接。如叶嘉莹先生《蝶恋花》上片"爱向高楼凝望眼。海阔天遥，一片沧波远。仿佛神山如可见，孤帆便似追寻遍"，点化静安同调词"忆挂孤帆东海畔。咫尺神山，海上年年见。几度天风吹棹转，望中楼阁阴晴变"，而化怅惘为憧憬，足见信念之坚。又如陈永正先生《杂诗百首》之三十一"山行如读书，行行尽佳句。把笔欲追摹，却落无字处"，妙想天来，于陈简斋"忽有好诗生眼底，安排句法已难寻"外，更出新意。书中亦不乏旧时朋侪之作，随意摘句如下：

"秋风淮浦南归日，夜雪黄河北上时。我亦飘萍文字海，四厢花影欲催诗。"（王翼奇《杭州马坡巷谒龚自珍故居》）

"当年曾此访梅花，峰转溪回认不差。欲往山中寻古寺，上方钟磬碧云遮。"（杨启宇《梅花寨古寺》）

"淡痕描取孤芳，霜毫拖作愁长。不道终朝幽谷，为谁消尽馀香。"（王蛰堪《清平乐》）

"残梦淡如花下露，夕阳红到井中天。他年我亦归尘土，与子同亲大自然。"（熊东遨《清明有怀》）

"知是相思第几年，新愁恰在杏花前。春衫犹滞一襟寒。"（魏新河《浣溪纱·早春》）

"秦关蜀塞,履迹年年再。经惯一车如叶,日如血,山如海。"(蔡淑萍《霜天晓角·过秦岭》)

……

旧日诗朋尚有不少,限于篇幅,恕不一一列举。忽忆韩退之《病中赠张十八》"龙文百斛鼎,笔力可独扛"之句,忆当年我与毛兄谷风合编《海岳风华集》,其中永正、梦机、翼奇诸兄皆可谓力能扛鼎者,而今或已云殂(如张梦机),或渐年迈,能扛百斛龙文之鼎者,其在"小楼听雨"平台中之青年才俊乎?

(四)

晨曦忽现海东头,徙倚江干望小楼。
花影四厢潮怒涌,骚魂一脉自悠悠。

清人叶星期《原诗》拈出"理""事""情"三字,作为诗之"切要关键",其言曰:"惟不可名言之理,不可施见之事,不可径达之情,则幽渺以为理,想象以为事,惝恍以为情,方为理至、事至、情至之语。"以此为衡,《小楼听雨(2016—2020)》中青年才俊之作,颇有深契叶燮之说者,如林丫头《偶感》"兴自孤兮何恨哉,吾从亘古采薇来。今看处士唯山水,一任青丝白到梅",虽仅四句,而融幽渺、想象、惝恍于一体,颇饶个性,一结尤妙不可言,可与樵风古绝"忽闻江左笛,吹开半死梅"(《寄秋斋先生》)之句同参也。除此之外,叶星期更重"才""胆""识""力"四字,以为"大凡人无才则心思不出,无胆则笔墨畏缩,无识则不能取舍,无力则不能自成一家",而四者之中,"要在先之以识",盖"无识而有胆,则为妄,为鲁莽,为无知,其言背理叛道,蔑如也";"无识而有才,虽议论纵横,思致挥霍,而是非淆乱,黑白颠倒,才反为累矣";"无识而有力,则坚僻妄诞之辞,足以误人而惑世,为害甚烈"也。我所以不惮其烦,引用叶氏论诗之要点,旨在激励"小楼听雨"中之后起,以承骚魂之一脉,挽狂澜于既倒也。

辛丑暮春,时维公历2021年4月13日,剑邑熊盛元草于洪州。

(熊盛元,1949年生,江西剑邑人。江右诗社社长,《小楼听雨》诗词平台顾问,江西省诗词学会副会长。师从毗陵吕小薇先生,学诗古文辞。)

《小楼听雨(2016—2020)》序

· 刘鲁宁

诗词创作在当代的复兴,大致分三个阶段。第一阶段是以"文革"后的中华诗词学会和各地诗词学会、诗社的成立为标志,很多文学爱好者开始或重新创作诗词。第二阶段源于网络的发展,各大网站的博客和诗词论坛的兴起,给了更多的诗词爱好者交流和展示的机会。第三阶段,以微信的出现为标志,一夜间,诗人们建立起大大小小的微信群,用一种最迅捷、最方便的方式进行诗词交流。而后,一些诗人和诗词团体纷纷注册了微信公众号,使这种依托于微信的自媒体,成了诗词作品最方便的发表方式。

《小楼听雨》就是这样一个专注于展示当代诗词创作的自媒体平台。起初,这个微信公众号,还只是章雪芳女士以商务目的注册的一个自媒体平台,后来开始转发一些诗词和文章,再后来,招集起包括"海上清音"在内的各地诗友,共同搭建成《小楼听雨》诗词平台这方诗词主题空间。

做诗词自媒体是一个颇为辛苦的工作，每一篇诗文的定时推送，背后都有小楼成员的默默付出。他们有人负责微信群的管理，有人负责诗稿的收集，有人选稿，有人编辑。一千多个日日夜夜，大家以无间的协作保证了在公众号上每日两篇以上的推送频率。

"小楼听雨"得名至今已近五年，陆游"小楼一夜听春雨"的名句使我们的平台更加赋有传统的诗意。杨逸明老师的"小楼停泊烟云里，零距离听春雨声"的诗句又使我们的平台赋有当代的气息。

目前的《小楼听雨诗刊》有"小楼周刊""每周试玉""诗路花雨"等特色栏目。"小楼周刊"以周刊形式刊登诗词新作，迄今已二百余期。"每周试玉"则是邀请嘉宾，选取周刊中的优秀作品进行点评。这两个栏目，具有稳定的读者群。"诗路花雨"是一个以不定期发表诗人诗话随笔的栏目。此外，"小楼听雨诗刊"长年刊发具有一定创作实力的当代诗人的个人专辑，五年来，经"小楼听雨"推出的诗人，已有数千人之多。

除了做好每日的公众号诗文编辑，我们还在公众号中举办了三届公益性质的"人间要好诗"诗词大赛，比赛的奖金微薄（奖金来源于热心诗友的个人赞助），但得到了各地诗友的大力支持，三届大赛的很多优秀作品，已在读者中广为传诵。

小楼听雨得以发展，我们要感谢每一位给我们提供稿件的作者，每一位给我们留言、为我们点赞、向我们提出中肯务实的批评和建议的读者，参与我们活动的嘉宾，给我们合作机会的单位。我们也感谢与我们几乎同时诞生、共同发展的诗词自媒体，你们的经验和做法，我们偷师了很多。我们更感谢各级诗词组织对我们的关注和扶持。

感谢杨逸明老师，您不仅用一篇篇作品为我们的公众号增色，还用背后的支持鼓励，给了我们莫大的动力，您的批评与扶正，使我们少走了很多弯路。

感谢钟振振教授，您为我们的诗词活动出谋出力，您的诗词解读与学习专栏深受读者喜爱。

感谢星汉、李树喜、熊东遨、熊盛元等诸位老师，你们的作品和你们的支持对我们有莫大的帮助。

把自媒体刊物变成一本实实在在的书，这是"小楼听雨"创立之初我们所没想到的。在犹豫和不安中，在朋友们的鼓励和支持下，《小楼听雨》还是出版了。

书的选编，是一件既快乐又痛苦的事。回顾往事，是一种幸福。精挑细选出好作品，却不能保证每一位来小楼听雨的朋友都留下自己的足迹，又使我们充满遗憾。

作为一个诗词自媒体，微信是我们的土壤。或许有一天，微信将不复存在，"小楼听雨"将不复存在。留下了这本书，也就满足了我们这个任性的愿望：在这方土地上，我们曾经舒展枝叶，我们曾经尽情绽放。

这就足够了。我们可以被删除，但不会被遗忘。小楼可以没有，雨声依然存在，小楼的雨声不会消失。

（刘鲁宁，网名老刘茶舍。《小楼听雨》诗词平台策划，上海诗词学会常务理事。）

总目

《小楼听雨（2016—2020）》序（熊盛元） 001

《小楼听雨》（2016—2020）序（刘鲁宁） 006

○○○ 诗路花语——古诗创作理论大家谈 001

钟振振古诗词创作理论 003

梦欣:说说绝句结尾十六法 033

杨逸明古诗词创作理论 070

    1.在北京诗词学会中青年诗词创作座谈会上的发言 070

    2.上海诗词学会2016年第二次诗词创作讲座 078

○○○ 人间要好诗——优秀古诗创作点评 091 001

一、【人间要好诗】获奖作品及专家点评 095 001

首届（参赛作品要求：体裁为"绝句"）	095
第二届（参赛作品主题："听雨"）	112
第三届（参赛作品要求：在小楼听雨平台已刊发的内容）	127
二、"山大王杯"临海蜜橘全国征诗大赛获奖作品及专家点评	135
李树喜："山大王杯"临海蜜橘全国征诗大赛代序	150

○○○ 优秀作品点评选编　　　　　　　　　153

○○○ 优秀单首诗词作品选编　　　　　　　249

索引：	377
1.《优秀作品点评选编》（按作者姓氏音序排列）	377
2.《优秀单首诗词作品选编》（按作者姓氏音序排列）	382
2016—2020年小楼记事	394
后　记	398

诗路花雨

林岫题

古诗创作理论大家谈

钟振振古诗词创作理论

1. 建议学诗先写绝句
   ——兼谈绝句的一般作法　003
2. 浅谈当代中上水平的七绝诗创作　007
3. 绝句章法申说　012
4. 七言绝句的句型配置　015
5. 山水诗词创作感言　018
6. 注意摆正"立意""词句""格律"三者的主从关系　022
7. 当代诗词创作的关键是创新　025
8. 诗词的巧思　027
9. 近体诗句的字声搭配　030

梦欣：说说绝句结尾十六法

（1）以景结情，浑含不尽　033
（2）移情入景，深注感概　035
（3）案而不断，玩味无穷　037
（4）设问反问，故留悬念　039
（5）临去秋波，贵在传情　043
（6）节外生枝，另造类比　045
（7）据实构虚，营造诗境　046
（8）卒章显志，点明主题　049
（9）直落急收，藏锋留味　051
（10）含浑圆转，诗意厚重　053
（11）平淡收结，内含深情　055
（12）白描形象，留侍品味　058
（13）盘马弯弓，摇曳生情　060
（14）借事议论，以小见大　062
（15）发句倒用，姿态另生　064
（16）流水对结，也出风韵　066

杨逸明古诗词创作理论

1. 在北京诗词学会中青年诗词创作座谈会上的发言　070
2. 上海诗词学会2016年第二次诗词创作讲座　078

钟振振古诗词创作理论

钟振振　1950年生，南京人。现任清华大学客座教授，中央电视台"诗词大会"总顾问、《小楼听雨》诗词平台顾问、国家图书馆文津讲坛特聘教授等。

---

1. 建议学诗先写绝句——兼谈绝句的一般作法

常常收到一些陌生诗友的来信，问初学写诗词应如何入手。这个问题，笔者觉得可以分两个层面来探讨：一个层面是形式，即优先考虑用哪种体式；另一个层面是内容，即优先考虑写哪些题材。

关于前者，笔者的建议是"先短后长"，学诗先从绝句写起，学词先从小令写起。关于后者，笔者的建议是"先近后远"，先从自己的生活、情感写起，先从自己身边的人、事、景、物写起，先从自己最熟悉的内容写起。

总而言之，是"先易后难"，循序渐进。譬如刚下海经商，财力有限，何妨先开间社区小店，做些针头线脑、油盐酱醋的生意？等管理经验、运营资本积累到了一定的程度，再来组建大型超市、百货公司，过把当董事长或总经理的"瘾"，未为晚也。倘若只有"烹小鲜"的本事，那么先做餐饮也许是最明智的选择。即便有志与比尔·盖茨一争高下，且待玩转了电脑再说，慎勿贸然进军IT行业。

内容问题，比较简单，且缓一步讨论。先就"学诗先写绝句"这个题目，谈谈个人的粗浅之见。

　　绝句有古体，有近体。在近体诗中，绝句是篇幅最短的体式；在古体诗中，绝句也是篇幅较短的体式。因为短，所以易于成篇，便于初学。然而天下之事，"难"和"易"往往相伴而生，一如影之随形。从另外一个角度来审视，"至易"也可能正是"至难"。前人常谓绝句"易作而难工"，也就是说，它虽然易于成篇，但真要写好却非常困难。长袖善舞，多财善贾，篇幅较长的诗歌体式，腾挪、回旋的余地较大；而写绝句却好比在八仙桌上翻跟斗，能完成最简单的动作就不错了，再要他"后空翻转体七百二十度"，您说难也不难？

　　律诗通常要求两联对仗，只要一联对得精彩（如唐人王维五律《使至塞上》之"大漠孤烟直，长河落日圆"），就有可能成为名篇；而绝句并不要求对仗，事实上多数作品也不大用对仗，这就更要强调整体配合，一笔都不能松懈。因此，从基本功训练的意义上来说，学诗先写绝句是有道理的。它易而又难，较易而又较难，至易而又至难，弹性范围极大。资质平平者初学伊始即容易完稿，可以得到浅尝之下便小有绩效的喜悦，不至于知难而退；资质颖异者习之既久亦难得工妙，愈发激起继续深造而更上层楼的欲望，尤贵乎知难而进。绝句写熟了，写得像么回事了，再来学律诗及篇幅更长一些的古体诗，举一反三，就要容易得多。

　　绝句通篇只有四句，每句在全篇中的作用，前人多以"起、承、转、合"四字来概括。这是最基本的作法，初学者亦步亦趋，自然中规中矩。但"中规中矩"只是一般标准，合乎这一标准的未必都是好诗。一味"起承转合"，不敢越雷池一步，千篇一律，难免流于呆板。所以规矩还要活看，不讲规矩不行，死讲规矩也不行。

以上都是老生常谈，一笔带过，下面说点个人的切身体会，请以"打排球"为喻。如果我们把诗的题目比作"对方发球"的话，那么一般说来，绝句的一二两句，所担负的任务便是"一传"。对"一传"的要求，是"垫球"尽可能到位，以便"二传手"组织进攻。谁是"二传手"呢？第三句。这句相当关键，作用也相当灵活。它可以正面"高举"，将球高高"托"起，让"主攻手"跃起作"高点强攻"，一记"重扣"，落地开花；也可以来它一个"背飞"，手腕轻轻一翻，巧妙地把球传给身后的"副攻手"，出奇制胜，打得对方猝不及防。而"攻击"的重任，非第四句莫属。"一传"不到位，"二传"便难以组织进攻；"二传"不到位，"攻球手"便难以有效地实施进攻；一、二传都到位了，而"攻球手"发力不够或角度不刁，攻球质量不高，也仍然得不了分。总而言之，每一个环节都要紧密衔接，不容有半点闪失，必须如行云，如流水，收卷自如，刀不能截；水穷云起，云逝水生，氤氲一气，浑化无痕。

2002年，笔者写过一首题为《夜登重庆南山一棵树观景台看市区两江灯火》的七言绝句：

> 云台露叶舞风柯，快意平生此夕多。
> 人在乾元清气上，三千尺下是银河！

重庆是著名的山城，南山观景台上，保留了一棵老树，故名。"两江"，即长江、嘉陵江。在南山远眺市区，两江沿岸，灯火交辉，真有蹑云驭气、下瞰银河的感觉。此诗一、二两句，写台写树，写夜登此台、在此树下披襟当风时的快意，平平道来，并不十分经意，只求"一传"不偏而已。第三句陡然拔地而起，直上九霄，着力将诗境拉升到无以复加的高度，这就营造出了极大的"势能"；至此，第四句无须怎样发力("三千尺下是银河",全用寻常言语,不炼一字),仅凭"自由落体"在偌大"落差"条件下的"重力加速度",也就锐不可当了。"二传""主扣"正常配合,"高举高打"的功效,在这首诗中可以很明显地看出来。

1967年,笔者还写过一首题为《游泳》的五言古体绝句,采用的也是这种作法:

> 疾风撕乱云,恶涛吞狂澍。
> 矫首逆江水,不向下游去!

那个夏天,正是"文革"中最混乱的时期。笔者当时才十七岁,人生道路,前景渺茫。这首小诗,即借大风雨中在长江游泳一事以抒怀言志。与上一首略有不同的是,一、二两句起笔便用力描写险恶的自然环境(当然也象喻着政治环境),渲染气氛。尽管如此,就全诗来说,它们也还不是命意所在,仍应归之于"一传"。第三句转,写自己在这样困难的条件下昂起头来勇敢地奋臂划水,逆江流而上;蓄势既足,最后跌出关键的一句心理独白——"不向下游去!"戛然而止,不必更着一字,笔者的人生态度,坚忍不拔的个性、自强不息的精神,已尽在此五言之中。这种表现张力及其艺术效果的取得,自以为仍获益于三四两句的"二传"托举,"主扣"实施"正面强攻"。

注意,这只是"一般说来"!在特殊情况下,也不妨以第一句为"一传",第二句为"二传",三、四两句共同承担"攻球"的重任。甚或以前三句为"一传",第四句为"二传"——在这种情况下,前三句的任务就都是铺垫,第四句才是"得分手",比之于"二传",便要靠出人意料的"吊球"来取胜了。

2020-12-02

2.浅谈当代中上水平的七绝诗创作

前几年,湖南某诗词刊物主办了"首届现代诗词大赛"。此次大赛限定参赛者所用的具体诗词体裁为七言绝句。七言绝句是当代诗词创作者最常用的诗体。与其他诗词体式相比,虽然它也有自己的个性特征,但总的艺术创作规律还是相通的。因此,用它来作样本,当代诗词创作的成就与欠缺,大致上也能管中窥豹,略见一斑。又,此次大赛对参赛作品为新作抑旧作,是否发表过,并未设限。故参赛作品也大致能在一定程度上反映出近若干年来当代诗词创作的整体状况。为什么有保留地说"在一定程度上"?这是因为,根据笔者对当代诗词创作界的了解,此次大赛似乎并不能代表当代诗词创作的最高水平,因为比较完美、没有多少瑕疵可以挑剔的作品不多。如果笔者所知的那些一流高手也都参赛,或大都参赛的话,入围作品的整体水平还应高出若干个等量级才是。不过话还得说回来,即便如此,此次大赛的成绩也算相当不错了,起码达到了当代诗词创作的中上水平。

下面,笔者就以此次大赛入围的若干首优秀作品为例,夹叙夹议,从内容与写作艺术等不同侧面,做一番评点,藉以探讨当代诗词中上水平层次创作的得失。

我们先看几首在立意与构思方面做得比较好的作品。如下面这首《卖天》:

> 休言小小一村官,卖地卖河还卖山。
> 不是清风来得紧,焉知不敢卖苍天。

不待阅读正文,一看题目就吸人眼球。凭什么吸人眼球?奇特,有悬念!"天"还能"卖"么?谁看了这题目不急切地想知道下文?正文愈出愈奇,读到最后一句,实在令人忍俊不禁。再如下面这首《晚忽接儿子学校停课通知》：

> 一纸红文微信涂，几时复课待霾无。
> 儿童不管因何事，拍手连连作雀呼。

首句末字"涂"，我怀疑是"图"（意即"截图"）字的输入错误。"雾霾"严重，环境污染，本是人类社会的悲剧。作者却选取了小儿不懂事，一听说停课便欢呼雀跃这样一个"喜剧"性的细节，来加以反映，颇有反讽意味。套用明末清初王夫之评《诗·小雅·采薇》的话来说，真可谓以"喜剧"写"悲剧"，一倍增其"悲哀"了！又如《爱的承担》：

> 按房百万一肩担，背负新娘苦不堪。
> 散尽家资高筑债，新人从此怯生男。

房价飙升，普通民众，特别是年轻人，实在不堪其重负。然而，中国的实情，房地产市场在很大程度上靠的是"丈母娘经济"，男孩子如果买不起房，恋爱、结婚都成了问题。一句"新人从此怯生男"，是人人都明白的大实话，人人读了都"于此心有戚戚焉"，却不是每个诗人都想得到并且写得出来的！当然，此诗在语言表达方面还有可商。如"按揭购房"省为"按房"，略嫌生造。"债台高筑"改写成"高筑债"，似乎也不大通。

上面几首诗，话题都比较沉重，下面我们换换口味，举些令人愉悦的题材。如下面这首《车中》：

> 感君相送意拳拳，纤手稳操方向盘。
> 知我有言还欲吐，空街故绕两三圈。

又如下面这首《夏日忆旧之单车情怀》：

> 一路鸣铃笑语多，车前小妹后阿哥。

> 歌声忽住林阴里，羞了池边并蒂荷。

两首都是爱情诗，当代人写当代生活场景，读来令人耳目一新。

从语言表达技术的层面来说，以上所例举的几首佳作，细节上或多或少都有一些需要进一步推敲、打磨的地方。但它们都是很接地气的作品，虽未必"成熟"，却不能否认其"成功"！"成功"的要诀何在？在构思！在创意！

诗词创作，什么最重要？谋篇立意！即构思要有创意。七言绝句尤其如此，因为它本身并没有什么特殊的"得分手段"——比如五七言律诗、五七言排律的对仗。谋篇立意是"战略"层面的问题，占了卷面的80分，其他则是"战术"层面的问题，只占20分。不解决好"战略"层面的问题，则满盘皆输，使整个作品沦为平庸之作。（关于谋篇立意的详解，见下文8.诗词的巧思）

不过，话还得两下里说才全面。"战略"问题解决了，"战术"问题也该提上议事日程。100分的考卷，纵然已拿到了80分，剩下的那20分，也还是要争一争的。兵家谁不愿意"完胜"？学生谁不愿意拿"满分"？如果既有上好的立意与构思，又能在具体的语言表达技术上做到准确、精细、前后照应、逻辑缜密，岂不是锦上添花？

下面，我们再从湖南的"首届现代诗词大赛"中挑几首来读一读。

先看一首"拈大题目，出大意义"的佳作。七言绝句篇幅短小，一般来说，比较适合写小一点、实一点、具体一点的题材。要想用它来放眼全国，放眼世界，又能做到"大"而"不空"，言简意赅，实在不是一件容易的事。惟其甚难，一旦做到，便弥足珍贵。如《习近平主持G20杭州峰会》：

> 暑气秋来渐已消，风光何处最堪豪？

呼朋直上孤峰顶，指点钱塘说大潮！

　　诗中没有一句政治口号，没有一句概念化语言，完全是用艺术形象在说话，且紧扣"杭州"，紧扣"峰会"，不假外求，即以杭州闻名天下的钱塘江仲秋大潮来喻指世界的政治、经济大潮，写得何等大气！G20杭州峰会召开的日期为2016年9月4日至5日，恰为农历八月初，在钱塘江仲秋大潮到来之前的十余天，时令亦相吻合，具见作者文心的细密。大题大做，当以此为法！如果要说还有什么可以改进的地方，私意以为：首句嫌松了一点；次句"最堪豪"三字，用语还不够纯熟；第三句"孤峰"二字可商。杭州西湖虽有"孤山"，但山不甚高，海拔仅38米，只可俯视西湖，其实是看不到钱塘江的。不如改作"高峰"，杭州名胜有"南高峰"和"北高峰"，海拔分别为257米和313.7米，可以鸟瞰钱塘江。显然，同样为杭州的现成地名，用"高峰"代替"孤峰"，无论就写实而言、就寓意而言抑或就字面的吉祥而言，似乎都更胜一筹。

　　大题大做既已不容易，"大题小做"或许是一个更聪明的选择。如《瞻杏坛感孔子学院》：

孔庙碑亭旭日中，栏边花气散春风。
游人莫小几株杏，开遍环球是此红。

　　这首诗写作艺术上的优点，与上一首略同，此不赘言。诗以山东曲阜孔庙的杏坛这一具体的名胜为抓手，联想而及我国与世界上许多国家合作共建的孔子学院，巧借"红杏"这一鲜明、美丽而又为古典诗词所常用的意象，凸现了中华传统文化走向世界的大好形势，即以"小"见"大"。后二句写得特别精彩。"小"字本是形容词，这里用如动词，既是循古汉语的常例，也突出了传统诗词用字精练的特点。遗憾的是，诗题语言比较笨拙；前二句句法过于平顺，显得疲弱。笔者试改为《曲阜孔庙杏坛，旧传夫子讲学之所。夫子已矣，而孔子学院今则遍及世界》："坛对大成𬮿殿雄，拂栏花气识春风。游人莫小几株杏，开遍环球是此红。"未知读者诸君以为如何？

入围作品中，还有一首军旅佳作《春节边城值班有感》：

> 西出阳关西更西，守边卫国在伊犁。
> 胸中十万风雷策，直向天山雪岭题。

此诗抒写解放军基层军官保卫祖国边疆的宏图壮志，精力饱满，豪气干云。"西出阳关西更西"，首句连下三个"西"字，是积极修辞的"重复"，"重复"得好，强调了我戍边官兵毅然决然辞别家乡、远赴西陲的壮举。"西出阳关"语出唐代王维《送元二使安西》诗，为人们所熟知，作者在与王维诗迥然不同的语境中用此四字，便使读者有"他乡遇故知"的惊喜与亲切感。也正由于与王维诗的具体语境迥然不同，故虽用"熟"语，却有"陌生化"的效果，仍然令人感到新鲜。美中不足的是，第三句"胸中十万风雷策"，"十万"二字夸张得过分了。"策"不在多而在精，南宋爱国词人兼军事家辛弃疾，当年向朝廷献北伐抗金之策，也只《美芹十论》而已！建议改为"胸中万字风雷策"。"万字"，气概已属不凡。又，"策"是呈送上级机关，乃至中央军委，供领导参考、采纳用的，不是用来"题"的。与"题"相匹配的文体，主要是诗词等。如果从文字搭配与相互照应的角度来考虑问题，则后二句似可改为"胸中多少风雷句，直向天山雪岭题"。

从以上三例，我们可以看出，在诗词语言表达技术方面，用字用词的准确（更高要求则是"精确"）程度，语句锤炼的精细程度，前言后语相互照应的逻辑严密程度，有多么重要！中上水平层次的作者，与一流高手的区别，往往也表现在这些方面。不少作者写作多年，写到中上水平后，长期徘徊止步于此，所难以突破的一个"瓶颈",往往也就在这里。

一己之见,未必定是。敬请各位诗友批评指正!

2020-11-21

3.绝句章法申说

前几天,我在杂谈中用打排球作比喻,讲了绝句创作的章法问题。有些问题仅点到为止,未详细举例说明。下面,再举几首古人写的七言绝句,予以重申并展开。

先举北宋曾公亮的《宿甘露僧舍》诗为例:

> 枕中云气千峰近,床底松声万壑哀。
> 要看银山拍天浪,开窗放入大江来。

这首七绝,相当于一首七律的后半截,故一二两句为对仗句,三四两句为不对仗的散句。

题目"宿甘露僧舍"——夜宿镇江甘露寺,这是"对方发球"。一、二两句"枕中云气千峰近,床底松声万壑哀",便是"一传",即"接发球"。这两句扣题,写自己夜宿甘露寺的感受。甘露寺在今江苏镇江市长江边的北固山上。两句不但写得很到位,而且写得也很精彩,可以说"接发球"的质量相当高。

第三句"要看银山拍天浪",转得更好,"二传"把球托得很高,气势如虹,营造出了很大的"势能"。这样,第四句就好发力了。"开窗放入大江来",如同高坝开闸放水,洪波一泻千里,势不可当。"二传"与"主攻手"正常配合,"高举高打"的功效,在这首诗中可以很明显地看出来。

上举之例只是绝句最常规的章法。在特殊情况下，也不妨以第一句为"一传"，第二句为"二传"，三、四两句共同承担"攻球"的重任。例如唐人皮日休的《汴河怀古》诗：

> 尽道隋亡为此河，至今千里赖通波。
> 若无水殿龙舟事，共禹论功不较多。

题目"汴河怀古"是"对方发球"。第一句"尽道隋亡为此河"，是"一传"，即"接发球"。这句扣题，发怀古之议论：人们都说隋朝的灭亡是因为开浚汴河以通大运河，工程浩大，劳民伤财，激起了天怒人怨。

第二句却不承上缓冲，而是立即"转"到自己的不同意见："至今千里赖通波。"隋炀帝开浚汴河以通大运河，便利了中原与东南方的水路交通，功用之大，可真是造福后代呀！这便是"二传"，在组织进攻了。这句诗颠覆了人们对隋炀帝开浚汴河以通大运河这一历史事件的否定性评价的"共识"，这就营造出了一个特别的"悬念"，使得读者们迫不及待地想听听诗人"此话怎讲"。

这个"悬念"，最终引发了三、四两句深刻而精彩的评说："若无水殿龙舟事，共禹论功不较多。"如果隋炀帝开浚汴河以通大运河的目的是造福天下百姓，而不是为了自己的享乐去巡幸江都（也就是今江苏扬州），那么，他的功劳和上古治水的大禹相比也差不了多少啊！

隋炀帝巡游江都，乘坐的是"豪华游轮"，像水上宫殿一般高大宽敞而气派的龙船。正史《隋书·炀帝纪》里有炀帝乘"龙舟"巡幸江都的记载。"水殿"则事出野史小说。小说家言，不免有所夸张，但隋炀帝穷奢极侈，不恤民力，应是不争的事实。故"水殿龙舟事"五字，言简意赅，亡国之君的荒淫无度，尽在其中了。显然，这三、四两句一气连贯,"攻球得分",赢了!

还有更特殊的做法。那就是以前三句为"一传",第四句为"二传"——在这种情况下,前三句的任务就都是铺垫,第四句才是"得分手段"。比之于"二传",便要靠出人意料的"吊空心球"来取胜了。例如李白的《越中览古》:

> 越王勾践破吴归,义士还乡尽锦衣。
> 宫女如花满春殿,只今惟有鹧鸪飞。

题目"越中览古"是"对方发球"。第一句"越王勾践破吴归"是"起":越王勾践卧薪尝胆,十年生聚,十年教训,终于攻破了宿敌吴国,胜利归来。

第二句"义士还乡尽锦衣",是"承":越军将士论功行赏,加官进爵,衣锦还乡,好不荣耀!"富贵不归故乡,如衣锦夜行。"这是楚霸王项羽在灭秦之后说的话,见《汉书》本传。富贵了,得回老家显摆,让乡亲们羡慕啊。富贵不回老家,就像穿着锦绣制成的高档衣服走夜路,谁看得到啊。

第三句"宫女如花满春殿",没有按常规做法"转",仍然是"承":吴王夫差宫中众多的美女,都被越王勾践掳归己有;越国的美女,更可选充后宫。诗人想象,越王勾践在破吴大功告成后,志得意满,骄奢淫逸,也步了吴王的后尘。这些,虽然史书上没有明文记载,却也符合一般历史逻辑,我们犯不着去和李太白较真。

总之,前三句只是铺陈同一件事——越王勾践破吴归后如何如何,三句同属一个时段。因此,它们共同承担了"一传",即"接发球"的任务。

直到第四句"只今惟有鹧鸪飞",才陡然一"转",并戛然而止。时间由古代跳到了当代。破吴而归的越王勾践,如今安在?衣锦还乡的越国将士，如今安在？满春殿的如花宫女，如今安在？眼前所见的越国故都，只有鹧鸪飞来飞去，一片荒凉而已！

前三句越是写得花团锦簇，最后跌出的荒寒景象便越显得凄凉。反差越大，艺术张力越大。这诗动人心魄之处，正在于此！这是近体绝句靠最后一句充当"二传"，"吊球"直接得分的典范之一。

2020-12-05

4.七言绝句的句型配置

七言绝句，最常用的句式是"上四下三"。分得再细一点，是"二二三"。分得更细一点，是"二二二一"或"二二一二"。《唐诗三百首》里的七言绝句，几乎全部都是这样的。例如李白的《早发白帝城》：

> 朝辞白帝——彩云间，
> 千里江陵——一日还。
> 两岸猿声——啼不住，
> 轻舟已过——万重山。

分得再细一点，便是：

> 朝辞——白帝——彩云间，
> 千里——江陵——一日还。
> 两岸——猿声——啼不住，
> 轻舟——已过——万重山。

分得更细一点，便是：

朝辞——白帝——彩云——间，
千里——江陵——一日——还。
两岸——猿声——啼——不住，
轻舟——已过——万重——山。

注意这首诗把每句后三字的结构写得不雷同，一二四等三句用"二一"结构，第三句用"一二"结构。这就显得语言节奏错落有致，整齐之中有变化，不那么单调。这一点，古代优秀的诗人都能做到。而能够做到这一点，也就合格了。

然而，我们可不可以有意识地、适当地更进一步，再做一些变化，更增添一点花样呢？比如，三句用"上四下三"句式，其间插用一句"三一三"或"一三三"句式，调剂一下节奏？

同样的道理，每句的前四个字，也不要都用"二二"结构，可不可以三句用"二二"结构，其间插用一句"一二一"结构，调剂一下节奏？

这样的句式，这样的结构，其实古人诗里都是有的，只是不常见罢了。这不是我的发明。但我想强调一下这种句式、这种结构的好处：在一首七绝里，在其他三句用"常规"句式、"常规"结构的情况下，插用一句这种"反常"句式、"反常"结构，可以使得全篇的语言节奏更显得错落有致，更显得在整齐之中有所变化。

节奏整齐是一种美，节奏不完全整齐是另一种美——"异量之美"。两者的味道是不一样的。从特定的角度看，文学是语言的艺术。艺术，是千篇一律好，还是千篇不一律好？我以为还是不一律好。

于是，我在七绝创作中，比较多地采用了这种我以为好的、不一律的模式。例如《新疆赛里木湖》：

雪岭——云杉——各有枝，

其妹——静女——自情痴。

一湖水——酝——千年梦,

恨——不知——她——梦里谁。

又如《登悉尼大桥观海日东升》:

一道——钢梁——束海腰,

横空——有客——立中霄。

两三星——火——诗敲出,

曙气——红喷——百丈潮。

又如《江苏盐城海滨湿地咏丹顶鹤》:

才听——清唳——动平皋,

便有——红霞——飐水烧。

白羽翎——飞——一镞火,

霎时——沸了——海东潮。

又如《悉尼诗友所赠土仪如羊油蜂胶等,过机场时查没殆尽,戏成一绝》:

羊脂——赠别——饱行囊,

关卡——难逃——虎口张。

只——一片——心——搜不去,

走私——飞越——太平洋。

又如《江西婺源彩虹桥》:

秦汉——涛声——彻夜闻,

晓看——山湿——六朝云。

过桥客——褪——衣裳宋,

换——T恤衫——迷你裙。

当然，这只是一种个人选择，仅供借鉴。您觉得有道理，可以采纳。您觉得不好，也可以置之不理。同样的道理，这种对于节奏美的探索，也属于锦上添花，也应该以不伤害文意和文气为先决条件。

2020-12-09

5. 山水诗词创作感言

"山水诗词"是以"山水风光"为主要描写对象的诗词。在古典诗词中，它是一大热门，历朝历代，高手如云，佳作如林。正因为这样，当代诗词作者写此题材，就有相当的难度。如云之高手在上，如林之佳作在前，要想出头出众，要想出新出彩，谈何容易！对此，我们应有清醒的认识，不可妄自尊大，盲目乐观。然而，古人并没有，也不可能将所有的荒野都走成路，故今人完全可以另辟蹊径。对此，我们也应有正确的认知，不可妄自菲薄，盲目悲观。

例如古代诗人词人足迹罕至的青藏高原，尽管山水风光千姿百态，却也没有多少题咏讴歌它们的诗词作品。此类尚多，就给当代的诗人词人留下了大块的用武之地。数年前，笔者参加国务院参事室中华诗词研究院、中国书画研究院联合组织的青藏高原采风活动，写了一组山水诗词，兹录《鹧鸪天·藏东行》一阕：

一箭穿行梦幻诗，飞车拉萨向林芝。
神山面目云中改，怪树魂灵窗外驰。
红簌簌，碧离离。牦牛羷马饮清溪。
村村五彩缤纷瓦，不信桃源有此奇。

此类作品，平者亦奇，奇者益佳。拜现代化发达交通之所赐，"行路"既不再"难"，创作山水诗词就容易了许多。莫说古人"近水楼台先得月"，占尽便宜——今人也有讨巧的地方，足以让我们的先辈"羡慕嫉妒恨"。

还有一些山水名胜，虽然也得到过历代众多诗人词人的青睐与歌咏，但由于种种原因，相关作品尚未能臻于至善。在这些地方，我们当代诗人词人仍有踵事增华、后来居上的创作空间。例如浙江雁荡山的大龙湫，它是中国"四大名瀑"之一，其水自雁荡最高峰、海拔1056米的百岗尖飞跳直下，落差达192米，为世所罕见。描绘大龙湫的诗歌，自宋至清，连绵不绝，但总体来说成就平平。最大的缺憾在于想象力贫乏，诸如"玉龙""白练""飞泉"之类的陈词居多。较为新奇的作品当推清人袁枚的《大龙湫之瀑》：

龙湫之势高绝天，一线瀑走兜罗绵。

五丈以上尚是水，十丈以下全是烟。

况复百丈至千丈，水云烟雾难分焉。

二、三、四句的确精彩不凡。稍欠者，意尽于言，几无回味之余地。笔者游大龙湫，有感于如此奇观而缺少佳作以相媲美，一时技痒，乃走笔为二十八字曰：

一绳水曳素烟罗，百丈疑悬织女梭。

何用秋槎浮海去？攀援直上即天河！

大龙湫的特点是细而且长，故首句以"一绳水"为言，次句进而将它拟作从天外织女的织梭上悬垂下来的一缕纱线。三四句顺势就"织女""绳"这两点生发，化用了一个常见典故——晋人张华《博物志》卷十曰：

旧说云：天河与海通。近世有人居海滨者，年年八月，有浮槎去来，不失期。人有奇志，立飞阁于槎上，多赍粮，乘槎而去。十余日中，犹观星月日辰；自后芒芒忽忽，亦不觉昼夜。去十余日，奄至一处，有城郭状，屋舍甚严。遥望宫中，多织妇。见一丈夫，牵牛渚次饮之。牵牛人乃惊问曰："何由至此？"此人具说来意，并问此是何处。答曰："君还，至蜀郡访严君平，则知之。"竟不上岸，因还如期。后至蜀问君平，曰某年月日有客星犯牵牛宿。计年月，正是此人到天河时也。

自李白《望庐山瀑布》诗"飞流直下三千尺，疑是银河落九天"之后，以"银河"或"天河"为瀑布之水源，已经成为诗词中的套语。笔者此处沿袭了这一思维定式。但前人用此，视线多自上至下；笔者倒戟而入，自下至上——故仍有新变。大龙湫既是瀑布，那么也不妨想象它的水是从"天河"倾泻下来的。如此，则沿着这根"绳"攀援而上，不就可以直达"天河"了么？（几何学定理：两点之间，以直线距离为最短！）何必舍近求远，乘"浮槎"（木筏）漂流海上，多走许多冤枉路，兜那么个大圈子呢！笔者的这一艺术构思，似未见于古人，庶几可谓新创。亦有诗的妙趣，或能博知音者会心一笑。

话还得说回来。换个角度看，倘若我们当代诗人词人只敢在古人足迹未到之处写山水诗，只敢在古人较少留下佳作的名山胜水间与他们竞技，那也太没有出息了。"鲁班门前弄大斧"，才具有挑战性。李白到了黄鹤楼，叹曰："眼前有景道不得，崔颢题诗在上头。"我们在钦佩他"文人相重"、勇于"服善"之气度与襟怀的同时，不免又平生出些许遗憾：倘若他不轻易认输，一挥椽笔，写出超过或至少不亚于崔颢的黄鹤楼诗来，那该多好！知难而进，固然有可能失败，但侥幸成功也未可知。好在写诗并非蹚地雷阵，即使"不成功"，也不至于"便成仁"。笔者数十年间多次游过西湖,均以名流胜咏实在太多,敛手不敢措一辞。前两年出席杭州的一次诗书画雅集,按惯例须作西湖诗。想那一湖水光山色、四季风景,早被白居易、苏轼以来的众多诗人词人写得旖旎无限,何以复加?真不知该从何处落墨。但此番无法搪塞,只好硬着头皮勇往直前。笔者别无他长,唯于自己所热爱的诗词创作,"发烧"到了"骨灰级",多少有那么点老杜所谓"语不惊人死不休"的执着。不诗则已,要写就得写出几分新的不受古人牢笼的意匠经营。感谢这次可谓"社会强迫"的一"逼",竟"逼"出了一首自己比较满意、诗友们也颇为称道的作品来:

四时花气酿西湖,细雨噙香淡若无。
一似春宵少女梦,最温馨处总模糊。

其成功之处,自我感觉在于选定西湖之春烟雨朦胧的典型场景,用了一个新鲜、美丽的比喻去摄取她的神韵。描摹山水,写形易,写神难。画如此,诗词亦复如此。欲与古人山水名家名作一争短长,当于此处留意,当于此处用心。

这篇短文,说的虽只是山水诗词创作,其实,任何题材的当代诗词创作,亦莫不如此。在文章结束之时,再重申一遍笔者此文最想表达的意思:古人是人,今人也是人;名家是人,我也是人——谁也不是三头六臂。古人能做到的,今人怎么就做不到?名家能做到的,只要肯像他们那样刻苦学习,坚持不懈,我们也一定能够做到!

2020-11-27

6.注意摆正"立意""词句""格律"三者的主从关系

《红楼梦》第四十八回《滥情人情误思游艺·慕雅女雅集苦吟诗》写香菱拜林黛玉为师学作诗,有一段耐人寻味的对话:

黛玉道:"什么难事,也值得去学?不过是起、承、转、合,当中承、转,是两副对子,平声的对仄声,虚的对实的,实的对虚的。若是果有了奇句,连平仄虚实不对都使得的。"

香菱笑道:"怪道我常弄本旧诗,偷空儿看一两首,又有对的极工的,又有不对的;又听见说:'一三五不论,二四六分明。'看古人的诗上,亦有顺的,亦有二四六上错了的,所以天天疑惑。如今听你一说,原来这些规矩,竟是没事的,只要词句新奇为上。"

黛玉道:"正是这个道理。词句究竟还是末事,第一是立意要紧。若意趣真了,连词句不用修饰,自是好的。这叫做'不以词害意'。"

这段对话的核心观点是:"立意"最为要紧,"词句"次之,"格律"又次之。只要"意趣真","词句"不用修饰也是好的;果真"词句新奇","格律"不合(平仄出入、对仗欠工)也尽使得。话虽说得极端了一些,但究其本质而言,却是高明的见识。曹雪芹到底是行家!他这里说的只是律诗,举一反三,则一切格律诗词都可包括在内。要知道,"格律诗词"四字,如作语法分析,是一个偏正结构,意思是"讲究格律的诗词",中心词是"诗词","格律"不过是个定语。明白这一点,谁主谁次,岂不了然?倘若一首诗词意思陈旧,语句平庸,饶你写得平仄调和,句法妥当,对仗安稳,押韵合辙,从形式上看中规中矩,一点毛病都没有,我们也只能遗憾地说:你写的是"格律",不是"好"的"诗词"!相反,倘若一首诗词意趣真切,构思新颖;或遣词精警,造句奇妙;那么即便格律有所乖忤,瑕不掩瑜,也还不失为佳作。"格律"有所乖忤的佳作,好比蕴玉之璞,是可以打磨的;而"立意"不好,"词句"乏善可陈的作品,就只能推倒了重来,连修改的基础也没有。因此,有志于诗词创作的朋友,在一开始学习写作的时候,便应注意摆正"立意""词句""格律"这三者的主从关系,千万不要本末倒置,买椟还珠。也就是说,首先把写作的"兴奋中心"放到诗词主题的创意和艺术构思上来;其次再考虑怎样烹字炼词、安章宅句;至于是否符合格律,暂时不去管它。有了好的"立意",有了好的"词句",一首诗词便成功了一多半,那时再对照"格律"精细加工,未为晚也。

三十多年前,笔者还以"上山下乡知识青年"的身份在江苏省高淳县一个名叫"丹湖"的人民公社(规模略相当于现在的"乡")从事农业生产劳动。冬天,附近的丹阳湖正值枯水期,沿湖地区的农民在干涸了的湖滩上多种一茬小麦。次年夏天湖水上涨前,小麦成熟,开镰收割。夏收时节,入湖刈麦,那劳作十分辛苦,也十分壮观。每天凌晨,我们划着船儿,在茫茫烟水中驶过一条叫做"水阳江"的河流,进入湖滩。滩上麦田如海,一眼望不到头。收麦者一字排开,争先恐后地向天边刈去,迎来曙光,又送走夕阳……1974年,我曾写过一首题为《水乡收夏》的五言绝句:

南风黄翠野,麦浪到天涯。
扬桨渡晓雾,挥镰割晚霞。

由于有真实的生活,真实的情感,加之以创作的冲动,这首小诗是一气呵成的。完稿之后,才发现第三句为"平仄仄仄仄",第四字当平而仄,不合格律。考虑到此诗立意甚好,词句亦甚新奇,因而在相当长的时期内没有去改它。后来也曾想过,第三句可改"扬桨渡晨滠",平仄便和谐了。可是又觉得全篇皆常用语汇,而"滠"字稍嫌冷僻,未免有些不够协调。踌躇再三,至今也还没拿定主意,希望高明的诗友不吝赐教。

前此二年,亦即1972年,因为国际交往的迫切需要,国务院从北京、上海、南京、西安的几所外国语学校紧急选拔一批66届初中毕业生(当时都已散在全国各地、工农兵各条战线)赴欧美留学,两年后进外交部工作。笔者昔日就读于南京外国语学校时的两位同窗好友梅江中、李小苏荣膺此选,彼时将分赴加拿大与法国。依依惜别之际,笔者亦有五言绝句一首,为之壮行:

> 李花千树雪,梅花万树红。
> 折向天涯去,满枝是东风。

恰巧这两位同学一姓梅,一姓李,而梅花、李花又都是春天的花;中国是东方,而欧、美是西方;由此产生灵感,诗句便像泉水一般流淌出来。意趣既真,词句也清新自然。但对照近体五绝的格律,第二句应是"仄仄仄平平","花"字当仄而平,"树"字当平而仄,与第一句比勘,犯有失对的毛病;第四句应是"平平仄仄平","满"字当平而仄,"东"字当仄而平,也不符合。我曾试着想把这两句的平仄调一调。第二句推敲起来没遇到什么困难,改为"梅萼万株红"即可;但第四句却无论如何也不能更动一字。左思右想,此句既改不得,索性连第二句也不必改了。因为比较起来,"李花千树雪,梅花万树红",叠用两"花"字、两"树"字,不用对仗而用排比,反倒更口语化,更朴实一些。好在五言绝句本来就有古体、近体之分,拙作保持原貌,作古体绝句读,已是本色佳制,何必要以文害意,非把它改成近体不可呢?

7.当代诗词创作的关键是创新

当代诗词的创作,关键是什么?是创新。

大多数人是"喜新厌旧"的。当然,也有人"喜旧厌新",但我相信,他们是少数。如果不是这样,时代、社会怎么会发展到今天这个样子呢?为什么不停留在清代、明代、元代、宋代、唐代,乃至于先秦呢?为什么会有电脑、网络、高铁、高速公路、高清电视出现?为什么我们要舍弃刀耕火种,日出而作,日入而息的生产生活方式?全国各大中小城市,每天都有数不清的饭店歇业,每天都有数不清的饭店开张。什么原因?老是那几十道菜肴,人们吃腻了,就没有生意,只好关门。于是有新饭店、新厨师、新菜肴取而代之,各领风骚三五年。各行各业,莫不如此。诗词创作,何独不然?唐诗宋词虽好,虽为中国人民喜闻乐见,百读不厌,而"千读""万读"呢?难保不"审美疲劳",哪怕只有那么一丁点!再者说了,我们当代人不能就只有那么点消费唐诗宋词的"出息",能不能也拿出点聪明才智来,在诗词创作方面也给后人留下一笔可观的优秀的文化遗产呢?您要是真爱唐诗宋词,真爱诗词这样一种传统的中国文化遗产,就应该让她的光辉灿烂,生生不息,永远延续下去。

当今中国,热爱诗词,热衷于诗词创作的人着实不少。其中有一定数量的作者,还处于学步、模拟的阶段。对于初学者来说,模拟是必要的。就像学书法,总要从临帖开始。但不能临一辈子。一辈子临帖,哪怕把王羲之的《兰亭集序》临到可以乱真的地步,也只是赝品,"高仿真"而已,"书匠"而已,成不了书法家。还是得推陈出新,写出自己的个性特色来。诗词创作也是这样。有些作者醉心于拟古,追求"古色古香"。我也承认,他们中的某些人,功底很不错。但同时也为他们感到惋惜——即便你的作品写到混入李太白、杜工部集中人莫能辨的程度,也只是重复古人,对中国诗词并没有新的增加。中国诗词有一个李白、一个杜甫就够了,没有必要再"克隆"出十个八个来。你为什么不做回你自己?

"当代诗词",关键词不仅是"诗词",更关键的是"当代"。什么是"当代"?它不应该仅仅是"当代"人写的诗词,更应该是写"当代"社会、"当代"生活,表达"当代"人的思想、"当代"人的感情、"当代"人的观念的诗词。"当代"与"古代"有什么不同?不同就不同在一个"新"字。社会是"新"的,生活是"新"的,人的思想、感情、观念无一不是"新"的。

什么是"诗词"?"诗词"是一种文学创作。"创作",不但是"作"——写作、作品,更重要的是"创"——创造、创举。"创作"与"写作"是有区别的。"写作"可以是对前人的学习、沿袭乃至于拷贝,"创作"则必须是对前人的补充、扩展乃至于超越。

合此二字,构成一词,便是"创新"。

"创新"首先是对古代诗词的"创新"。其次也包含对于虽属当代、但系前人之作品的"创新"。也不仅仅是题材、内容的"创新",还应包括艺术手法、修辞方式、语言表达等各种技术层面的"创新"。也就是说,在审美方面也得"创新"。如果终极追求不能指向真善美,"创"则"创"矣,"创疤"而已;"新"则"新"矣,"新垃圾"而已。能说它们好吗?

2020-11-28

8.诗词的巧思

这个题目,是中山大学暑期诗词学校主事者指定的,谨遵将令,勉力为之。

诗词创作的最高标准,是"真善美"。最高标准必须是"王道",没有人反对,或没有人敢反对。那就应当包罗万象,包容万有。欲包罗万象,包容万有,当然就得"大而空"。不大不空,如何能包罗万象,包容万有?老子说"大象无形",什么是世间最大的"象"?是宇宙。宇宙有形状么?没有。所以它能包罗万象,包容万有。但"无形"的东西,便不可捉摸,只能抽象地说,无法具体地说。要说得具体,就不能"形而上",只能"形而下"。总之,"巧思"不是"王道",是"霸道";不是"形而上",是"形而下";不是诗词创作的最高标准,充其量只是较高标准之一罢了。注意,是"之一",绝非"唯一"!这个定位是讨论这个问题的前提,必须交代清楚。

"巧"是常用词,人人明白,无须笔者饶舌来下定义。但我觉得有必要从时常与其搭配的另外一些字面来思考,如"奇巧"之"奇","巧妙"之"妙","精巧"之"精","新巧"之"新","灵巧"之"灵",等等。诗词创作,不奇不妙不精不新不灵,就谈不上"巧"。舍"奇妙精新灵"而专求其"巧",必然弄巧成拙,画虎不成反类犬。

这里所说的"思",主要指"构思"。构思通常是就谋篇立意这个大局来说的。这是其内含。但也不妨外延,扩大化来说,雕章琢句,烹词炼字,也需要"思"。论诗词之结构,无非字、词、语、句、章、篇;论诗词之内容,无非人、物、情、景、事、理。凡此种种,如欲出彩,无一不须巧妙构思,精心结撰。

诗词创作的构思,最重要的是谋篇立意,说白了就是要有创意。初学者的注意力或兴奋点,往往在字句,喜欢堆砌华丽的辞藻,一如小姑娘对于美的理解，眼中只有花裙子与蝴蝶结。又如唐人王昌龄的《观猎》诗：

    角鹰初下秋草稀，铁骢抛鞍去如飞。
    少年猎得平原兔，马后横捎意气归。

  诗里的那个少年，洋洋得意的，不过是打了几只兔子！试比较王维的《观猎》：

    风劲角弓鸣，将军猎渭城。
    草枯鹰眼疾，雪尽马蹄轻。
    忽过新丰市，还归细柳营。
    回看射雕处，千里暮云平。

  诗中的那位将军，就志不在得"平原兔"，而在射云中雕了——眼界要高得多。总之，字句、辞藻不是不重要、可讲可不讲，但它毕竟只是"平原兔"，不是云中雕。它毕竟是"战术"层面的问题。一场战斗吃掉敌军一个连、一个排，虽则可喜，不过小胜而已，决定不了整个战争的输赢。而创意才是"战略"层面的问题。

  若论手机制造的工艺与技术，诺基亚几乎做到了极致，谁能超得过它？而华为、苹果等智能手机，今竟取而代之，使诺基亚沦为"明日黄花"，成功的诀窍就在创意。我不在手机制造的工艺技术上和你PK，而将互联网技术引入手机，使手机由单一的电话、短信联络工具扩展为可以随身携带，揣在口袋里，"玩弄于股掌之上"的"迷你电脑"，极大地影响和改变了人们的日常生活。

  又，若论商品供销，全中国那么多著名的百货公司与大型超市，卖方市场早已饱和了，你白手起家，既非"多财"，又不"善贾"，想开实体店与之竞争？门都没有！看人家阿里巴巴、淘宝、京东们是怎么做的：避"实"就"虚"，网上贸易。不出十年，便使众多实体店"门庭冷落车马稀"甚至"门可罗雀"，真所谓"走自己的路，让别人走投无路"。

要之，创意的魔力，比之经济学，是一笔生意净赚若干个亿；比之军事学，是一次战役歼敌几个兵团。有了奇妙精新的创意，一首诗词便成功了一多半，胜券在握，100分的考卷已拿到了85—90分，剩下的10—15分，才用得着修辞的技术，以争取完胜。缺乏创意，就很难及格。即便在修辞方面用尽洪荒之力，多得个十分八分，终究于事无补。

唐代杜牧《答庄充书》说：

> 凡为文，以意为主，以气为辅，以辞彩、章句为之兵卫。未有主强盛而辅不飘逸者，兵卫不华赫而庄整者。四者高下圆折步骤，随主所指，如鸟随凤，鱼随龙，师众随汤武，腾天潜泉，横裂天下，无不如意。苟意不先立，止以文彩、辞句绕前捧后，是言愈多而理愈乱，如入阛阓，纷纷然莫知其谁，暮散而已。是以意全胜者，辞愈朴而文愈高；意不胜者，辞愈华而文愈鄙。是意能遣辞，辞不能成意。大抵为文之旨如此。

他说的虽然是写文章，不是写诗词，但道理都是一样的。

夏天的白昼虽然长，可是给我的讲课时间很短。与其面面俱到，不如突出重点。重要的事情说三遍：诗词创作之巧思，第一要紧的是创意，创意，创意！

2020-12-04

9.近体诗句的字声搭配

近体诗是讲平仄搭配的。一首近体诗,平仄符合,用韵不错,格律就基本过关了。但这只是起码的要求。更讲究声律的诗人,在字声搭配上会更加精细。例如仄声字里还分上声、去声和入声三种,如果一句诗里用三个或三个以上的仄声字,是不是可以考虑,不要全用上声、全用去声或全用入声呢?古体诗以声律的拗怒、倔强、健拔为美,可以不在乎这个问题。如果是近体诗,还有词,那么,适当地考虑一句之中,上去入三声错杂使用,也许更能体现出声律的和谐之美,丰富之美,变化之美。五代花蕊夫人《宫词》绝句中有一首:

> 内家追逐采莲时,惊起沙鸥两岸飞。
> 兰桨把来齐拍水,并船相斗湿罗衣。

第二句"惊起沙鸥两岸飞",北宋欧阳修稍加改动,用进了自己的一首《采桑子》词:

> 轻舟短棹西湖好,绿水逶迤。芳草长堤。隐隐笙歌处处随。
> 无风水面琉璃滑,不觉船移。微动涟漪。惊起沙禽掠岸飞。

欧阳修什么地方改了?改了以后与原作有什么不一样?哪一个更好?让我们来仔细比较一下。

原作"惊起沙鸥两岸飞",欧阳修改作"惊起沙禽掠岸飞",改了两个字:"沙鸥"改作"沙禽","两岸飞"改作"掠岸飞"。

"沙鸥",今天我们读起来,两字都是阴平声。而"沙禽"则"沙"字阴平,"禽"字阳平,声调有变化,更好听。古代平声有没有这样细微的区别?一时不好定论。但两者吟、唱起来音响效果有差别,后者比前者更好听,是可想而知的。否则,欧阳修为什么要这样改?

至于"两岸飞"改"掠岸飞",区别在于,"惊起沙鸥两岸飞"一句中的三个仄声字,"起"字"两"字为上声,"岸"字为去声,只用了仄声字的两种;而"惊起沙禽掠岸飞"一句中的三个仄声字,"起"字上声,"掠"字入声,"岸"字去声,三种仄声字都用上了,吟、唱起来当然更加好听。

杜甫介绍自己写诗的经验,曾说:"新诗改罢自长吟。"为什么"自长吟"?或许其中的一个原因就是要调配字声,检验改过的新稿是不是比原稿声律更美。否则,为什么要说"吟"呢?声律美不美,构成的因素当然不止字声搭配这一项。但这也是很重要的一项,应当引起我们的重视。

这是我个人读古代近体诗和词,也是我自己创作近体诗和词的一点心得。贡献出来,给诗友们参考。前不久,我到澳大利亚去讲诗词创作,写过一首七绝《悉尼歌剧院》:

谁攒琼贝立金沙?谁集烟帆走素霞?
谁把蓝天红日下,白云幻作海莲花?

四句中就有三句用了这种错杂上去入三声的字声搭配法。

第二句"谁集烟帆走素霞",全句三个仄声字,"集"字入声,"走"字上声,"素"字去声。

第三句"谁把蓝天红日下",全句三个仄声字,"把"字上声,"日"字入声,"下"字去声。

第四句"白云幻作海莲花",全句四个仄声字,"白"字入声,"幻作海"三个连用的仄声字分别作去声、入声、上声。

我还写过一首七绝《江苏盐城大洋湾赏晚樱》:

洋湾莫叹赏樱迟,情定三生约有期。
为我粉身成一舞,满天飞雪带胭脂。

四句都用这种字声搭配法。

第一句"洋湾莫叹赏樱迟","莫叹赏"三个连用的仄声字,分别是入声、去声、上声。

第二句"情定三生约有期",全句三个仄声字,"定"字去声,"约"字入声,"有"字上声。

第三句"为我粉身成一舞",全句五个仄声字,"为我"两个连用的仄声字,分别是去声、上声;"粉"字上声;"一舞"两个连用的仄声字,分别是入声、上声。

第四句"满天飞雪带胭脂",全句三个仄声字,"满"字上声,"雪"字入声,"带"字去声。

当然,字声搭配是锦上添花的事,应该在不伤害文意、文气的前提下进行。如果为了追求声律美而使得文意不明,文字不通,文气不畅,那就得不偿失了。

2020-12-07

梦欣：说说绝句结尾十六法

梦　欣　本名郭业大，诗人，诗词评论家。籍贯广东潮阳，现居美国旧金山。《小楼听雨》诗词平台顾问。

绝句体小句促，要写得好写得耐人寻味，功夫全在结尾。尾联的结句是全诗点睛结穴之所在，历来为诗家所重。唐代以来的诗评家，对绝句的结句有诸多评析，但大多止于一鳞半爪，缺乏整体观察。笔者多年涉猎绝句，于历代诗人尤其是五七绝好手的结句习惯感受良深，特撮摄出来说与读者共识。

概括来说，有以下十六种结尾方法值得借鉴。

（1）以景结情，浑含不尽

诗的灵魂，一在情一在景。情由景生，景与情合，情景交汇，景情相融，诗意方生。所以古人说"诗咏情性"、"诗惟情景"。写景、言情要在绝句中充分展开，似无可能。倘一意为之，又难免堆垛之嫌。因之，或寓情于景，或景融于情，或景现而情隐，或情浓而景淡，总之构思得巧妙，方称佳作。以景结情，更是历代诗评家称誉最高的结尾技巧。

以景结情，妙在情未说出却以景断之，是为含蓄。

试看王昌龄《从军行》七首之二：

琵琶起舞换新声，总是关山旧别情。
撩乱边愁听不尽，高高秋月照长城。

此诗的前三句浓笔写情，从军中宴乐的"换新声"入手，但怎么换也摆脱不了边关的"旧别情"，这种扰得人心烦乱的"边愁"总奏个没完没了，那"听不尽"的到底是怨？是恼？抑或自豪？赞叹？当读者正期待诗人把谜底揭晓时，诗人却抛开话题，轻轻宕开一笔，让"高高秋月照长城"的雄浑景色把所有的混杂声音和斑斓情感拦腰斩断！你自己去思考答案吧。这叫"以不尽尽之"。其艺术风格正如清人叶燮所说的"含蓄无垠，思致微渺"。

绝句中以景结情的表现手法，最早似见于王勃的《山中》：

长江悲已滞，万里念将归。
况属高风晚，山山黄叶飞。

首联写旅思乡愁，"念"归而"悲"滞，情浓难化。而尾联转而写景，以遍山飘落黄叶的景色收结。这便是以景结情。虽然王诗的收结因第三句的"况"字使首尾两联自然衔接，结句略为平缓，艺术效果不像王昌龄"如截奔马"那么强烈，但于表现手法亦是若即若离，颇耐人寻味。

王勃之后，这种以景结情的结尾技巧更多地散见于五七言绝句之中。李白与杜甫这二位诗坛大家，更是随意拈出用之不着痕迹。如李白的《黄鹤楼送孟浩然之广陵》用"惟见长江天际流"结送别之情、《哭晁卿》用"白云秋色满苍梧"结悼念情，杜甫的《漫兴》九首之六用"碧水春风野外昏"结懒慢情，均有深意而耐人寻味。晚清人梁星海有一首《独夜》"笛声幽怨在天涯，但忆春时不忆家。一月照人凄欲绝，寺墙开满海棠花。"显然步唐人之法甚得韵味：笛声怨而情凄绝，诗人何故忆春不忆家？诗人不言而以花景结句，似给你一头雾水,但微妙之处正是放开一步,以不尽尽之,以景结情更觉诗意浑含不尽。

今人诗中许多名家沿用这种以景结情技巧者,举例如下:

巴黎大学文学博士、曾任暨南大学教授的陈钟洁女士有一首写十年"文革"浩劫的绝句《有感》,诗曰:

> 风云扰攘欲何之?曾是鱼龙混杂时。
> 欲写十年文革史,残灯如豆泪如诗。

前三句尽是描述感慨之情怀,抽象而朦胧,结句则收声,只摆出一个具象的画面,一幅实景,不言胜千言,无声胜有声。

(2)移情入景,深注感概

与以景结情稍为不同的另一种结尾手法是移情入景。虽然二者均以自然景色为收结,但写作手法完全不同。前者是写情正浓、势如奔马,忽勒马回首,转以风景入眼,思绪万千。后者则是既写景又写情,情中有景,景中有情,情惜景生,景依情现,诗人融情于景后延长而去。

且看韦庄的《台城》诗:

> 江雨霏霏江草齐,六朝如梦鸟空啼。
> 无情最是台城柳,依旧烟笼十里堤。

台城即是南朝六个政权更替轮番建立的都城旧址。诗人因六朝的兴衰更迭生发往事如梦的历史沧桑感,一下笔就把这挥之不去的伤感融入景色之中,"江雨""江草""啼鸟"幽幽如梦愁顿生,首联既是景又是情。尾联诗人即移情入景,原本一向被人当作春天正面形象言必称誉的"杨柳",因诗人的情感指向,遂变成令人厌恶的最最"无情"之物——竟然可以忘却先前的悲痛而无动于衷、无改于颜,依然在蒙蒙细雨中扭动那碧绿的身姿,像当年一样如烟似雾地笼罩着十里长堤,你说可恨不可恨!显然,这种结尾的好处在于:因了诗人的移情,无知的杨柳被人格化,被赋予灵性,而杨柳的无情正反衬人之有情,诗人的无限感概,便溢于诗外。

再看李白的《独坐敬亭山》:

众鸟高飞尽,孤云独去闲。

相看两不厌,只有敬亭山。

也是移情入景,将敬亭山人格化,赋予情感。

有趣的是,韦庄是以物之无情衬人之有情,而李白正好相反,是以物之有情衬人之无情。首联似写眼前景,实则通过"鸟"的"飞尽"和"云"的"去闲"把诗人孤独与寂寞之情呈露出来,是景中情、情中景。尾联便以诗人与敬亭山脉脉含情独坐相视的情景收结。敬亭山被赋予灵性之后,得到诗人的喜爱。"相看两不厌",是说双方均认可对方的人格而乐于作伴。而结句的"只有"两字进一步提升了作伴的亲密程度,大有"人生得一知己足矣"之意谓。敬亭山的"有情"反衬了人的"无情"。那么,究竟是世人冷淡了诗人呢,还是诗人压根子就看不起世人?抑或两者均有之?总之,诗人那横遭冷遇、孤独寂寞的情感就这么深注于结句的景物之中,以致清代诗评家沈德潜对李白的这首绝句赞叹不已,誉为"传'独坐'之神"。

唐人绝句中大多善写景又能写情,常常是情与景会,景与情合,情融于景,景立于情,景必实而情可虚,情已浓而景可止,景虽尽而情不尽,此正为移情入景结尾手法的微妙之处。

今人写绝句,这种移情入景、深注感概的结尾技巧,用得最多。这里略举几例。

上海诗人杨逸明有一首《咏白云》绝句,诗曰:

露怪藏奇纵复横,何甘散淡过浮生?
闲来出岫非无意,欲借东风化雨声。

这是一首咏物诗,但作者借刻画白云的多变形态及远大理想抒发自己的胸怀。首句是这种变幻无定、造像神奇的白云形态的描绘:或藏或露,藏有奇姿,露有怪相,飘忽纵横,形影易变。白云的这一情性或许也有诗人自身经历的影子。毕竟诗人经历了"二个三十年"的坎坷,尤其是头个三十年,政治气候多变,自然让那时的人呈现更多的色彩。次句以设问承接,直接把诗人自己的襟怀安在白云身上。第一句是景,第二句是情。也是人格化景物的手法。但又通过"散淡""浮"之字眼紧紧扣住云之特性,有了这些字眼才有"不即不离"之效果。第三句蓄势,为结句铺垫。云之"闲"是众目皆睹、人所皆知的,但云之"抱负"便少人能了解,经了诗人这一撩拨,便急切想知道白云有何理想了。结句应当是答案,但诗人没把答案明白说出来,只把答案、把自己的情感注入一种自然景象的势态之中。"借东风化雨声"不是理想的实现而是理想实现的途径,造福人间这才是白云也即诗人自己的远大理想。

这首绝句,作者写云,诗中有景,又有情,情中有景,景中有情,情化于物,物借景生,景依情现,最后诗人融情于景,白云与诗人的形象,便显得朴实而可爱。

(3)案而不断,玩味无穷

绝句虽然限于体裁和容量,难以表现纷纭复杂的世事,难以刻画丰富多彩的人生,它只能在空间上截取某一个角落,在时间上摄取某一个片断。就像一幅国画,一张照片,定格的只是局部而非整体,更难得有过程。但也不是说绝句在叙述人生世事方面就捉襟见肘无能为力,关键看你有没有浓缩事态捕捉特定情景的能力。善于创作绝句的高手常在短短的四句之内,既能写尽纷繁曲折的重大事端或历史变迁,同时也能赋予深厚的个人情感。在这种擅长叙事而言情的绝句中,诗人往往会在叙述方面出现时空变幻的大跳跃,而结尾由于缺乏足够的空间通常又会用一种似方开头即已结束的技巧,好比法官升堂只待原告被告说完即宣布退堂,没有裁决,没有结果,这叫案而不断。案而不断,便有悬念。这样的结尾常令人玩味无穷。

试看杜甫的《江南逢李龟年》一诗:

> 岐王宅里寻常见,崔九堂前几度闻。
> 正是江南好风景,落花时节又逢君。

此诗横跨了几个空间和时间,囊括了丰富的时代生活内容。首联写的是"开元盛世"那段时间诗人与李龟年的交情与往来。李龟年是开元时期著名歌唱家,杜甫作为诗文早著的青少年有幸在岐王李范和殿中监崔涤等王公贵族的府第欣赏他的表演。"寻常见"与"几度闻"表明交往的熟稔程度,同时也是时间和空间的多次相隔和重叠。空间和时间的再次大跳跃在尾联出现:安史之乱后,时局动荡不安,杜甫与李龟年各自漂泊离散,最后竟然在江南相逢,此时与首联叙述的时间相隔几十年。有意思的是,此时的李龟年已凄凉落魄,流落俗间。而杜甫也同样落难,二者都失掉了先前的风光,所以诗人用"落花时节"便不单指时令而言,而是寓意深长。结句用"又逢君",这三字蕴含了诗人那千言万语不知从何说起的无限感慨。按理,一对老朋友在漂泊颠沛中相逢,该有多少话要说,说什么呢?不知道,也许什么都没说,只一个彼此会意的苦笑便全理会了。但这毕竟是我们的想象,从诗的行文来说,尾联两句一明一暗,一高一低,一喜一悲。

"江南好风景",给人游兴,给人好心情,给人吟咏歌唱的好素材。然而,"落花时节"却让人从兴高采烈的高处跌落悲伤的谷底!这二位擅长吟咏歌唱的艺术家沉浸在落难相逢的悲哀之中。本应该是风景秀丽的江南,在他俩的眼里却是一片凋零残败。历代诗评家对此诗称誉极高,说可与李白、王昌龄的七绝相比而无逊色。那么,此诗好在哪里呢?好在这结句的黯然搁笔。一个无言的结局。一个"刚开头却又煞了尾"的结笔。沈德潜说这是"含意未申,有案未断"。顾乐说这是"案而不断,神味无穷"。

这种案而不断的结尾技巧,在绝句中用得比较多。随便举今人几例便可知。

厦门诗人王翼奇有一首《梦登岳阳楼得句》,属于感怀之作,诗曰:

> 巴陵胜状昔年闻,云梦潇湘此吐吞。
> 也拟登楼问忧乐,不知谁是范希文。

范希文即范仲淹。岳阳楼因了范仲淹的一篇登临记(据说其时还没到过)而名噪天下,"先天下之忧而忧,后天下之乐而乐"更在此后的千百年间成为读书人、官员的远大理想和高尚品德的人生格言。但在言辞与行为严重脱节、人前冠冕堂皇信誓旦旦私下里却贪腐逐臭男盗女娼的当今官场里,这种高调的"忧乐观"则是一种莫大的讽刺。作者有感于此,结句用故作糊涂的"不知"二字,把现实里的问题摆上桌面,但也就摆上而已,如何讨论,如何分辨,如何从中找到有益的思考,那就是读者自己的事了。

(4)设问反问,故留悬念

绝句是一种善于捕捉特定场景和瞬间情感的吟咏艺术。绝句虽然短小，却要求韵味悠长、情意绵远。这个艺术效果一般都通过高超的结尾技巧来实现。以问句作结，是一种普遍使用的方法。问句作结，可以是疑问、设问、诘问、反问。其作用在于设置悬念、故留悬念、强化悬念。有悬念就会引起人们思考、探索、深究到底。这一系列由读者自行完成的思维过程丰富和完善了诗人所要表达的思想情感，自然使诗味益加厚长。

A.疑问作结。

且看皇甫冉的《婕妤怨》：

> 花枝出建章，凤管发昭阳。
> 借问承恩者，双蛾几许长？

《婕妤怨》是古乐府曲名，是东汉以后的文人借班婕妤的故事而写作的一种宫怨诗。班婕妤是汉成帝的妃子，因文才超群、才貌双全被册立为婕妤（汉宫中女官）。后因赵飞燕姐妹得宠，在成帝面前进谗言诋毁她，班姬恐受害，遂自求去长信宫侍奉皇太后。长信宫的清苦寂寞激发了她写诗作赋的激情，成就其成了女诗人。《怨歌行》是她最出名的乐府诗。皇甫冉的这首七绝，是借班婕妤之口，写失意宫女见到别人得宠时的幽怨。结句用了一个疑问收笔：那新承恩露的宫女眉毛画的有多长？这个质疑蕴含了诗人的愤慨。难道眉毛画的长就漂亮吗？难道那美人是因其美貌而得宠吗？难道这世上有裁决美貌的标准吗？难道？……真是一句质疑，引发多少深思，含意不尽，玩味不尽。

B.设问作结。

且看王维的《杂诗》之二：

> 君自故乡来，应知故乡事。
> 来日绮窗前，寒梅着花未？

诗人遇到一个从故乡来的旧友，高兴之余最想知道的当然是"故乡事"。故乡的事情要问的肯定很多，究竟哪一件是诗人最急切想打听的呢？家乡一草一木的的变化，亲人包括左邻右舍的近况，应该是久在异乡的人最为牵怀挂肚经常惦记的事情。然而，情况有点出人意料，诗人的设问是："寒梅着花未？"而全诗也就以此收结。这看似漫不经心的一问，正是诗人手法高明之处。假如问的是亲朋故旧、风土人情之类，那就容易落入俗套了。诗不厌平常事但厌俗。窗前的那株寒梅开花了没有？这可是一件最平常不过的小事，但一经诗人口里说出便悬念顿生了：莫非那寒梅与诗人有特殊的关系？或者在寒梅身上另有隐喻或寄托？说不定问的是一株梅，内心惦记的却是一个人。总之这是诗人有意留置的悬念，你们就猜去吧。

C.诘问作结。

且看李贺《南园十三首》之五：

男儿何不带吴钩，收取关山五十州。
请君暂上凌烟阁，若个书生万户侯？

首联先设问：为何堂堂男子汉在烽火连天，战乱不已的时局不去冲锋陷阵、报效国家？此问带有自责的意味，似乎投笔从戎乃当时势所必行之事。那么，又为何不去呢？原来，事情没那么简单。"收取关山五十州"说起来容易做起来难。书生意气的慷慨激昂和真刀真枪的沙场血战，全然不能同日而语。再说，纵使自己有戎马生涯的志向和决心，谁又会给你施展才能的机遇和条件呢？不是我李贺胆小不敢去拼，你去调查一下，凌烟阁那些功臣像（唐太宗曾叫人在阁上画开国功臣二十四人）里有哪一个是书生出身呢？这是以诘问收结，其艺术效果比陈述句收结情感更加强烈。使人读起来觉得带有一腔愤激不平而沉郁哀怨的气势。

D.反问作结。

且看王翰《凉州词》:

> 葡萄美酒夜光杯,欲饮琵琶马上催。
> 醉卧沙场君莫笑,古来征战几人回?

王翰流传于世的诗作不多,收录于《万首唐人绝句》中的七绝也仅得四首,而这首《凉州词》却享有盛誉而传诵千古,其奥秘在于这结尾的一句反问:"古来征战几人回?"清人施补华说,这一句"作悲伤语读便浅,作谐谑语读便妙"(见《岘佣说诗》)。而沈德潜则认为,这一句是"故作豪饮之辞",乃"悲感已极"(见《唐诗别裁集》)。其实,说是谐谑语也对,说是悲伤语也对,说是豪饮辞也对,读者完全有理由依据自己的感受去领悟。总之,此句是以反问作结,用豪放旷达的语气表达悲慨而激昂的心情,给人以强烈的艺术感染,一读难忘。

用疑问、设问、诘问、反问而收结的绝句,容易收到气势磅礴、悬念顿生、一唱三叹、余味深长的艺术效果,是绝句中最常见到的句式。

今人诗中善用这种问句作结的极为普遍。这里略举一例。

安徽诗人祁庆达有一首绝句《问夫》,结句妙用官夫人的一句问话,即把全诗的精彩推到读者跟前。其诗曰:

> 得意春风逐笑颜,官人昨日又升迁。
> 娇妻枕上嗲声问:下次要花多少钱?

一篇讥讽官场腐败痛斥吏治潜规则买官卖官贿赂公行的好诗,只聚焦于一个生活细节:一位官员通过行贿获得升迁,当其回到家里时,妻子笑逐颜开,问其丈夫下次买一个更大的官需要花费多少钱。此诗以官员"娇妻"的一句问话为结,安排极有深意。毕竟许多官员的腐败(无论受贿还是行贿)大多是经由妻儿子女进行的。诗人借用官夫人的问话作结,一举多得,省却了一大堆文墨,简练而余味无穷。

(5)临去秋波,贵在传情

喜欢看古典戏剧的人都知道,表现情人分手的场面,少不了依依惜别——临走还情意绵绵、一副难分难舍的样子,当演员已走至幕边即将下场时再回头顾盼,递过来最后一束含情脉脉的眼光,这叫"临去秋波"。别小看这回眸的一束秋波,其威力却是好生了得,有时竟能使人立时销魂勾魄、筋骨松散、全身瘫软。绝句的结尾,有时也采用这种方法。

试看崔护《题都城南庄》:

> 去年今日此门中,人面桃花相映红。
> 人面不知何处去,桃花依旧笑春风。

崔护的这首诗之所以能传诵千古,是因为诗里蕴藏了一个带有传奇色彩的"本事":崔护举进士下第,清明日独游都城南庄,有了"寻春艳遇"的惊奇,次年为情所驱再去南庄,却"重寻不遇"。这可是颇具戏剧性的情节。但这一"本事"的真假,却无从考究。诗人在写作中虚构情节或场景也是常有之事。如果"本事"为真,则崔护其诗便是借"本事"而出名,如果"本事"原本就没有,是崔护先写了诗,好事者附会崔护虚构的情节而添油加醋敷演出所谓的"本事",则后来据此编成的戏曲都应向崔护交版权费。总之,崔护的这首诗使"人面桃花"成为人们津津乐道的典故和成语。而诗的结尾正扣紧"人面桃花"依依不舍,乃至怏怏离去(不见人面的失落感),临走犹转秋波(只见桃花在春风中凝情含笑)。依旧含笑的春风究竟意味什么呢？讥讽诗人的自作多情？揶揄诗人本不该错失机会？暗示小女子愿为诗人传递信息？不管怎么样，那艳若桃花的少女如今只是一个美好的追忆，连影子都不曾留下呵！世事不就是这样么，那美好的东西一旦失去了，就甭想找回来。谁叫你那么粗心呢？诗人在结句里失意地咀嚼着无比的怅惘。

再看徐俯《春游湖》：

双飞燕子几时回，夹岸桃花蘸水开。
春雨断桥人不度，小舟撑出柳阴来。

李梦生说，"徐俯这首诗，好在越读越耐读，犹如倒吃甘蔗，渐入佳境。前两句初读很平常，但后两句一出，诗马上活了起来"（《绝句三百首》注评）。为什么后两句一出全诗即活？原来，徐俯在这里上演的也是临去秋波好把戏。春雨，燕归，桃花戏水，景色平常，兴致一般，再看小桥已被上涨的湖水漫过，春游的兴致顿时消落，正待离开时，一叶扁舟"嗖"地从空蒙浓郁的柳阴中摇曳而来。而诗人也就在此打住。行啦，一个秋波已送出，足够让你心头荡漾的了。

看看今人诗中是否也有此一用法。

四川诗人王聪有一首绝句《老屋》，其诗曰：

燕子已无踪影来，梁间空落百年埃。
能经岁月为何物，檐角野花春自开。

此诗作者欲擒故纵，想抒发对"老屋"的热爱，却用了大堆笔墨勾勒了眼前的一派凄凉景象，老屋无人住，连燕子也不来筑巢，到处是堆积已久的灰尘，世事沧桑，令人感慨。正待转身走时，忽然瞅见屋檐竟然奇异的开着一朵小花，似在向陌生的客人微致笑意。这时，诗人心头一热，忍不住再回头朝老屋仔细打量了一番。这诗，就因为结句的秋波一递，想走都难。但如此一结，那沧桑凄凉的意味益发浓郁。

（6）节外生枝，另造类比

有时，诗人正在描写的景物或叙述的本事一时难以找到一个能让自己满意的结尾，此时若草卒了事平铺直叙信手收结，则可能前面的苦心经营立马泡汤，坏了一腔诗思。有写作经验的诗人，此时会绕一个圈子，抛开本事，脱出话题，或另造类比之事暗度陈仓，或倒插一个趣味横生的情节巧妙迂回。总之，属于节外生枝，诗人蓄意安排一个具有暗示性的结尾，目的在于精减叙事而增添厚味，以便收到言有尽而意无穷的效果。

且看施肩吾的《望夫词》：

> 手爇寒灯向影频，回文机上暗生尘。
> 自家夫婿无消息，却恨桥头卖卜人。

望夫词写的自当是妻子思念在外（出征？经商？赴考？）丈夫的情感。有意思的是，这施肩吾是一位道士，但他此类情感浓郁的七绝却写得很有人情味。首联写一女子长夜不眠，又无心织作，盼人未归而焦虑不安。持灯是等人，向影频是屡屡回头顾影，回文机指织出回文诗的织布机，显然用了苏氏回文织锦表达对丈夫深切思念的典故，但机上蒙尘，说明这女子对这种表达思念情怀的方式也没有心机了。什么原因让女子如此焦虑呢？原来是"自家夫婿无消息"。也许是村里同时出外的其他人都有了音讯，唯独这女人的丈夫却生死未明。这的确是够让人心烦的。这诗写到这里再顺着主干往上伸展似乎也写不出什么名堂，于是诗人笔锋一转，安插一个"桥头卖卜人"来点眼结穴。卖卜人与思夫女有何相干？诗人顺手扯来，原来是要一个暗示性的结尾：也许这女人思夫盼夫急切，乃向桥头摆摊的算命老者求卜，这卖卜人信口胡诌断其丈夫某时某日定有音讯到家，女子信以为真，却左等右等等不到丈夫的半点消息，盼望落空的苦痛导致女子对算命人的怨恨。你看，一句节外生枝的结尾，暗示着复杂的故事情节。当然，这情节的精彩与否，全在读者自己的想象了，但这就是诗人的高明之处。

今人林锴有一首《宿武夷庄》曾获1992年首届全国诗词大赛二等奖。诗的妙处全在结尾一句，用的也是节外生枝的手法。其诗曰：

幔亭峰下雨晴初，玉女当门画不如。

半壑丹枫明似火，晚窗补读未烧书。

诗人旅途入宿武夷山庄，所见乃武夷山深秋傍晚景色，诗人以画家特有的视角摄取幔亭雨晴、玉女当门、丹枫似火几个镜头，叙述到这里诗人的情感尚让人捉摸不着，难道诗人仅赏赏风景而已？直到诗人兀的笔锋一扫，把自己也带了进去，成了既独特又有联系的一道风景：秋窗晚读。说独特，是诗人用了"补读"二字，说有联系，是诗人手中所读的"未烧书"显然从第三句的漫山遍野的"火"联想牵出，这个结尾或许暗示着这样一个情节：诗人入住山庄时，竟意外地从山庄主人的收藏中见到珍贵的"禁书"，即本该被查抄烧毁的但侥幸逃过了"书劫"的书。诗人应当是知道有这书但一直未能谋面，所以方用"补读"二字。历史上的"书劫"，大的可举秦始皇的"焚书"以及"文革"的"破四旧"。如此一联想，诗人这结尾由于暗示着一些故事而引人生发无穷的感慨。这正是节外生枝结尾的艺术效果。

（7）据实构虚，营造诗境

中国传统艺术文化讲究虚实相生、虚实变化。如国画、书法的

"布白""留白""飞白"。"白"与黑即墨色相对而言，着墨为实，"布白"为虚。实者，具状目睹也，虚者，隐形想象也。故眼见为实，耳闻为虚；眼前景为实，意中景为虚；自家情为实，他人情为虚。绝句收结，有时便用据实构虚的手法，在具状描述眼前景和自家情的基础上，以合理的想象与怀忆，推及另人旁事与他情，使今古相比、人我相应、虚实相生、有无相形。这种结尾方法"使笔生动有机，机趣所之，生发无穷"（清人方薰语）。

且读韦应物《秋夜寄丘二十二员外》：

怀君属秋夜，散步咏凉天。
山空松子落，幽人应未眠。

诗人在凉意袭人的秋夜怀念故人，首联便据实具状，叙述自己在一边散步一边思念丘员外。接着，诗人开始想，如此秋夜凉天，空山幽静，不时有松子掉落发出"的达"响声，隐居于深山的丘员外会在做什么呢？应该还没睡吧？那么，也许我在想念着他，他也在想念着我吧。你看，这后面的情景不一定当真，压根儿是想象出来的。但因为是从前面的实情实景生发出来的，所以其想象又是合理的，让人可信的。

李商隐那首著名的《夜雨寄北》：

君问归期未有期，巴山夜雨涨秋池。
何当共剪西窗烛，却话巴山夜雨时。

结尾用的也是据实构虚的手法。首联写自己在巴山独对孤窗秋夜听雨、遥望北方思归不能的境况，这是实景、真情。远在北方的那个人（因有一选本题为《夜雨寄内》，有人说那人应是李商隐妻子，但有人考证出其时他的妻子已死，应是友人，但从诗文内容看应是恋人）盼自己早点回去，而自己却一点办法也没有，那种抑郁沉闷难堪难挨的心情随着雨势的增大池水的猛涨而弥漫开来。挥之不去的相思之情、羁旅在外的凄凉孤寂，一并融进绵密淅沥没有尽头的雨声之中。正在让人一愁莫解的惆怅时，诗人突发奇想："假如日后有一天相聚，不是可以把今晚雨中相思的凄苦一一诉说出来么？"真是妙不可言，一个据实构虚的设想，提前把未来相见的欢乐拿来派上用场，而此时的寂寞与苦楚似乎也就在幸福的憧憬中消解了。

然而这是以酒浇愁愁更愁，越是设想未来的欢乐，则越是增加此时的凄苦。正是"翻从他日而话今朝，则此时羁情，不写而自深矣"（徐德泓《李义山诗疏》）。诗人自然知道这个道理，因为这正是他如此结尾想要的艺术效果。可以说，据实构虚苦心营造的巴山—西窗—巴山、今夜—未来—今夜如此回环对比的诗境，其曲折性和深婉度俱令人叹为观止。

河北诗人王玉祥有一首在海峡两岸诗赛中获大奖的绝句，诗名为《赠台湾友人》，诗曰：

最忆童年捉柳花，何时重品故园茶？
春深怕读登楼赋，阿里山高不见家。

捉柳花，这是农村儿童常玩之事，出生于农村的人都经历过，或即没有亲身经历也一定见过，这是实景。故园茶，一喝便有故乡的山水味、人情味，对于久别故园而有一海之隔的台湾友人来说，想"重品"之盼望也是实情。但"阿里山高不见家"这一情节，就是诗人凭空想象出来的。第一，诗人不一定到达过阿里山最高的地方，是以能不能看到家只是一种推测；第二，台湾友人也不一定会站到阿里山的山顶看故乡，所以不存在"阿里山高不见家"的情节。但诗人把这种不可能、不会有的虚拟情景变成可能、变成似乎已经有过的可见情景时,那种深深的怅惘,那种浓郁的思念,就十分强烈地展现出来了。在这里,据实构虚的艺术魅力就显得格外可赏。

(8)卒章显志,点明主题

五七言绝句的结尾技巧,以上所介绍的大多以含蓄为主,强调回环婉曲、意留言外,言有尽而意无穷。这是大多数人喜欢的风格。但艺术总是多样化的,有人喜欢深沉就有人喜欢浅露。喜欢浅露的诗人当推白居易为代表。白居易主张"言直而切",使老媪能解,走大众化、通俗化的诗歌路线。"卒章显志"就是白居易倡导的结尾方法。

所谓"卒章显志",就是在绝句的结尾点明主题,深化主题。不要故弄玄虚,而要把作者立言的本意、把作者的思想感情明白无误地表述出来。比如《问刘十九》这首五绝:

绿蚁新醅酒,红泥小火炉。
晚来天欲雪,能饮一杯无?

结句就是一句浅白的口头语,直截了当地点明主题:珍重友情,问刘十九来不来饮酒。又如《闺怨词》之三:

关山征戍远,闺阁别离难。
苦战应憔悴,寒衣不要宽。

结句是闺怨主题的深化。妻子想念征戍远方的丈夫,正在灯下为丈夫裁剪御寒的衣裳,一想到征战劳苦丈夫不知瘦成啥样子,便提醒自己不要把衣服做大了。

这种直白浅显的结尾,扣紧主题,而诗人的同情心也表露无遗。再如七绝《城东闲游》:

宠辱忧欢不到情,任他朝市自营营。

> 独寻秋景城东去,白鹿原头信马行。

诗人能够在城东白鹿原头放任坐马随意行走,乃因其把一切宠辱忧欢尽抛脑后,无论朝野怎么议论评说都与自己无关,正是这种超脱和放开才有心思"闲游"。结句的"信马行"显示诗人无官一身轻、荣辱度身外的轻松心态,这便是主题"闲游"所要表达的思想感情,浅显易懂。

信手翻阅白居易绝句读本,你可以发现,好些绝句的诗题都在结句中点明。例如,《晚望》:

> 江城寒角动,沙洲夕鸟还。
> 独在高亭上,西南望远山。

结句的"西南望远山"就是题目的"晚望"。又如《宿东林寺》:

> 经窗灯焰短,僧炉火气深。
> 索落庐山夜,风雪宿东林。

这诗的结句就是题目。这些都是一种风格,比比皆是,不必一一列出。

卒章显志,直截了当地点明主题,避免诗义晦涩,省却读者胡乱猜疑,对于表达诗人的坦荡心胸和特立独行的人格有一定的帮助。

但卒章显志的结尾方法也有一个不足之处,那便是过于浅露,使人一览无余。可见,浅露既是其优点,也是其缺点。关键看你怎么运用。如果你胸襟高,品格高,自然不怕坦荡而浅露。因为情真意切更容易感人。如果你出言有所顾忌,或者立意在于讥讽世事,自然就不能用卒章显志这种浅露的结尾方法了。

（9）直落急收，藏锋留味

绝句的创作，通常都有一定的规律，比如，取材宜小，情节宜少，语言善了，典必慎用，意必巧藏，韵深味长等。又比如，起句要高远，承句要稳健，转句要婉曲，合句无痕迹等。但这些都要依据具体情景灵活运用，不可千篇一律，拘泥一法。像起、承、转、合这种结构，既可以分之四句，一一对应，也可以只用起、承、合，或只用起、转、合，更有特殊情形只用起、承二个层面而已。试看金昌绪的《春怨》：

打起黄莺儿，莫教枝上啼。

啼时惊妾梦，不得到辽西。

此诗的结构十分特别，起句开"打"，接下去的三句说明为什么要"打"，是一、三句式。首句起，二三四句承，没有了转合。这种一、三句式以起句为中心，接着一气而下，句句紧扣，不留空隙。明代"后七子"领袖王元美评此诗："不惟语意之高妙而已，其句法圆紧，中间增一字不得，着一意不得，起结极斩绝，而中自纡缓，无余法而有余味。"（《艺苑卮言》）"起结极斩绝"而中间又不留添插空间，这是本诗最大特色。其长处在于一气贯之首尾，诗以气胜。本诗的结尾方法称为直落急收，斩绝立结。

直落急收，好比书法家挥洒草书，笔势疾速，如惊蛇出洞，宿鸟投林，收笔时藏锋隐势，戛然而止。《春怨》的"不得到辽西"，果然有一种斩绝的效果，结的干净利落。但细加寻思，则意犹未尽。纵然鸟儿飞走了，美梦也续成了，恰如所愿地在梦里去到辽西，那又怎么样呢？梦醒时分还不照样泪湿枕巾徒劳相思无处寄？这表明，诗人虽然已斩绝立结，却也在收笔中藏锋留味，耐人咀嚼。

苏颋的《汾上惊秋》也是一首直落急收而颇受诗评家称誉的五

绝。诗曰：

> 北风吹白云，万里渡河汾。
>
> 心绪逢摇落，秋声不可闻。

此诗因首联与汉武帝《秋风辞》的"秋风起兮白云飞，泛楼船兮济河汾"相似，究属即兴咏史还是即景抒情，历来诗评家各有不同看法。其实，就唐人绝句极少用典的习惯（即便用典也常装成不知有典）和诗题来看，此诗应是诗人在汾水所见秋景触发心中悲伤而抒发自己的真情实感，与咏史无关，这从诗题中的"惊"字和句中的"逢"字即可说明。诗人看到呼啸而来的北风把天边的白云一下子刮到汾水和黄河的汇合处那边去，周边草木飘摇的萧瑟响声和心里的失落心绪搅织在一起，结句"秋声不可闻"斩绝而有倒抽一口凉气的惊悚感。此诗急起急收，一气而下，秋声逼人之情跃然可现。故顾乐誉此诗是"大家气格，五字中最难得如此"（《唐人万首绝句选》）。

五言结句的直落急收，因其比七言少了一个音节，读起来干净利索，容易辨别。七言多了一个音节，读起来便舒缓一些。但斩决的笔意，还是比较明显的。例如，李白《早发白帝城》：

> 朝辞白帝彩云间，千里江陵一日还。
>
> 两岸猿声啼不住，轻舟已过万重山。

此诗也是一气急落而下，以一种充满豪情的笔调利索收结。这与王翰《凉州词》结句"古来征战几人回"、李涉《宿鹤林寺僧舍》结句"又得浮生半日闲"及宋人王令《送春》结句"不信东风唤不回"等都有言尽而情意未了但结得斩决之特色。

今人诗中用此结尾手法者也极为普遍。

湖南诗人熊鉴有一首《吊张志新》，其诗从张志新行刑前被割

子手割破喉咙一事下笔,一气流转,如狂涛决堤,夺路而泻,势不可当:

> 作假之徒怕说真,防川计拙枉劳神。
> 纵然割去常山舌,世上翻多骂贼人。

吊张志新而从刽子手无人性的恶行开骂,骂得痛快淋漓,还说开骂的决不只是我熊鉴一个人,结句的简洁利索,就像法庭上的一纸判决,不容置疑。

(10)含浑圆转,诗意厚重

直落急收的结尾,虽然诗人通常也会藏锋留味,以备咀嚼,但更多的还是呈现真情直露的情形。比如,贾岛的《寻隐者不遇》:

> 松下问童子,言师采药去。
> 只在此山中,云深不知处。

此诗也是一、三句式,结句斩绝,但语浅义明。再如,戴叔伦的《对酒》:

> 三重江水万重山,山里春风度日闲。
> 且向白云求一醉,莫教愁梦到乡关。

斩绝而收的结句也是真情呈现。有时,诗人为了玩深沉,便故意在结句中选用含浑的字眼,让结句有较多的不确定性,这种结尾技巧称为含浑圆转,其目的在于使诗意更加厚重。

且看王昌龄的七绝《从军行》之四:

> 青海长云暗雪山,孤城遥望玉门关。
> 黄沙百战穿金甲,不破楼兰终不还。

此诗结句也有斩绝的气势，但用了一个含浑的"终"字便有点不同。"终"字可作"终归"和"始终"两种不同含义解，用前者解是归期无日，用后者解是誓死不归，一个是被逼于客观的无奈，一个出自主观的是豪言，二者差别极大。有人说结句应是豪放语，有人说如是豪放语则为什么不用"誓"字更有英雄气魄？清人沈德潜则认为："作豪语看亦可，然作归期无日看，信有意味。"（《唐诗别裁》）其实，诗人之所以用含浑的"终"字而不用明白的"誓"字，目的在于用结句的不确定性来加重全诗的意味。也许诗人要的正是这种既自豪也无奈，二者兼有，感情色彩不是更丰富复杂么！试想，沙场百战的军士既有为国效命的自豪感，也当然有戍边征战的苦寒寂寞感，如果诗人用"誓"字即可变含浑为明白，但那喊出来的豪言壮语便只是诗人"站着说话不腰疼"的口号而决非戍边将士的心声了。

王昌龄的这种含浑结尾手法在另一首《从军行》中也有表现。《从军行》之一：

烽火城西百尺楼，黄昏独坐海风秋。
更吹羌笛关山月，无那金闺万里愁。

结句的"无那"二字，也是含浑圆转的笔法。本来是写戍边军士在城楼上怀念家中的妻子，随着那幽怨笛声的吹起，突然觉得那笛声消解不掉妻子对自己的怀念。结句的反转是借助"无那"二字过渡的。"无那"意近"无奈"，但"无奈"浅白而"无那"含浑。查"奈"为仄调而"那"为平音，按理此处应用仄而不能平，因此笔者怀疑"无那"是否为"无奈"的刊误，但查过几种最早的版本，均为"无那"无误，难道是诗人为追求含浑圆转的艺术效果而不顾音律的缺陷？关于此诗的结句，李锳《诗法易简录》曾这么评说："不言己之思家，而但言无以慰闺中之思己，正深于思家者。"这是对王昌龄擅长七绝结句结得浑厚有深意的称誉。

今人运用这一手法的也很多，江西诗人蔡厚示有一首绝句《雁荡山怀内》，诗曰：

> 雁荡山奇水亦奇，夫妻峰下惹相思。
> 叮咚溪似喁喁语，蓦忆临行未画眉。

这诗的结句，语意甚为含混。可以有四种不同的解读。一种是"未画眉"的是诗人自己，一种是"未画眉"的是诗人的妻子，一种是诗人没有给妻子画，一种是妻子没有给诗人画。一般来说，当以第三种较为接近作者之本义，用以暗喻出行时有些责任没有履行，漏了一些分手时刻本该做的事。也许在临别匆匆时只顾着亲热，也许走得仓促压根儿没来得及告别。总之到了夫妻峰下，便不由自主地泛起一股浓郁的恋情，这才惆怅还有许多深情藏在自己心里深处没来得及向爱人表达。那么，这结句是用一丝歉意反衬爱情的温馨与甜蜜。试想如果结句用"笑说临行未画眉"或"怨说""怨诉"之类，则明白直指诗人没有给妻子画眉而不会有上述其他歧义。正是用上"蓦忆"这一词语而让"未画眉"具有更多的解释空间才使得全诗意蕴深厚，诗味隽永。

（11）平淡收结，内含深情

诗评家常说，一篇之妙在于结尾，结尾之妙在于有情，有情之妙在于含蓄，含蓄之妙在于平淡。能以平淡语收结，看似漫不经心，有时诗人只是站在远处旁观，冷暖不露声色，落笔客观而不掺杂半点评判意见，但却把深厚的情感隐含在客观平淡的话语之中。这样的结句，读过只觉平常，掩卷始悟有味，及后思之弥觉高深，诗意厚重，这便是唐人五七言绝句中使用频率较多而手法也日渐精巧的结尾技巧。

且看刘禹锡的《秋风引》：

> 何处秋风至？萧萧送雁群。
> 朝来入庭树，孤客最先闻。

全诗重笔浓墨写秋风：秋风来去无迹可寻，只听远处"萧萧"声中秋风已幡然而至，跟着看到雁群开始往南飞；很快地，秋风又进了庭院，在树叶中摩梭而过。至此，秋风的形象已具状可感，但诗人仍未露一丝半点情感，景中之情该在结句中点出了吧？却见诗人以"孤客最先闻"结句收笔。"最先闻"是喜是忧？从字面上看不出来，因其语近中性平淡得不带有任何感情色彩。不像苏颋在《汾上惊秋》用"秋声不可闻"，则悲伤忧愁情感立即溢于言表。那么，是不是诗人不想表达思想情感呢？显然不是。于是掩卷之余，再回头细想。秋风"萧萧"而至进了庭院近在眼前声在耳边，诗人听到了，其他人也当然听到了，可为什么却说是"孤客最先闻"呢？显然是"孤客"对周围环境的变异、时令物候的更替比别人更为敏感。正如唐汝询所说："孤客之心，未摇落而知秋，所以闻之最早。(《唐诗解》)"如此说来，则是"孤客"先有羁旅之愁和思归之痛方会敏感"先闻"，那么"萧杀"秋声便会令"孤客"触绪惊心愁上添愁黯然销魂了。你看，这强烈的思想感情就这么悄然无声无息地藏匿于结句的平淡语之中，难怪钟惺评此诗说："不曰'不堪闻'，而曰'最先闻'，语意便深厚(《唐诗归》)"。

提倡写诗要率真平淡"清水出芙蓉，天然去雕饰"的李白，是善造平淡而到天然的高手。读李白的五七言绝句，你会觉得如同沐浴清风、抚触晨露、闲庭漫步、林间听鸟那么清新自然。《静夜思》这首五绝，之所以成为千古传诵乃至时至今日仍高居十大唐诗榜首，其魅力正在其平淡到天然：

> 床前明月光，疑是地上霜。
> 举头望明月，低头思故乡。

这首小诗清新朴素，四句尽是口头语信口而出：月白如霜，夜静秋凉，短梦初醒，不觉触动旅思情怀，举头低头之间，默默思念着久别的故乡。起句轻松，结句平淡。全诗既明白如话，又蕴藉感人。它内容单纯，但情韵丰富；任何人都能理解，却又非一般人所能体味得尽。俞樾在《湖楼笔谈》中所说"以无情言情则情出，从无意写意则意真"，正是此诗妙处。

宋人绝句中也大量沿用此种淡语结句的手法。且看王禹偁的《清明》：

> 无花无酒过清明，兴味萧然似野僧。
> 昨日邻家乞新火，晓窗分与读书灯。

此诗开门见山，起句即点主题，承句抒发议论，第三句补述"乞火"情节，结句自述志趣，用语平淡而内含深情。再看韩维的《展江亭海棠》：

> 昔年曾到蜀江头，绝艳牵心几十秋。
> 今日栏边见颜色，梦魂不复过西州。

此诗从诗题上看是咏海棠绝句，但细读诗文却是一首缠绵悱恻惆怅感伤的爱情诗：先前诗人暗恋一个红颜，几十年一直眷恋不能自已，不想今日见到一位容貌相似的女子，一时又勾起深藏心底的爱情，但青春已消逝，爱情已错过，情真意切又有何结局呢？结句"梦魂不复过西州"用语平淡而内含惆怅感伤，等于说美梦是该结束了。

今人诗善用淡语作结、语气波澜不惊而暗藏深厚情感于诗中者，甚为普遍，大抵凡嗜好近体诗者，无不精通此道。这里也举一例。

湖南诗人周笃文有绝句《书斋》，其诗曰：

> 日日吟笺与郑笺，鸡窗灯火对残编。
> 古欢一段谁消得，布袜青衫三十年。

为古人诗词作注，写赏鉴文字，间中也吟几首纾解性情，灯火鸡窗，天天如是，这种孤寂平淡的书斋生涯，一熬就是三十年，肯坐此冷板凳的通常正是有大境界之人。此诗正是袒露学者心胸和诗人气质的自白，但结句却用上一句平淡如水的"布袜青衫三十年"，情感尽深藏于未具感情色彩的文字之中，读后颇耐人寻味。

（12）白描形象，留待品味

有时，诗人在绝句结尾时，用一种白描手法，画出一个具体形象，或刻画一个具体细节，留待读者自己去欣赏和品味，而诗人暗藏的情感，也有赖于读者在欣赏和品味中自行领会，这种结尾技巧就是白描作结。

且看元稹《行宫》：

> 寥落古行宫，宫花寂寞红。
> 白头宫女在，闲坐说玄宗。

此诗先写行宫的荒凉，所见者只有寂寞宫花和白发宫女，时局盛衰无常，往事不堪回首，伤感气氛已跃然纸上。水到渠成，也许，诗人要借景抒情来收结了。不料，结句却只刻画了宫女"说玄宗"的动态就搁笔了。宫女说玄宗什么呢？诗人不露口风，有意留待读者自己去品味、思考。"闲坐说玄宗"，"说"字是关键字眼，只一"说"字便已包蕴无限，盛衰之伤与怀旧之感尽已托寓其中，令人惕然警醒。

可见用白描手法作结，不发议论，胜似议论，不抒情怀，也能黯然动人。

再看刘禹锡的《和乐天春词》：

> 新妆宜面下朱楼，深锁春光一院愁。
> 行到中庭数花朵，蜻蜓飞上玉搔头。

此诗写大好春光中少妇之寂寞愁思，结句用的也是白描手法，刻画一只飞来的蜻蜓站立在少妇精心打扮的发型玉簪上这一细节，其潜台词是：这少妇见花陷入沉思，竟凝立如痴，乃至蜻蜓猖狂地飞立其头上犹未察觉。可见用细节结尾，也颇令人玩味。

宋人绝句也常有人用此白描手法结尾。比如，孔平仲的《禾熟》：

> 百里西风禾黍香，鸣泉落窦谷登场。
> 老牛粗了耕耘债，啮草坡头卧夕阳。

结句白描的形象是一头老牛，耕耘完了正躺在夕照的山坡上嚼着草，那是牛吗？是，但也当是诗人的寄托，有得寻味。张舜民也写过一首可画成傍晚牧归图的七绝《村居》：

> 水绕陂田竹浇篱，榆钱落尽槿花稀。
> 夕阳牛背无人卧，带得寒鸦两两归。

结句白描的形象也是牛，一只乌鸦歇落在牛背上与牛双双归来。"牛带寒鸦"，意味着这不协调的配合成了牛无可奈何的归宿，带出一种只能听任自然的信息，这一结尾也就蕴含着一种淡漠的惆怅。

当代河北诗人魏新河有一首绝句《歌西湖》，诗曰：

> 瞥眼西湖十二桥，钱江只比树梢高。
> 世间高下原无定，木末徐徐到我腰。

这是一首游历诗。此诗作者有一小段文字说明：自虎跑登玉皇山，林木翳日，落叶满径。绝顶左西湖而右钱江，皆出于树梢之上，而四周山顶皆在衲底矣。其实，这段文字正是此诗吟咏起兴之景象。树梢高于山顶，西湖和钱江高于树梢，这是观看角度及所在位置造成的奇特现象。诗人从这一奇特景象联想到人世间的事情，感慨良多，于是说出了"世间高下原无定"的创见，正待议论一番，把自己的情感带将出来。不料，狡猾的诗人却把议论打住，只用画笔白描一幅树梢只及"我腰"的景象，而所有的情感也就隐入这一幅景象之中。诗人的发现和见解，来自眼前的景观，不把议论穷尽而引导读者自行观察从而领会作者的思想境界，这是比较高明的写法。

（13）盘马弯弓，摇曳生情

七言绝句，虽然仅有区区四句，却是可在诗人笔下，极尽变化之能事。或如和风细雨，润物有韵；或如雨暴风狂，摧枯拉朽；或则风卷云舒，神定气闲；或则飞沙走石，气象万千。或景写山水，或情说人生，或咏物兴托，或论史寄言。取材既异，旨趣有别。风格可相近，结尾必不同。从这个角度来说，结尾须依据全诗的内容和风格灵活设置，因而不可能有固定的范式可予套用。我们在这里讨论绝句结尾的技巧，只不过是拿其中一些常见的又被人说好的实例来稍加评析，这也是一种欣赏和学习。这里我们要剖析的一种结尾方法，叫盘马弯弓，摇曳生情。

所谓盘马弯弓，就是结句时蓄势，"横断不即下，欲说又不直说"（方东树语）。不直说是不急于说出要说的主题，有意左右盘旋，好似在马上拉弓搭箭，但只是虚张声势，故意摇曳，不急于射出。待到一切准备停当，气氛已到极顶再一箭中的。这种盘马弯弓结尾法，可使主题的表现更为强烈，更为充实，更为完美。试看白居易《曲江忆元九》：

> 春来无伴闲游少，行乐三分减二分。
> 何况今朝杏园里，闲人逢尽不逢君。

元九是中唐诗坛上与白居易齐名的元稹，与白居易交谊最笃。曲江是唐代京都长安城东南的游赏胜地。唐时，进士登科后，皇帝通常会在曲江赐宴。因此，曲江是官贵士人结伴游乐最常去地点。此诗题为《曲江忆元九》，当是白居易在游曲江时思念元九而写。但通篇诗文又不见忆元稹的字句。首联从抒发自己的情感起兴，感叹开春以来因"无伴"而没有兴趣出来"闲游"。接着第三句说到今天终于出来了，在曲江的杏园赏花。你看，诗文已去了四分之三，可并未提到元稹什么事。结句应该说了吧，可诗文却先露"闲人逢尽"四字故意摇曳，还不是读者急等诗人要说的主题，看来，诗人左右盘旋，有意"横断不即下"。但也就在此时，诗人已蓄足势，最终以"不逢君"三字一箭射出。神奇出现了，先头那些与元九丝毫不沾边的叙述，在"不逢君"三字射出后便全都变成忆元九的具体内容了！可见这盘马弯弓的架势还真管用。白居易此诗的结句可与杜甫的《江南逢李龟年》媲美，一个是"不逢君"，一个是"又逢君"。逢君者感伤昔日风光不再，不逢君者思忆先前友情牵怀。二者用的是相同的结句技巧：盘马弯弓法。

宋代"永嘉四灵"之一翁卷有一首七绝《山雨》，结句也袭用唐人的盘马弯弓法。其诗曰：

> 一夜满林星月白，亦无云气亦无雷。
> 平明忽见溪流急，知是他山落雨来。

此诗的写法正与上举白诗相似。诗题"山雨"，可入手却并不写雨,最后到了结句的句首仍不见雨,待诗人盘旋蓄势完成后才一箭中的。"落雨来"三字点题,是在着力写晚晴之后暗度陈仓,以溪流急推出有"雨",但欲说又不直说,横断在"知是他山"的马背上拉弓搭箭,最后方把"落雨来"三字射出,使诗的主题具有曲径通幽的深味。

当代湖南诗人熊东遨有一首绝句《三亚道中遇急雨》,结句也有弯弓蓄势之妙。是作尽得唐人之韵,诗曰:

到处风声杂水声,好花拦路不知名。
天公也有淋漓意,一片云来雨便生。

作者也真够沉得住气,写尽风吹、水激、老天变脸,是真要下雨的样子,但写了这么多,还不见雨,真为作者捏把汗,题目的"遇急雨"从哪里体现啊?别急,诗人在构思时已拿捏好了,结句出来时还有意盘马弯弓、左右顾看,前半句"一片云来"可晴也可雨,是以还不一定与雨、与"急雨"有关,等到蓄势已足,最后三字才一箭中的:"雨便生"。云在飞时速度是相当快的,仅须一片云便有雨,这雨能不"急"么!雨一出来,这诗题就扣牢了。这种诗,最能体现诗人驾驭才气的能力。

(14)借事议论,以小见大

五七言绝句中有一种是怀古的,即借史事即兴的,属于咏史诗。袁枚在《随园诗话》中提到:"咏史有三体:一借古人往事,抒自己怀抱,左太冲之《咏史》是也。一为隐括其事,而以咏叹出之,张景阳之《咏二疏》,卢子谅之《咏兰生》是也。一取对仗之巧,义山之'牵牛'对'驻马',韦庄之'无忌'对'莫愁'是也。"其实三体究实只是一体:对仗之巧,应属于"用典",而不是咏史;隐括其事而以咏叹出之，事虽隐但仍然是咏叹出之之所本，而所咏所叹者又无非诗人自己的看法与立场，所以仍然是"借古人往事抒自己怀抱"。而抒自己怀抱，就是发表议论，用诗体说理。所以，咏史诗就是借史事说理。

诗，本来是用来抒发情感的，而且是借助具体形象来"兴、观、群、怨"的。说理，则走的是抽象的路径，似与诗性不符。所以有"诗忌说理"的说法。但抽象的思想有时也可用具体形象来表达，比如，用"王谢堂前燕，飞入百姓家"来表达世事多变盛衰无常的道理，用"春江水暖鸭先知"表达机遇先给有准备者的人生经验等。因而，咏史诗，便用此办法为自己争得一席生存空间。这一办法也常用于绝句的议论结尾。有时诗人想用议论来为绝句收结，通常便走以小见大、用具体形象表达个人看法的路子。

杜牧的《赤壁》可谓用议论作结、以小见大的典范。其诗曰：

折戟沉沙铁未销，自将磨洗认前朝。
东风不与周郎便，铜雀春深锁二乔。

据说杜牧是熟读兵书自负知兵的诗人，因此杜牧把赤壁之战周瑜的取胜归结于东风的偶然因素，就大有阮籍在登临广武战场慨叹"时无英雄，遂使竖子成名"之味道。也许，杜牧只是借史事以抒发胸中抑郁不平之气而已，不一定非有"不足周郎处"的实指。总之，此诗结尾，以"二乔"（孙策之妻大乔、周瑜之妻小乔，合称二乔）有可能被曹操掳去关在铜雀台受辱这一具体形象来论断：假如不是有东风相助，孙、刘必败，历史形势可能改观。也即，历史形势有时竟被偶然因素所影响，这怎不叫人扼腕。这种大道理在诗里直说便令人生厌，如今"借'铜雀春深锁二乔'说来，便觉风华蕴藉，增人百感，此正是风人巧于立言处"（引自贺贻孙《诗筏》）。

可以说，杜牧《赤壁》以诗说理在艺术表现手法上的成功，开启了理趣诗一扇大门。从这里出发，宋代诗人更将诗的哲理化升华到一个全新的阶段，开创了哲理诗新时代。而在绝句的结尾中，借事议论，以细节的形象托言人生的道理，使诗意更加含蓄、深邃，更是得心应手，运用娴熟。如欧阳修的《画眉鸟》：

百啭千声随意移，山花红紫树高低。
始知锁向金笼听，不及林间自在啼。

结句说的是鸟，读者便可理会到人。苏轼的《题西林壁》：

横看成岭侧成峰，远近高低各不同。
不识庐山真面目，只缘身在此山中。

结句说的是看山，读者当然会联系到看人生、看世事。朱熹的《观书有感》：

半亩方塘一鉴开，天光云影共徘徊。
问渠那得清如许，为有源头活水来。

结句说的是水源，读者更会推及到世间万事万物。以上列举的这些绝句的结尾，均以一事一物的具体形象借事议论，以小见大，以浅喻深，蕴含智慧，乃感人至深，成为人们千古传诵的人生格言。

（15）发句倒用，姿态另生

明末清初诗评家贺贻孙曾谓："诗有极寻常语，作发句无味，倒用作结方妙者。如郑谷《淮上别友人》云云，盖题中正意只'君向潇湘我向秦'七字而已，若开头便说，则浅直无味，此却倒用作结，悠然情深，觉尚有数十句在后未竟者。"（《诗筏》）贺贻孙所指的这种结句方法，称为发句倒用，其目的在于将即兴起咏的主题藏匿到后面，导引一种姿态另生、诗意盎然的境界。所举郑谷原诗为：

> 扬子江头杨柳春，杨花愁杀渡江人。
> 数声风笛离亭晚，君向潇湘我向秦。

此诗是诗人在扬州和友人分手握别：友人渡江往潇湘，诗人往北入"秦"。诗兴正由此生发，首句当为"君向潇湘我向秦"。可诗人在构思时灵机一动，撇下此句先状景抒情，把扬子江头的景色与友人分别的情感搅和在一起，让杨花柳絮牵曳离情别绪，先勾出天涯羁旅的漂泊之感。接着移笔回来写驿亭宴别情状：天色已晚，酒已喝过了，叙别的话还没说完，只听席间响起凄凉清幽的笛声，让人顿感言语之多余，于是便在默默相对的静坐片刻后思量该离席各奔前程了。这时，诗人方把发句拿来作结，"君向潇湘我向秦"。诗已结而意未尽，所以贺贻孙说是"觉尚有数十句在后未竟者"，这正是发句倒用的妙处：姿态方生，情韵深长。

白居易的一首七绝《逢旧》，结尾也是这种发句倒用法。其诗曰：

> 我梳白发添新恨，君扫青蛾减旧容。
> 应被傍人怪惆怅，少年离别老相逢。

此诗写诗人在长安遇到几十年未见的童年旧知，一时悲喜交集，勾起无限思念旧情往事复杂情感，诗兴正由此而来，诗句"少年离别老相逢"脱口便得。但正是此句蕴含着太多的诗情画意，诗人舍不得放在前头白白流失掉情感。于是诗人先以悲怆笔调描述自己和先前女友相逢时各自衰老的容颜：一个是满头白发，一个是花容凋零。白发人看凋零女，惆怅之情骤然而生，此时，诗题主旨便要揭开了，原来惹祸的是"少年离别老相逢"。发句此时拿来倒用作结，一瞬间激发多少人生感慨溢满情怀，诗意自然也就嚼味万千。

李白那首著名的《峨眉山月歌》结尾也是发句倒用：

> 峨眉山月半轮秋，影入平羌江水流。
> 夜发清溪向三峡，思君不见下渝州。

峨眉山月景色，平羌江水清韵，都是诗人舟行下渝州向三峡之所见，而"思君不见下渝州"蕴含着依依惜别的无限情思，所以被诗人倒用作结，含不尽之意溢于诗外。杜甫《解闷》十二首中也有一首用发句倒用结尾法，诗曰：

> 商胡离别下扬州，忆上西陵故驿楼。
> 为问淮南米贵贱，老夫乘兴欲东游。

诗思起自"老夫乘兴欲东游"，但被诗人倒用作结。也有言尽意不尽之意绪。

当代江苏诗人李静凤有一首绝句《云山》，诗曰：

> 为谁倾尽三千梦，乱写云山一万重。
> 写到蓬莱无觅处，痴情人上最高峰。

这诗是作者登上云山顶峰看到眼前一片空蒙景象时触动心中情感而写下的，因此，"为谁倾尽三千梦，乱写云山一万重"这种淡淡的伤感、这种不着边际的迷惘，正是"痴情人上最高峰"之后的情思。反过来说，"痴情人上最高峰"是诗思发端，本应做首句，但倒装为结句时，却有无限情思可以留给读者咀嚼，想象空间尤其广大。这正是发句倒装的好处。

（16）流水对结，也出风韵

周啸天先生在《唐绝句史》中提到"初唐七绝，多以对仗作结"，形成一种"初唐标格"。但著者接着指出，对仗作结因对仗的句子平行而出,"难于造成转合",因此,对结不如散结那么"易施转合,易出风韵",唯有流水对则"有与散结相同的风韵"。周先生在此所说的流水对,是指字面上对仗,但对仗的上下句意思是相贯串相衔接的。这种流水对,既有字面工整的形式美,又有如散句一样易施转合的流畅和灵便,读起来有一气连贯的韵律感,所以常被用于绝句的作结。

流水对结,最为人所称道的当属王之涣的《登鹳雀楼》:

> 白日依山尽,黄河入海流。
> 欲穷千里目,更上一层楼。

此诗首联是工对,尾联则是流水对。工对与流水对,互相配合,一气流走,骨高韵雅,气魄不凡。初唐张敬忠的《边词》也是一首用流水对作结的七绝:

> 五原春色旧来迟,二月垂杨未挂丝。
> 即今河畔冰开日,正是长安花落时。

虽然"河畔冰开日"与"长安花落时"属于工整对仗,有板滞之嫌,但诗人在其前面分别用"即今"、"正是"这种行云流水般轻松活泼的连接语勾连呼应,便成了顾盼自如的流水对结,使诗意充满动感。

当代江苏诗人冯其庸有一首写于"文革"期间的绝句《感事》,也是以流水对作结,读来颇有风韵。其诗:

> 千古文章定有知,乌台今日已无诗。
> 何妨海角天涯去,看尽惊涛起落时。

从"文革"走过来的人容易明白"乌台今日已无诗"的悲怆含义,当那些敢于鸣放的知识分子都被当做反动权威打倒在地再踏上一脚的时候,还有谁敢出声?乌台诗案,是嵌在所有知识分子心灵深处的一道伤疤，因此当乌台诗案一再上演，知识分子出于恐惧采取明哲保身的选择时，中华文化也就濒临奴才文化的边缘了。此诗的三四两句，用"何妨"与"看尽"把到天涯海角看惊涛起落的博大胸怀表达出来，如飞泉流水，如风卷残云，有一种痛快淋漓、充满希望与乐观的韵致。

浙江诗人何石梁有一首绝句《吃苦叶菜》，其诗曰：

野蔌烹来苦带香，一家大小共争尝。
须知今日时鲜菜，曾是当年活命粮。

这首诗属于贴近生活新时尚的写实之作。尽管寓意不深，但尾联用上了流水对作结，把一向视为只配用来喂食猪狗畜类的野菜如今竟成了争尝新鲜的桌上珍这一反常时尚，与饥荒时期用以填饱肚子的"活命粮"联系起来，便增添了一份睿智之风趣。

以上我们介绍了绝句结尾常见的十六种方法，这十六种方法显然不能也不可能笼括所有绝句的结尾技巧。文无定法，诗的写作也一样。但美的东西，终归有它独特的表现形式。既然有特定的表现形式，就一定有规律可循。上述十六种方式，从空间结构来看，其实只是三类，也就是沈德潜所总结的："或放开一步，或宕出远神，或本位收住。"（《说诗晬语》）大体说来，以景结情、移情入景、案而不断、设问反问，属于放开一步；临去秋波、节外生枝、据实构虚，属于宕出远神；卒章显志、直落急收、含浑圆转、淡语收结、白描形象、盘马弯弓、借事议论、发句倒用、流水作结，属于本位收住。

换一个角度，如果从意境形态来看，又可归于四种情形，也就是姜夔所归纳的："词意俱尽，意尽词不尽，词尽意不尽，词意俱不尽。"（《白石道人诗说》）一般来说，卒章显志，属于词意俱尽；发句倒用，属于意尽词不尽；以景结情、移情入景、案而不断、设问反问、临去秋波、直落急收、含浑圆转、淡语收结、盘马弯弓、流水对结，属于词尽意不尽；只有节外生枝、据实构虚、白描形象和借事议论，有时可出现词意俱不尽的情形。但不管哪一种情形，总的来说，绝句的结尾，最好是有高韵，其次是有厚味，再其次是有深情，再再其次是有寓意。当然，绝句的结尾，也应当还有更多的表现手法，期待诗人与学者共同研究。

此文初稿写于2012年，本次发表有删节。

杨逸明古诗词创作理论

杨逸明　1948年生，上海人。中华诗词学会顾问、上海诗词学会顾问，《小楼听雨》诗词平台顾问。

1.在北京诗词学会中青年诗词创作座谈会上的发言

当今时代，何谓"诗人"？记得有个诗人说："诗人是商品时代苦苦坚持赠送礼品的人。"说来真有点悲壮！我们自费印刷出版诗集，到处送人，还不大有人要。我们苦苦赠送礼品，居然不受欢迎，其中一个重要的原因是：我们的诗词不是精品。诗被冷落了，远离了以政治为中心的官场和以经济为中心的市场，诗成了"弱势群体"。五四新文化运动，创造了新文学，产生了白话新诗。这是不可磨灭的功绩。然而，一些先驱者对于传统诗词采取了全盘否定乃至打倒的态度。十年浩劫中，传统文化、中华诗词更是到了奄奄一息的时刻。中华诗词在长达一个世纪的漫长时期，基本上处于生存、发展极端困难的境地。胡适、鲁迅、钱玄同等人甚至有废用汉字的言论。钱玄同说：欲使中国不亡，非取消记载道教妖言的汉字不可！胡适说：汉字不废，中国必亡。鲁迅说：劳苦大众身上的结核菌都潜藏在（汉字）里面，倘不先除去它，结果只有自己死。鲁迅又说：为汉字而牺牲我们，还是为我们而牺牲汉字呢？这是只要还没丧心病狂的人，都能够马上回答的。先驱们呼喊要废除中国戏剧，废除中医中药……

今天我们打算申报为非物质文化遗产的宝贝，当年竟然是先驱们深恶痛绝、必欲置之死地而后快的革命对象。幸好到了今天，国画不叫旧画，古琴不叫旧琴，中药中医不叫旧药旧医，国粹京戏不叫旧戏，中国书法也不叫旧书法。然而，旧体诗词，叫旧诗，常常带有贬意，一直沿用至今。我们不必责怪近百年前的先驱们，但是如果百来年后我们还是这么认为，我们就有点发昏了。如今，有些人提出要振兴中华诗词，甚至提出要拯救中华诗词。我觉得，汉字不灭，中华诗词就不会亡。汉字的音、义、形，美轮美奂，举世无两。诗词在演绎汉字的音、义之美，书法在表现汉字的字形之美。我总感到是中华诗词拯救了我，我可拯救不了中华诗词。如果没有中华诗词，我不知今天如何活法。我是把中华诗词当作自己的事业、信仰、宗教。聂绀弩、胡风、李锐当年被关在监狱里还在创作诗词，他们的出发点恐怕不是为了拯救中华诗词，当时他们自己的存活都发生了问题，应该说是中华诗词拯救了他们，使他们终于度过了劫难。

今天，中华诗词渐渐在走出低谷，可是过程漫长。报纸上见过许多名人、领导的诗词，赫然冠名"七律""满江红""沁园春"……除了凑成字数长短排列外，都是一些与七律、满江红、沁园春毫不相关的文字。一些知名度不低的作家，也写旧体诗词，却写得叫人啼笑皆非。谁要是上绿茵场不守规则乱踢足球，参加象棋比赛不照规则乱走棋子，一定会被人赶出场外。唯独旧体诗词不然，对于标榜为旧体诗词却不按旧体诗词规则写出的文字，大家（包括外行内行）照样捧场，大报、大刊照样开绿灯刊用。在这些人眼里，旧体诗词的规则可以说改就改，说废除就废除，有的人说这是"改革"，有的人说这是"大众化"，有的人说这是"适应时代的需要"。旧体诗词自己不会说话，只好任凭世人蹂躏、作践、糟蹋、玩弄，到头来还要依靠世人来

"拯救",来"从良"。

在上海的一次诗歌研讨会上,有人提出,鲁迅说过好诗到唐代已经被写完了,所以当代的人不必再写了。我说:阁下是写游记散文的,到现在似乎也没有写出一篇《滕王阁序》《岳阳楼记》《前赤壁赋》那样的经典作品来,看来好的游记散文到王勃、范仲淹、苏轼已经写完,阁下也不必再写游记散文了!这几位是写长篇小说的,写到现在也没有写出《三国演义》《儒林外史》《红楼梦》来,长篇小说到罗贯中、吴敬梓、曹雪芹已经写完,你们也不必再写长篇小说了!那几位是写文学评论的,写到现在也没有写出《文心雕龙》《诗品》来,好的文学批评到刘勰、钟嵘已经写完,你们也不必再写文学评论了。我们生活在当代,为什么我们的诗会被古人写完?我们的前辈创造了科学文化艺术的高峰,不应成为我们故步自封、停滞不前的理由。我们确实有辉煌灿烂的唐诗,作为中华民族的后代我们引以为自豪。可是我们不能因为我们的前辈写过好诗,我们自己就丧失了继续写出好诗来的信心。为什么世人对于中华诗词的要求就如此苛刻?我觉得,我们应该理直气壮地创作诗词,我们会写出当代的诗词精品来!

会上又有人说:唐代有那么多的好诗,为什么当代人写的好诗我一首也没有读到过啊?我现在发表看法:唐诗流传到今天有《全唐诗》,大约五万多首。可是真的为今天有中等文化水平的人所熟悉的作品,恐怕也只有几百首,而能被一般的老百姓所熟悉并朗朗上口背得下来的恐怕就只有十几二十首了。唐王朝近三百年,如果以流传下来并为当代人耳熟能详的好诗有三五百首计,一年也就大约只流传一两首。这就是我国诗歌的黄金时代了!据统计,当代有几十万人创作诗词,每天有五万首诗词诞生——相当于《全唐诗》的总数!以每天50000首乘以365天,得出的简直是一个天文数字。在这个天文数字的诗词作品中,如果有一两首诗(词)能够流传后世,我们的诗词就像唐诗一样辉煌！看来，谁在当代就能读到这一两首将来会流传的好诗，比中福利彩票的大奖还难哩！所以说，当代有诗词精品，可是绝对不会铺天盖地。我长期创作格律诗词，有几位"铁杆粉丝"，这是我熟悉的几位有中等文化水平、喜欢阅读各种文学作品（包括诗歌）、但自己却不写诗词的友人。每次我写好诗词，请他们成为第一读者。他们说不懂，就改到他们懂。他们说不好，就改到他们认为好。一直改到他们觉得有意思并认为满意为止。当年白居易将自己的作品读给"老妪"听，这"老妪"们恐怕也不会是一点文化修养也没有的群体。这实在是当今诗词创作者极需重视的问题。作者群体的作品交流当然很重要，但这仅仅是类似于厨师之间的学习交流，都是免费品尝，有许多人还带一点门户之见。只有在圈子以外有食客愿意掏钱品尝你做的菜肴，你这才能真正开成饭店。当今诗词界，作者就是读者，读者就是作者，甚至许多作者还不愿当读者，作者只管写，也不管谁要读，写了许多合格律但去诗意甚远的绝句律诗，却埋怨读者不懂诗。这样的诗词创作现状，实在令人堪忧。哪一天诗词界的小圈子（即使有号称一百万的创作大军，也只是一个小圈子）以外也有了诗词读者，当代诗词才真正有社会价值，中华诗词事业的振兴也才真有希望。

我十四岁买了《诗词格律》《唐诗一百首》《宋诗一百首》《唐宋词一百首》，开始写格律诗词。从此或一年一两首，或一年十几首，写了三十多年。到一九九六年，我已经五十来岁。人生的经历，有许多感想、感慨、感悟，想写出来，想来想去决定采用诗词这个形式。一天中午饭后从单位出来溜达，在静安寺的一家报刊门市部买到一本《诗刊》，见到有旧体诗词高级培训班，马上报名参加。不久收到杨金亭老师的回信。杨老师看了我二十来岁到五十来岁写的诗，说我写诗的水平三十年在"原地踏步"。于是我每月寄三首诗，一学就是四年，可算是诗词"本科"毕业了。一共寄了144首诗，杨老师精心点评批改，对我帮助极大。这些批改稿件我现在都完好保存着。杨老师说我学了四年，很努力，终于突破了一次自己。通过诗词创作，我总结了自己的经验和体会，写出了《诗词创作的"金字塔"理论》一文。现在择其要谈一谈。

我们可以先画出一个三角形，从上到下分成三等分。三角形最下一部分是技术层面。包括平仄、粘对、拗救、押韵、对仗等。这个层面的功夫是熟练工的本领。人们的审美情趣原则有一个基本的要求，就是要有变化，避免单调的重复。汉字一字一形，一字一音，字分四声，读来抑扬顿挫，又分成两大类——平和仄——就像《易经》中分成阴爻和阳爻两大类，分别组合成六十四卦，演绎天地万物，变化无穷。平仄声的交替是诗词中最基本的一种变化。一句中平平后是仄仄，仄仄后是平平，要"交替"，这是为了每一句中产生变化。两句中上句平平仄仄，下句是仄仄平平，上下要"对"，这是为了两句产生变化，否则两句会重复。两联中的前一联的下句第二个字与后一联的上句的第二字要"粘"，如果不粘，则前一联和后一联完全重复。这是平仄"交替"、"对"和"粘"的理由。对仗有对称美，但也要在同中求异，不断变化。对仗不要字字求工，主要部分对得工整了，其他就不要太工整。有经验的诗人往往宽中求工，即在诗句中着意锤炼几个关键的字或词，使之对得非常工整，其他的部分就不必十分严谨。押韵可以用"平水韵"，也可以放宽，用普通话新韵也无不可。其实诗词好坏并不是由押何种韵决定的，大可不必非要争得某种韵的正统地位后才吟诗填词。为此争得面红耳赤有点"劳命伤财"。三角形的中间一个部分是艺术层面，包括意象、意境、语言风格、章法布局等。诗要形象思维。就是有了一个好的意思不直接说出来，却找一个"形象大使"来说话。屈原在《离骚》中，以美人芳草为"形象大使"，来抒发对国家的热爱和对理想的追求。有了意象，就要有语言跟上，写到位。袁枚在《随园诗话》中引有一段话："凡人作诗，一题到手，必有一种供给应付之语，老生常谈，不召自来。若作家，必如谢绝泛交，尽行麾去，然后心精独运，自出新裁。及其成后，又必浑成精当，无斧凿痕，方称合作。"要成为一个诗人，必须要具备驾驭语言文字的能力。语言要有一种"熟悉的陌生感"，要做到这点很不容易。古代流传至今的一些唐诗名篇，大多读来通俗易懂，语言新鲜得就像是昨天才写的，不像当代有些人的旧体诗词，倒反而像是几百年前写的。诗的句式、用典、章法，都是需要不断变化才能创新的。心里有美好的感情，就像有了一泓清澈的源泉。有这种美好感情的人都可以写诗。但是你如果把这泓泉水随便地打开，就像打开一个自来水龙头一样，水是哗哗地流出来了，可是一点也不美。你必须让这泓泉水流入石头和草木构成的景致之中，使之忽隐忽现，有时曲折，有时跌宕，有时闻其声不见其水，这样便成了一道靓丽的风景。这才是诗！通常的"造景"程序的规律是"起承转合"。但是各人有各人的造景手段和风格。如果只有一种模式，那就成了批量生产的商品，绝对不是诗。戏法人人会变，各有巧妙不同。变数越多，越精彩，吸引的人会越多。会三十六变是猪八戒，会七十二变是孙悟空。老孙还有很多妖魔鬼怪打不过，可见艺术没有止境。又要会变，又要变出美来被人承认并且欣赏。

  三角形最高的小尖角部分是哲学层面。包括诗人的见识、襟怀、思想。掌握了技术层面和艺术层面的手法就像是学会了酿酒术，不要以为无论什么水都能酿出美酒来，关键的问题是有没有"好水"。只有优质的泉水加上精湛的酿酒技术，才能有美酒诞生。诗人的"心泉"在某种意义上说是来源于天赋，所以古人说："诗有别材，非关书也。"有了哲学层面的内容，所有的艺术，包括音乐、雕塑、绘画、舞蹈、书法等，甚至自然科学，都可以进行对话和互相交流。有了这个层面的内容，诗词作品给予人们的东西，可以比生活给予人们的更多。诗词创作者呕心沥血，是为了用极为简练的汉字，高度概括最丰富的思想感情。如果没有这个层面，那么，所有的艺术创作者，都只能成为匠气十足的熟练工。诗人如果没有哲学的思考，没有人生的感悟，没有自己的真知灼见，诗人也就成了诗匠。如果诗词创作不能上升到哲学层面，就没有了较高的立意，那么以上所说的技术层面的打造和艺术层面的雕琢，都成了空忙，只能够打造出平庸的诗词作品来。诗人表现的思想是积极的，抒发的感情是健康的，说理的逻辑是正常的。诗人要感情丰富，思维敏锐，见识不凡，头脑清醒。有了哲学层面的认识，诗人才会有天人合一的精神、悲天悯人的情怀、地球是人类和万物的共同家园的思想境界。诗人会充满忧患意识。忧患意识也常常是诗词创作的重要动机之一。纪昀评论陆游的《书愤》两首诗时说："此种诗是放翁不可磨处。集中有此，如屋有柱，如人有骨。如全集皆'石砚不容留宿墨，瓦瓶随意插新花'句，则放翁不足重矣！"诗人不是不能写风花雪月，但是全写雕栏玉砌，就像只有砖瓦，而无梁柱，总造不成像样的房屋来。陆游说："位卑未敢忘忧国。"当今社会堪忧者正多：国堪忧，民堪忧，市场堪忧，官场堪忧，环境堪忧，生态堪忧，地球更堪忧。诗人的忧患意识应该比世人稍稍拔高一些，超前一些。如果当今诗人，只忧晓风残月，甚或饱食终日，无忧无虑，则诗人不足重矣！要达到哲学层面的高度，诗人们有各自的人生经历和感悟方式。现在提倡和谐社会。和谐社会并不是诗人都不发牢骚了，诗人发牢骚，其实是好事，宣泄出来，才能平和。牢骚埋在心里不发，表面和谐了，其实只是一种假象。

诗词创作要有一个"临帖"的过程，否则路子太野，会缺少书卷气。人们只知道书法创作有个临帖的过程，总不会有人看了一些王羲之、米芾、王铎的帖，一字不临，提起笔就搞起书法创作来。诗词创作的"临帖"过程，却往往被诗词创作者所忽视。所以许多诗词爱好者，读了些诗经楚辞、唐诗宋词，提起笔就创作诗词，却老是进入不了诗词的语境，把白话语言硬性压缩增删，符合平仄要求，以为就是诗词，其实这离诗词的语言要求还远。我创作诗词"临过帖"。先是"临"陆游的"帖"，《剑南诗稿》我读了好几遍，后来"临"元好问、杨万里、黄仲则，这对我创作诗词影响极大。后来我又学习新诗的手法。我不写新诗，只写旧体诗词，但是我多年来一直自费订阅《诗刊》《诗选刊》《星星》这些新诗刊物，学习新诗新颖大胆的意象塑造和语言错位手法，获益匪浅。新诗和旧诗这对难兄难弟，在被世人看不起的情况下依然互相看不起对方。新诗的作者看不上旧诗的形式，有酒不愿意装进旧瓶，宁可将好酒散装，让人闻到酒香，却难以永久储藏，成了"散装酒"（也有很多劣质酒）。旧诗的作者却收藏旧瓶成癖，瓶中注满水以为已经有了好酒，成了"瓶装水"。

诗词创作有三大快乐。一是创作的快乐。有了感想、感慨、感悟，写出来，写到位，绝对快乐。这是有钱也买不到的快乐。二是知音的快乐。写出来的诗词，居然有人阅读，有人欣赏。知音必须包含两个方面：说我的诗好能说到位，说我的诗不好也能说到位。这都很快乐！三是小名小利的快乐。我们都是凡夫俗子，没有那么清高。小名小利不必追求，但是如果有奖金和稿酬，来者不拒，照单全收，未尝不可。我们创作诗词，有了第一大快乐，足矣！再有第二大快乐，锦上添花，更好。第三大快乐，可有可无，不必当一回事，更不能当成第一大快乐。我们写诗，写的时候要认认真真当一回事，写完就不要当一回事，因为没有你的事，都是读者的事了。可是现在有许多的人，颠倒过来了：写诗时不当一回事，一气呵成，一挥而就。写完后当一回事了，又是求发表，又是买奖杯，宣传炒作，忙碌得很。

2017-05-02

2.上海诗词学会2016年第二次诗词创作讲座

一、平仄格律是严一些好还是宽一些好？

学写格律诗词会经历三个阶段：

一是喜欢怎么写就怎么写却时时出律出韵（从心所欲，逾矩）；二是不出律不出韵却总"以辞害意"写不出自己喜欢写的东西（不逾矩，但不能从心所欲）；三是喜欢怎么写就怎么写都能不出律不出韵（从心所欲，不逾矩）。

格律诗词中逢单"松"一把，逢双"紧"一把。（逢单的句子出现拗句，三仄收尾，可救可不救。）

举例："怅望千秋一洒泪，萧条异代不同时。"（杜甫）"潮平两岸阔，风正一帆悬。"（王湾）"昔闻洞庭水，今上岳阳楼。"（杜甫）"人事有代谢，往来成古今。"（孟浩然）"向晚意不适，驱车登古原。"（李商隐）"一生报国有万死，双鬓向人无再青。"（陆游）"江流衮衮望不极，世事悠悠私自怜。"（元好问）"青山历历乡国梦，黄叶萧萧风雨秋。"（元好问）

崔颢《登黄鹤楼》

昔人已乘黄鹤去，此地空余黄鹤楼。
黄鹤一去不复返，白云千载空悠悠。
晴川历历汉阳树，芳草萋萋鹦鹉洲。
日暮乡关何处是，烟波江上使人愁。

李白《鹦鹉洲》

鹦鹉来过吴江水，江上洲传鹦鹉名。
鹦鹉西飞陇山去，芳洲之树何青青。
烟开兰叶香风暖，岸夹桃花锦浪生。

迁客此时徒极目，长洲孤月向谁明。

李白《登金陵凤凰台》
凤凰台上凤凰游，凤去台空江自流。
吴宫花草埋幽径，晋代衣冠成古丘。
三山半落青天外，二水中分白鹭洲。
总为浮云能蔽日，长安不见使人愁。

二、押韵是平水韵好还是普通话新声韵好？

评判好诗的标准：第一眼前一亮，第二心中一颤，第三喉头一热。

目前，全国各地诗词界有四种押韵方式：

1.严格遵守平水韵。2.在平水韵的基础上适当放宽，用邻韵。3.普通话新韵，但是保留入声。4.完全用普通话新韵。

举例：

杨逸明《三月五日有感》
普通战士不平凡，形象光辉未许芟。
灯下孜孜毛著学，街头屡屡大娘搀。
题词竟是他挥笔，榜样依然尔领衔。
口号年年逢此日，总随春燕共呢喃。

廖国华《母亲节有感》
梦里家常细细拉，旧时伤痛早结痂。
杯中有限从不醉，兜里无多也够花。
小病养身休住院，乖孙远嫁喜添娃。
人生到此唯一恨，已过三年未喊妈。

《随园诗话》："老学究论诗，必有一副门面语。作文章，必曰有关系；论诗学，必曰须含蓄。此店铺招牌，无关货之美恶。"

杜甫诗："好雨知时节，当春乃发生。随风潜入夜，润物细无声。"苏轼诗："竹外桃花三两枝，春江水暖鸭先知。"

孟浩然的《春晓》："春眠不觉晓，处处闻啼鸟。夜来风雨声，花落知多少？"如果改成："落花眠不知，晓觉春多少。风雨夜闻声，来啼处处鸟。"大家可以对比一下诗意表达效果。

三、塑造意象的是沿用旧典好还是自辟蹊径好？

试比较："问君能有几多愁？恰似一江春水向东流"与"自从与你分离后，我的心中都是愁"；"桃花潭水深千尺，不及汪伦送我情"与"朋友虽多谁最好，张三送我有深情"；"夜阑卧听风吹雨，铁马冰河入梦来"与"夜半依然难入睡，盼能为国保边疆"。

孔子讲道理还常常请意象——这个"形象大使"来说话。子在川上曰："逝者如斯夫！不舍昼夜。""岁寒，然后知松柏之后凋也。""为政以德，譬如北辰，居其所而众星共之。"

钱钟书说："诗歌的美学，是写心赋物，不应一味写实刻画，而应如筛盛水、网罗风一样既实又虚，诗要富有意境，微茫而不落空诠，活泼空灵，能感知而不能捉搦。"

袁枚说："诗虽新，似旧才佳。"

试举几例：

黄俊卿《茶馆》

春风满座溢清香，海论山谈聚四方。
药石醍醐评国事，牢骚块垒涤诗肠。
无须心悸金箍紧，再没人揪辫子长。
为问何来天地阔？邓公关闭一言堂。

高立元《春雨如酥，车经新华门见紫燕飞进中南海，有吟》

锦梭交掷为谁忙，欲筑新巢觅栋梁。

轻剪微风裁细雨，翻飞绿瓦过红墙。

柳间啭舌声声脆，池畔衔泥口口香。

只作寻常檐下卧，不妨屋主写华章。

凌大鑫《伞》（新声韵）

敢将花季对炎凉，收放自如能短长。

瘦骨撑出新世界，丹心托起大文章。

只求路上遮风雨，无意人间做栋梁。

最是晴和堪笑慰，劝君莫负好阳光。

孔繁宇《喝火令·盐》

君把千瓢水，结成一粒晶。我拈些许入汤羹。犹念那方蓝色，犹解海之情。

几点咸咸雨，几丝涩涩风。几多滋味化其中。所以平凡，所以更从容，所以寻常日子，越品越香浓。

杨逸明《咏葱》

指纤腰细影娉婷，身贱心高未可轻。

何惧赴汤成碎末？不辞投釜斗膻腥。

性情难改辛而辣，风气堪称白且清。

调入佳肴凭品味，有香如故慰生平。

李树喜《题双枪老太婆塑像》

远离战火久，事理乱成堆。

老太双枪在，不知该打谁。

李树喜《下鹳雀楼》
众鸟疑飞尽，黄河似不流。
欲知百姓事，请下一层楼。

杨逸明《题喜玛拉雅山脉》
雪域神奇多少山，无名无字耸云端。
随移一座中原去，五岳都须仰首看。

《塞外见大雁排列人字形横空而过》
金风渐减远山青，一字飞来目最醒。
撷捺雁行天上写，世间团队少人形。

《黄山夕眺》
万壑生风扫暮云，千峰翘首斗嶙峋。
夕阳分配金黄色，高富低贫也不均。

四、语言是典雅好还是浅俗好？

辛弃疾："恨不跃身千载上，趁古人未说吾先说。"黄庭坚说："文章切忌随人后。"萧子显在《南齐书·文学传论》里很不满意诗歌"缉事比类……或全借古语，用申今情"。

说理有理趣，写景有景趣，抒情有情趣，立意有意趣。所谓"诗有别趣"也。

周退密《九九有感》
迎来九十九春秋，小老头成老老头。
腿足全衰难似鹤，耕耘不断爱为牛。
门多求字偿难遍，客至投诗急欲酬。
侨寓春申七十载，梦中时作故乡游。

吴祖刚《无题》
黄浦滩边浪拍空，烟封雾锁大江东。
层楼处处歌秦女，市井家家拜赵公。
万贯腰缠个体户，通宵血战一条龙。
白头三五羞无事，闭目凝神练气功。

诗词创作的语言可以有多种风格。

杜甫有《秋兴八首》："画省香炉违伏枕，山楼粉堞隐悲笳。""匡衡抗疏功名薄，刘向传经心事违。""西望瑶池降王母，东来紫气满函关。""织女机丝虚夜月，石鲸鳞甲动秋风。"《咏怀古迹五首》："翠华想像空山里，玉殿虚无野寺中。""伯仲之间见伊吕，指挥若定失萧曹。"也有《江村》："老妻画纸为棋局，稚子敲针作钓钩。"《客至》："花径不曾缘客扫，蓬门今始为君开。"《又呈吴郎》："即防远客虽多事，便插疏篱却甚真。"白居易有："乱花渐欲迷人眼，浅草才能没马蹄。""明月好同三径夜，绿杨宜作两家春。""田园寥落干戈后，骨肉流离道路中。"元稹有："昔日戏言身后意，今朝都到眼前来。衣裳已施行看尽，针线犹存未忍开。"李商隐有《锦瑟》："庄生晓梦迷蝴蝶，望帝春心托杜鹃。"

辛弃疾《清平乐》
茅檐低小。溪上青青草。醉里吴音相媚好。白发谁家翁媪。
大儿锄豆溪东。中儿正织鸡笼。最喜小儿亡赖，溪头卧剥莲蓬。

辛弃疾《西江月》
明月别枝惊鹊，清风半夜鸣蝉。稻花香里说丰年，听取蛙声一片。

七八个星天外，两三点雨山前。旧时茅店社林边，路转溪桥忽见。

刘征《客至》

高谈朗笑众声哗，阵阵门铃客到家。

老友拍肩叹华发，诗朋叉手赞新茶。

弹筝共赏渔舟晚，秉烛不知月影斜。

人去夜阑情未尽，案头留赠数篮花。

孔繁宇《南乡子·与闺蜜逛街》

搭背又勾肩，比罢鞋跟比耳环。兴到浓时拍掌笑，腰弯。哪管旁人侧目观。

专柜惹流连，争试新衣妆镜前。偷眼先瞄签上价，惊天。佯道款型忒一般。

综上所述课件，诗词语言风格的多样化会带来诗词创作的"百花齐放，百家争鸣"，当代有很多诗词作者只认死理，只走一条死胡同，有点可笑。

语言的功力可以用三张"试纸"一试：第一张"绿叶红花"，人人眼中之景，人人能道之语。第二张"绿嫩红鲜"，人人眼中之景，非人人能道之语。第三张"绿肥红瘦"，诗家语，诗人眼中之景，非常人能道之语。

1. 传统典雅型

严进法《诉衷情》

直肠面世信难行。心绪压难平。蛩鸣竹滴松咽，窗外已三更。

灯半暗，月微明。酒空瓶。一身傲骨，一世疏狂，一影伶仃。

张青云《秋夜泊南京下关港》
黄芦苦竹夜维舟，冷月如钩照玉楼。
欲梦三巴关塞远，半江渔火一江愁。

张青云《雨夜》
飘帘檐溜渐如酥，叵耐春寒沁薄襦。
谁念红楼听雨客，一灯如豆梦夔巫。

魏新河《水龙吟·黄昏飞越十八陵》
白云高处生涯，人间万象一低首。翻身北去，日轮居左，月轮居右。一线横陈，对开天地，双襟无钮。便消磨万古，今朝任我，乱星里，悠然走。

放眼世间无物，小尘寰、地衣微皱。就中唯见，百川如网，乱山如豆。千古难移，一青未了，入吾双袖。正苍茫万丈，秦时落照，下昭陵后。

2. 雅俗共赏型

殊同《西站送客》
客中送客更南游，一站华光入夜浮。
说好不为儿女态，我回头见你回头。

葛勇《小说人生》
有人名字绕心田，借酒酣时说李娟。
众友无言秦旭哭，吾妻已死十三年。

楼立剑《云》
奇峰如雪卧天涯，朝暮窗前对酒茶。
爱那十分清净地，欲锄一亩种梅花。

李伟亮《回保定乘K字车》
过眼风光数点青，黄昏广播细聆听。
慢车自有人情味，每在深秋小镇停。

韦树定《甲午初夏过圆明园》
临榭骄阳似火明，夏宫盛况复经营。
谁知石缝劫灰沃，芳草年年忍痛生。

星汉《武当山金顶望云感赋》
远飘虚幻压红尘，平割乾坤上下分。
老去书生奸猾甚，倚岩不肯踏青云。

星汉《谒杨子荣烈士陵园感赋》
自古文人岂可轻，大都小说识精英。
牺牲排长千千万，史册几人留姓名？

一介愚夫《祖孙乐》
两岁孙娃头戴盔，挥枪直把老翁追。
佯装中弹朝天仰，一日牺牲好几回。

孔繁宇《偶忆》
偶忆当初那个他，翩翩年纪恰风华。
青春浅印一帧照，书页香藏几瓣花。
月把痴情团作梦，风将往事散成沙。
如今通话只相问：你在远方还好吗？

杨逸明《游黄果树》
天欲豪吟气势雄，银河怒泻诉情衷。
人投崖洞穿行瀑，壑展襟怀架设虹。
奇景方观黄果树，新闻正播白岩松。

世间污秽除难尽，安得飞泉一洗空。

3.创新求奇型

当代诗人伊莎说："语言的似是而非和感觉的移位（或错位）会造成一种发飘的诗意。"

李树喜《清平乐·山中溪流》

渐行渐远，曲曲还款款。圆缺阴晴全不管，涂抹山光浅浅。

时而隐匿潜行，时而欢跳奔腾，精彩只一小段，看来好似人生。

李忠利《卜算子·开心鬼》

黑下太阳来，未必终身悔。摸索前行一路歌，做个开心鬼。

高举一颗心，照亮山和水。绝处逢生重晚晴，有空偷偷美。

刘庆霖《观妻缝衣有感》

窗前缝缀用情真，脱手方知针脚匀。

彩布中间加片梦，衣衫穿旧梦还新。

曾少立《风入松》

南风吹动岭头云。花朵颤红唇。草虫晴野鸣空寂，在西郊、独坐黄昏。种子推翻泥土，溪流洗亮星辰。

曾少立《西江月》

秋雨三千白箭，春花十万红唇。流年旧事候车人。背对山间小镇。

酒肆阑珊灯火，歌楼午夜风尘。繁华似梦似青春。似你回眸一瞬。

蔡世平《鹧鸪天·观荷》

我有池塘养碧萝。要留清梦压星河。时将绿影花浓缩，便入柔肠细折磨。

　　闲意绪，小心歌。近来水面起风波。夜深常见西窗月，又碰蛙声又碰荷。

　　　　辛弃疾《西江月·遣兴》

　　醉里且贪欢笑，要愁那得工夫。近来始觉古人书，信着全无是处。

　　昨夜松边醉倒，问松"我醉何如？"只疑松动要来扶，以手推松曰"去！"

　　　　刘能英《水龙吟·登北固亭怀辛弃疾》

　　千年前的江山，千年前的风和雨。少年的梦，穿过巷陌，飘过草树。落在楼头，轻于烟雾，细于尘土。那一腔热血，满怀壮志，浸润了，英雄弩。

　　不管此弓开否。但翻成、稼轩词句。几分激越，几分惆怅，唱红万户。报国之心，平戎之策，中兴之举，已随京口这，名亭北固，镇江千古。

五、表现汉字的魅力是自由体新诗好还是旧体格律诗好？

　　新诗有新诗的触觉，旧诗有旧诗的韵味，要表现一些特殊的情感，旧诗和新诗各有各的绝活，谁也替代不了对方。

　　新诗写到淋漓尽致的时候，旧诗无能为力；旧诗写到登峰造极的时候，新诗也一筹莫展。

　　举例："草枯鹰眼疾，雪尽马蹄轻。"（王维）"孤灯燃客梦，寒杵捣乡愁。"（岑参）"气蒸云梦泽，波撼岳阳城。"（孟浩然）"岭上晴云披絮帽，树头初日挂铜钲。"（苏轼）"雪乳已翻煎处脚，松风忽作泻时声。"（苏轼）"山抹微云，天粘衰草。"（秦观）"人比黄花瘦。"（李清照）"一帘疏雨湿花愁。"（孙光宪）"水是眼波横，山是眉峰聚。欲问行人去那边，眉眼盈盈处。"（王观）"云破月来花弄影。"（张先）"红杏枝头春意闹。"（宋祁）"好山万皱无人见，都被夕阳拈出来。"（杨万里）"只恐双溪舴艋舟，载不动许多愁。"（李清照）"月来满地水，云起一天山。"（郑燮）等等。（以上旧诗）

"从星星的弹孔里将/流出血红的黎明。"（北岛《宣告》）

"即使你穿上天的衣裳，我也要解开那些星星的纽扣。"（芒克《心事》）

"我从那一束雪白的亮光/铺成的桥上/坠落下来/浑身疼痛/我不停地呻吟。"（牛汉《梦游》）

"子夜的灯/是一条未穿衣裳的/小河//你的信像一尾鱼游来。"（洛夫《子夜读信》）

"当灯光串起雨滴/缀饰在你肩头/闪着光，又滚落在地。"（北岛《雨夜》）

"酒入豪肠，七分酿成了月光/余下的三分啸成剑气/绣口一吐就半个盛唐。"（余光中《寻李白》）

"让阳光的瀑布/洗黑我的皮肤。"（顾城《生命幻想曲》）

"车灯戳穿的夜/桔红色的地平线上/我们很孤寂。"舒婷《北京深秋的晚上》

"雪锹铲平了冬天的额头……太阳的光芒像出炉的钢水倒进田野。"（多多《春之舞》）（以上新诗）

我学习了不少新诗的写法，所以写旧体诗词也受到一定的影响。举例：

《金缕曲·新游子吟》："赤子心泉何所似？一座黄河水库！"《卜算子·回忆》："岁月长河小岛多，往事波间耸。"《登西塞山》："江水急弯成直角，山亭环望作圆心。"《迎春漫笔》："雨后樱花初表白，风前柳叶共垂青。山多坎坷云安慰，泉有叮咛石细听。"《初春雨夜》："小楼停泊烟云里，零距离听春雨声。"

六、诗词创作经验归纳

严羽说："学诗有三节：其初不识好恶，连篇累牍，肆笔而成；既识羞愧，始生畏缩，成之极难；及其透彻，则七纵八横，信手拈来，头头是道矣。"

屈原的《离骚》中有两句诗应该成为我们的座右铭：第一句："路漫漫其修远兮，吾将上下而求索。"无论人生还是学习诗词创作，都是一个漫长的过程，不应该投机取巧，不可能一蹴而就。第二句："亦余心之所善兮，虽九死其犹未悔。"

诗词创作的心得体会：

①大题小作，化抽象为具体；

②炼字炼句，化熟悉为陌生；

③发挥想象，化质实为空灵；

④抓住细节，化空腔为实在；

⑤多用修辞，化呆板为生动；

⑥提升立意，化平庸为高尚。

⑦删繁就简，化啰嗦为凝练。

⑧突出主题，化平淡为深刻。

⑨慢抖包袱，化直白为跌宕。

⑩穿插红线，化零碎为完整。

2016-11-26

人間要好詩

优秀古诗创作点评

【人间要好诗】获奖作品及专家点评

1.首届（参赛作品要求：体裁为"绝句"）

一等奖：陈海洋《夜宿中越边境小镇》095　周岐《七夕》096

二等奖：张志坚《夜市早归》97　从之《秋夜》99　罗永珩《上清溪漂流》100

三等奖：王志伟《临窗，听流浪艺人拉琴有题》101　魏丹《照镜》103　张韧《再过桃园》103　刘利漫《晨行》104　李英《叶殇》105

人气奖：伍斌《打工回家》106　武斌《过明祖陵》107　刘晓燕《夜宿龚滩古镇》108　李明科《山中小池》109　陈国元《林中单车》110　何阳义《留守儿童》111

2.第二届（参赛作品主题："听雨"）

一等奖：王岳《浣溪沙·听雨》112　陈伯玲《听雨》112

二等奖：张鹏《听雨》113　冯青堂《一落索·听雨》114　潘岳中《临江仙·听雨》115　陈伟强《听雨》116

三等奖：夏茂盛《听雨》116　欧平《听雨》117　张娟《洞仙歌·听雨》117　牛俊人《满庭芳·听雨　用蒋捷意》117　曹继梅《听雨》118　冯晓《端阳夜雨》119　承洁《听雨》120　左启顺《浙东春夜听雨》120　张宝铸《听雨》120　陈锦平《雨夜》121　肖芳珠《听雨》122　冉长春《明晨重庆机场接女难寐口占》122

优秀奖：王志伟《听雨（新韵）》123　朱军东《听雨（新韵）》123　黄世晃《小楼听雨》123　张伟《虞美人·听雨》124　曾拓《听雨》125　方建飞《听雨同题　讨海人家》125　陈良誉《暮春夜雨二首（选一）》126

人气奖：潘岳中《临江仙·听雨》126　高先仿《听雨》126　池健《听

雨》127

3.第三届（参赛作品要求：在小楼听雨平台已刊发的内容）

一等奖：张智深《望黑龙江东故国领土》127　刘能英《西江月·回乡所见》127

二等奖：楼立剑《日子》128　曾少立《临江仙·今天俺上学了》129　独孤食肉兽《江汉号轮中》129

三等奖：冉长春《老兵》130　黄勇辉《己亥初冬与诸子赴万载谒谢灵运墓》130　邓建秋《访云阳张桓侯庙》131　胡长虹《岁暮还乡内子宿疾见危，乃送医抢救》131　马星慧《一剪梅·母爱》132　何革《逢故人》132　沈家庄《水调歌头·题九马画山》132

人气奖：林作标《大美石塘》133　刘爱红《高阳台·青葱那年》133　武斌《长安忆旧》134

"山大王杯"临海蜜橘全国征诗大赛获奖作品及点评

一等奖：苏俊《咏临海蜜橘》135　刘彦红《访临海橘乡》135　曾小云《拟题赠人临海蜜橘》136　陶利《题临海蜜橘》136　蔡贤标《折腰奉题临海山大王蜜橘》136

二等奖：陈飘石《咏临海蜜橘》137　王志伟《临海蜜橘熟啦》137　李荣聪《山大王橘园即景》138　杨全魁《临海蜜橘》138　丁纯《临海蜜橘》138　廖国华《咏临海蜜橘七绝》139　马瑞新《咏临海蜜橘》139　张玉春《临海蜜橘》140

三等奖：何智勇《咏临海山大王蜜橘》140　陈伟强《临海蜜橘》140　郭定乾《读奉橘帖兼咏临海蜜橘》141　张淑敏《乳孙选果》141　宋玉秋《临海蜜橘》141　段维《山大王蜜橘》142　唐缇毅《咏临海蜜橘》

142　布凤华《临海蜜橘》142　郑力《题山大王临海蜜橘》143　王远存《咏临海蜜橘》143　岳泓坤《食临海蜜橘》143　龚霖《临海蜜橘》144　温亚东《野岭飞金》144　王勤《"山大王"蜜橘》144　郭宝国《临海蜜橘》145　张立芳《临海蜜橘》145

优秀奖：鲁明智《蜜橘有怀》145　贾清彬《品橘》146　冯贵华《采橘女》146　李绍平《临海品橘》146　马克慧《咏临海蜜橘》147　张青松《秋上临海采橘》147　胡文汉《临海蜜橘》147　杨杨《赞临海蜜橘》148　郭庆华《题临海山大王牌蜜橘》148　李明科《咏山大王橘》148　袁桂荣《临海蜜橘》149

人气奖：王文海《题临海蜜橘》149　郑泽珍《临海涌泉蜜橘》149　温亚东《野岭飞金》149

"山大王杯"临海蜜橘全国征诗大赛（序）……李树喜150

首届【人间要好诗】获奖作品及专家点评

【一等奖】

陈海洋 四川盐亭人，现居昆明。

夜宿中越边境小镇

百年恩怨总难分，息尽炮声鸡犬闻。
两岸春山灯火暖，相逢只隔一溪云。

葛　勇：不着一字，尽得风流。多少往事，唯余一叹。

苏　俊：着一"暖"字，最见作意。

沈利斌：抚今追昔，虚写实写，相互映衬。"灯火暖"一语，呈现边境之祥和。

姚泉名：题材好。

蔡世平：纵使炮声停息，也终归是有个"隔"字。

李树喜：描写实境不俗，中有对战争与和平的思考。词语稍欠精当。

钟振振："相逢只隔一溪云"，"相逢""只隔"，略相矛盾。改"相望"较稳妥。

杨逸明：战争与和平的题材历来是诗词创作的一个重大题材。两岸这么美好的景色：春山、灯火、鸡犬、一溪云……无论如何也不应该与"炮火"联系在一起。可是人间的恩怨，往往就会置这些美丽的景色甚至人的生命于不顾。对于战争的厌恶，对于和平的向往，对于幸福生活的珍惜，对于两国睦邻友好关系的期盼，尽在几句小诗中，似不露声色，却溢于言表，读来发人深思。

  梦 欣：以"夜宿"的感受回忆近现代中越关系的一系列错综复杂事件，由"越中情谊深，同志加兄弟"亲密无间到兵戈相见边境血拼然后是友好往来然后有岛礁纠纷，直让人感慨万千。如此跌宕起伏的一段历史，作者巧妙地用"炮声"与"鸡犬"相闻这两组意象便把"百年恩怨"的情景表达清楚了。但这是偏于写实的描述与议论，如果照此写下去，作品便一定枯燥无味。好在作者懂得如何营造诗的意境和韵味，三、四句由实入虚，结情于景。作品的精彩便在于作者将见识和立场深深地隐藏起来。仔细分析，"两岸春山灯火"是实景，"暖"却是个人的感受、情景判断；"相逢只隔一溪"是实景，至于"隔"的是否为"云"，那倒不一定，但用"云"则可以喻指虚无缥缈、"形态难以捉摸"的东西，这正是作者所要表达的主题，即隐藏的深意。如此，不同的读者对此诗的理解便有千差万别。最高眼力的读者会把"一溪云"解说为影响两国关系的"意识形态"。但直接把"云"当云，也能让低层次的读者理解国家交际与民间往来的区别。这首作品的可读之处，就在于三、四句的出实入虚，以景结情，含情不露，一任读者各自猜测与理解，正是所谓"妙在即景以托之，思入微茫"的情形。但结句"相逢只隔一溪云"虽妙，却有瑕疵。这倒不是"相逢"与"只隔"有无矛盾（宋人有"今日相逢隔烟雾，扬州残梦足销魂"之句），而是夜晚相逢，说隔着"一溪云"便不着味，因为视线太差，白天就可以。那么，就当这一句说的是白天的情景或者是泛指，不必拘泥。但这又与题目"夜宿"有偏离，且与第三句失掉紧密的联系，有点夜里拉弓隔天放箭的不搭。

  周 岐 1956年生，黑龙江双城人。

七 夕

浮云敛尽一河清，久坐瓜棚凉自生。
屏息欲听天上语，秋虫偏向耳边鸣。

沈利斌：诗生动活泼，因"秋虫"不解风情，而诗却富有生趣。

钟振振：末句"煞风景"，极妙！

李树喜：意象兼备，藉小虫之鸣七夕翻出新意。

蔡世平：天上语本不可闻，惟虫声唧唧乱耳。幸有此唧唧乱耳声，不然，奈听不见天上语何？

杨逸明：好不容易等到一个晴朗的七夕之夜，坐在瓜棚底下连凉意也不在乎了，为的是听一下天上牛郎织女一年一度相会时的絮絮情话，却偏偏被不懂事的秋虫叫声给搅和了。全诗就是作者一个人在自言自语，发痴发呆，描述的情景却幽美动人。想来好笑，天上的话你听得见么？古人云："诗情愈痴愈妙。"此首得之。

梦 欣：历代咏七夕诗之多数以千计，但通常都在爱情相思、情人幽会、乞巧等几个圈圈里重复咀嚼着前人的牙慧。此作却独辟蹊径，蓄意宣泄打工者（瓜棚守护人）节日的孤单凄凉感受，成为极见个人情怀的伤感之作。笔墨的趣味在于结句的似是而非、可实可虚。可实者，瓜棚在野，夜里有秋虫鸣叫，可遇之事，为实景，表明周围的寂静，益显孤单处境。可虚者，秋虫在耳边鸣是衰老方有的症状，为喻境，表明作者的身体衰弱，益显悲哀韵味。结句的可实可虚，增加了解读的多样性，这是此作一大亮点。

【二等奖】

张志坚　1980年生，广东汕头人。《小楼听雨》诗词平台编审。

夜市早归

隔雨一窗灯已燃,知妻起早备儿餐。

开门看久双双笑,我下班时你上班。

刘鲁宁:不说苦,只言笑。

葛　勇:非只题材新颖,更见平凡夫妻之情与对生活之坚韧。

沈利斌:语言质朴,末句虽作口语,而诗趣已在。读诗知生活之艰辛,却又给人一种温馨美好的感觉。

李树喜:有生活有风趣,语言稍平。

蔡世平:有画面感。想起一句歌词:"面对面擦肩而过。"理当厮守日夜,但是迫于生计,不得不如此。好诗要用诗的语言,只是不局限在言语之间。

钟振振:"夜市早归",语不精确。盖初读易使人误解为"赴夜市购物而早早归来"也。"知妻起早备儿餐",造句生硬。"开门看久双双笑",微似不近情理:出门带钥匙应是生活常态。又,"看久"未若"熟视"为较合古汉语语言习惯。

杨逸明:百姓生活,社会底层的夫妻,正是在平淡处见真情。丈夫主外夜出晨归,妻子主内早起晨炊,为的就是生活和孩子。全诗层次分明,第一句写景,"隔雨"的"窗","燃"起的"灯",不禁使人想起"西窗烛"下"话巴山夜雨"的那一对唐代的夫妇。第二句写妻子操劳,却不说自己的辛苦。第三句写夫妻,"久"字耐人寻味又使人感动,"笑"字引人感叹又惹人羡慕。第四句写一下班一上班,夫妻交接班,如此辛苦,却毫无怨言。普通家庭的勤劳夫妻能如此恩爱,当代许多腰缠亿贯的夫妻还闹离婚,岂不愧煞?读此诗自可品出很多言外的意思来。古人云:"是真佛只说家常。"能以旧体诗词写当代人的思想情绪和生活场景,写出情趣来,就是好诗。

梦　欣：诗有"正面不写写反面，本面不写写对面、旁面"（刘熙载语）的情形，往往只于"背面敷粉"而真情不露，此作便有类似的手法。作者想要表达的是城市打工阶层低端人士生活的不易，但却通篇出以白描之笔，只描述生活中的一个具体场景，一个有趣的细节，让读者自行从这一场景、细节中去体味作者所要表达的情感。画面上似乎给人以温馨美好的印象，但仔细品味，便知生活的苦楚：我下班时你上班，这一对中青年夫妇的夫妻乐趣便被生活所剥夺，为了供儿女读书，他们被逼奉献了自己的生活乐趣。这诗的优点，就在口风极紧，真情一丝不露。

从　之　居上海。

秋　夜

淡月泠泠暗复明，中庭风定已三更。
一虫檐下应无事，不解秋心自在鸣。

苏　俊：秋虫自喻，仲则之遗。

葛　勇：转接处写秋虫反衬自己的心情，无理而妙。

沈利斌：说"虫"不解"秋心"，便知诗人深谙"秋心"，故能知"月"忽明忽暗，知"风"何时方定，全诗均关照在"解"与"不解"之中，"秋心"何谓，不必说也。

李树喜：长在营造氛围。虫与人异，不解秋心。

蔡世平："何处合成愁？离人心上秋"。秋虫不解事，来日已无多。"自在"？其实不自在。

钟振振："淡月泠泠暗复明，中庭风定已三更"，"泠""庭""定"三字处于句中节奏点，而皆与押韵字同韵母，避之为宜。

杨逸明：夜月明灭，中庭风定，正是诗人写诗之时。不料诗人诗未写成，小虫倒抢先吟唱起来，想来比诗人还无事可做。诗人写诗，自然是"解秋心"之人。小虫一定"不解秋心"，却也鸣得自在。全诗写秋夜情景，诗人不好好写诗，却与秋虫较起真来，实在有趣。"诗有别趣"，信然。

梦　欣：秋夜、秋心、秋虫，这是三组既有联系又有区别的意象，再加上秋月、秋风，这诗就在"秋"字上打滚做文章。意象繁多，骚扰不断，这是读后给人的第一印象。被骚扰的秋心，或许正是一颗相思之心吧（秋夜通常是用来相思的），可是秋月一副冷冷的面孔不说，还忽隐忽现、欲暗还明，哪能勾起往日的回忆，何况又有秋风悉悉作响，烦人。到得风静了下来，已是三更时分，也该睡了，就做个好梦得了。可这时轮到秋虫上场，梦也做不成了。一个字，烦。这是第二印象。那么，作者当真只是想表达"啼时惊妾梦，不得到辽西"的那种惆怅心境吗？这倒不一定是。但"一虫"的自在鸣，与"秋心"的所思不在一个层次上，这是作者所强调的，至于它们各自喻指什么，象征什么，就由读者各自理解好了。诗贵含蓄，主题藏得深的诗耐咀嚼。这诗的可读，在于"想象以为事，惝恍以为情"（叶燮语），至于还有没有"幽渺以为理"，可以有，也非得有。

罗永珩　闽西客家人，现居厦门。

上清溪漂流

足底清溪劈面山，天光一线晦明间。
游人但逐波流去，管得前程几道弯？

刘鲁宁：有寄意。

李树喜：写景简约婉丽，画中有话。

蔡世平：深意可以求之事外，求之象外，求之字外。

钟振振:"足底清溪劈面山",绝句语言尚浅近,故"足底"不如"脚底"。"游人但逐波流去","波流"不如"流波"为语较顺。

杨逸明:有时写风景,写得美丽;写游览,写得生动。可是细细一想,似乎不只是在写眼前之景,觉得言外有意。此诗读到最后一句,似乎就若有所悟,分明是在写人生。古人云:"诗无言外之意,便同嚼蜡。"言外之意,也不可强求生搬硬套,要自然而然,一笔忽然带到,最妙。

梦　欣:漂流是时下旅游比较热门的游玩项目。漂流的乐趣在于高低跌差及快速转弯所引起的一惊一乍的情感刺激。作者善于从人们熟悉的游玩乐趣中挖掘哲理涵义,是本作的一大亮点。漂流活动的具象描绘与议论设置的合理引出,显示作者娴熟驾驭诗意语言的高超能力。

【三等奖】

王志伟　退伍军人,1971年生,个体从业者,《小楼听雨》诗词平台管理员。

临窗,听流浪艺人拉琴有题
二泉拉得入心神,更映乡愁月一轮。
听到夜深皆散去,街头唯剩曲中人。

苏　俊:人情世态,一曲兼收。

姚泉名:转结大好。

刘鲁宁:结有味,意不尽,剩字妙。

沈利斌:"初听不知曲中意,再听已是曲中人"已是网络流行语,而诗中"流浪艺人"既是奏曲人更是曲中人,"乡愁"之情应更胜他人。唯首句略觉直白。

李树喜：有情有景有氛围，世相如斯却怪谁！

蔡世平：得、更、皆、为，此类字入诗，成也由他，败也由他。

钟振振："临窗，听流浪艺人拉琴有题"，逗号可删；"拉琴"不如"拉二胡"为精确；"有题"二字多余。"听到夜深皆散去，街头唯剩曲中人"，好！"唯剩"若改"只剩"，则音律更佳。盖"只剩曲"三仄声字连用，而分别为"上去入"，其美听固一诵可得也。

杨逸明：写欣赏音乐，古来诗作颇多，此首写得也很出彩。整首诗娓娓道来，不紧不慢，先是听二胡曲，牵出"乡愁"和"月"。第三句写时间过程，夜深曲终人散。最后一句最传神，"街头唯剩曲中人"，演奏二胡的人已经完全投入曲中，不再是现实中人，有无听众已经不再重要，这也呼应了首句"拉得入心神"。可见已经全身心进入角色了。而能不能真正进入角色，正是真假艺术家的分水岭。

梦　欣：瞎子阿炳的《二泉映月》从乐曲的缘起至最终的成形，是作曲者对旧日苦难生活的一种感悟，乡愁并非乐曲主题，所以此作次句特地安上"乡愁"二字，是"临窗"人自己的主观感受。但转结又没有临窗人啥事，那么，乡愁又只能落到拉琴者身上，这诗的气脉与意境因此而略受影响。毕竟流浪艺人的苦难生活，要比单一的乡愁更加凄凉与辛酸。试与网络无名氏的"初听不知曲中意，再听已是曲中人"相比，作者的情陷其中与作为旁观者推测他人情感二者的意蕴与感人的程度，后者会逊色许多。当然，如果没有这一瑕疵，此作就有可能夺冠了。因为作品描述场景的具象能力和以景结情的艺术手法均运用得相当圆熟，这一点正是一首绝句的精彩之处。

魏　丹　江西南昌人。

照　镜

镜中人似我，我问镜中谁。
一个藏心事，双双不展眉。

沈利斌："双双"一语点题自然。

姚泉名：愁加倍。好思。

葛　勇：构思奇巧而表达自然。言外有味。

钟振振：意新，语新。虽小，却好。

李树喜：语言朴实，善设悬念，余味深长。

蔡世平：诗有无理而妙者，前两句无理而甚妙。

杨逸明：生活中一个细节描写，写的趣味盎然。古人云："无奇趣何以为诗？"心中有事，瞒得过旁人，自然瞒不过自己，否则就是自欺欺人。自己的心事，除了自家知道，还有谁是知己者？想来好不伤感。此意通过"照镜"轻松道出，词虽浅，亦自有深意焉。

梦　欣：镜中人与照镜者形象与表情的无异，这是谁都知道的，用一首诗揭示一个谁都懂的常识或道理，诗的寄意与趣味便十分有限。好在作者从"一个"与"双双"挖掘出一点语言情趣，使人阅读时收获一丝会意之笑，这也称得上是一点乖巧的构思。假如作者能从镜中像与照镜人二者觅出不同之处，从而启发人咀嚼一个更深的生活感悟，那个意境才会更深远一些。

张　韧　辽宁鞍山人。

再过桃园

不解春风年少时，夭桃树下负相思。
经年重步桃园路，枝上花开知不知。

刘鲁宁：不直言后悔与否，而问花开可知，妙！

葛　勇：音韵和婉，结尾歧义有味。是作者低头不忍看花，还是问桃花知否自己的心事，两解皆可。

李树喜：形象较弱，偏于说理，而不甚明了。

钟振振："不解春风年少时"，"不解春风"四字稍嫌生造。"经年重步桃园路"，"步"字下得笨重，不如"重过"为轻便。

蔡世平："经年"表示长段时间，而不是长段时间之后的某个时间点，因此，"重步"便没有着落，且"重步"二字不大稳妥。

杨逸明：美好的时光已经擦肩而过，回首年少时期错过的机会，能不后悔？自己刚刚醒悟，还问桃花"知不知"，真是个傻得可爱的不解风情的老小孩了。写诗要用诗家语。诗家语或痴得出奇，或憨得有趣，或乱得在理，或俗得有味，或疯得直爽，或傻不拉叽得天真可爱，或胡言乱语得别出心裁，或莫名其妙得妙不可言。此不可对不懂诗家语之人言道也。

梦　欣：人生有许多因情窦未开或心智屏蔽而错过美好姻缘、错过成功机会的遗憾之事，这首作品所抒发的就是这一类情感。但作者的场景描绘与情绪表述用笔相当隐晦、含蓄，便将一段错过恋爱时机的往事写得委婉动人。结句的明知故问，挖掘出一种十分惋惜、幽怨的心绪。这比明白说出自己的后悔要有趣得多。自己心中的懊悔不说，却问花开知不知，正有揶揄、挖苦的色彩，意趣益浓。

刘利漫　河北唐山人。

晨　行

迎风知冷暖，人物各匆匆。

多少同行者，渐失迷雾中。

姚泉名：感叹喻之。

葛　勇：转接实中有虚，意味深长。

李树喜：有哲思，有韵味。惯常则迷，贵有所悟也。

蔡世平："人物"，还是"人"、"物"？混言之不安，析言之亦不安。

钟振振："晨行"，似不合诗题语言习惯。"迎风知冷暖"，游词无谓。"人物各匆匆"，"人物"改"脚步"乃佳。"多少同行者，渐失迷雾中"，"同行"改"前行"，似更精当。

杨逸明：人生像乘坐公交车，上车下车，或站或立，乘车时间有长有短。此诗写人生感慨，仿佛也有此意。短短二十字，言简意赅地勾勒出一幅匆匆奔忙、冷暖自知、有时同行有时散失的人生图画。

梦　欣：凌晨有雾，同行者一旦因行走速度不一致而拉开距离，便互相看不到。这种情形人们一般都经历过。但由此而挖掘其哲理涵义，这诗读来便有味道。同行者之所以"渐失迷雾中"，其原因，一是雾厚（"迎风知冷暖"是雾厚方有的感觉），一是急着赶路（"人物各匆匆"是每人都有要紧事不能互相关照），可见首二句已为结句的"迷失"做足场景的铺垫。由于这主客观两方面的情景构成，"迷失"便是无意识而自然形成的。正是这种深层次的原因，结局颇耐人寻味。从诗作的哲理涵义来看，这首《晨行》的旨趣比前面的那首《照镜》要更深一层。

李　英　甘肃定西人。

叶　殇

题记：某秋日早起，见环卫工人用木棍劈打树叶，问其原因，言上面领导如此安排，以防零星脱落不止，可一劳永逸。每年如此，不待木叶红黄。仰看树枝多畸形状，因思绿化之初衷，不觉黯然神伤。试一赋。

　　花缀情何限，荫垂古道长。

　　若君怜厚意，容我到金黄。

沈利斌：写叶而寄慨遥深。

钟振振：宜将小序改写入正文，作古诗或乐府。

蔡世平：细味诗意，似树叶因外因早凋而自伤，然《题记》"试一赋"云云，显系作者口吻。《题记》所言之事，倒堪发一噱。

李树喜：有情有景，结句出新，画外有音。但前二句与结句缺乏逻辑联系。当今，许多园林明确秋叶不扫。棒打秋叶者，或为个例。

杨逸明：代树叶说话，控诉长官意志害人。读来不由得想起柳宗元的《种树郭橐驼传》中的话："橐驼非能使木寿且孳也，能顺木之天以致其性焉尔。"郭橐驼以种树之道，移之官理。此诗也有寓意，树有贡献，当年开花、遮荫，今天连顺其自然到树叶变金黄之日都不能等到，联想到百姓顺其自然到颐养天年的太平日子也不能享受，想来都是令人感叹的事情。

梦　欣：实话说，这首小诗的获奖，多少得益于诗外的"题记"。正是题记所披露的事实让人感慨不已。此时，诗的精妙与否，已不太重要。实际上，就诗的文本来看，场景的描述与情感的抒发，均有笨拙、凑泊而表达未到位的瑕疵，想象无空间，语言少弹力，一、二句尤甚。

【人气奖】

伍　斌　山东即墨人。

打工回家

车堵山中又彻宵，寒星望断叹村遥。
楼高真许爹娘憩，何用相思暮复朝。

葛　勇：堵车之烦，思归之切，生活之艰，贫子之愧，以朴素的文字写出，却感人肺腑，引人思索。

李树喜：联想自然合理。

杨逸明：打工回家途中受阻，前两句写归心似箭。后两句转入"叹村遥"的原因，因为是想念父母，不但希望父母住得好，而且更希望住得近，可谓是个大孝子也。读来感人。

蔡世平：外出之路坎坷，回家之路漫长。最无奈，是建楼人非住楼人。

钟振振："车堵山中又彻宵"，似不合情理。"寒星望断叹村遥"，后三字嫌生硬。"楼高真许爹娘憩"，"憩"可改"住"。"何用相思暮复朝"可改"挂念何须暮复朝"。

梦　欣：打工回家路上困堵，焦灼的心情谁都会有，捕捉此一场景而诉之笔端，确是好题材。但好题材也得有巧妙的构思和精练的语言表达始能出彩。此作首二句描绘具象场景后二句抒发情感，也是典型的绝句结构模式，中规中矩，且语言大体表达到位，是为可读。但最大的缺点是次句不该用了一个"叹"字。一是过早漏气，二是破坏了描述的客观性。读者自可明白后面便是作者的感叹，又何须特地标出？试比较"寒星望断叹村遥"与"寒星望断一村遥"，便知如何保持客观描述。

武　斌　江苏盱眙人。

过明祖陵

草木冬来敛翠华，墓陵萧瑟噪寒鸦。
滔滔淮水东流去，载得兴亡第几家？

沈利斌：怀古之作，虽是常见的感慨兴衰，借古讽今，而结构、用语等皆好。

李树喜：有沧桑感。结句问得好。

蔡世平：古色古香，可置于古人集中。不过，古人一般不将"陵墓"说成"墓陵"。

钟振振："草木冬来敛翠华"，"翠华"不合用于此，盖其义为天子仪仗中以翠羽为饰之旗帜或车盖也。

梦　欣：怀古诗能以新颖的见识给人以振聋发聩的阅读效果便为上乘。此作以"淮水东流"喻时光飞逝，以"兴亡第几家"喻换过多少专制王朝，由"水"联系到载舟，想象极为合理，结句议论内容虽旧但语句未经人用过，也算得上新颖。这是可读之处。可惜首句"敛翠华"描述不当，估计作者的用意是"收敛翠绿形体与精神"，但因为"翠华"一词有自己特定的涵义，所以作者的错用便有自说自语之嫌。

杨逸明：怀古吊古，历来所作甚多，大多沉郁工稳，往往成为套路，虽然并无不好，但总觉得有点落套。此首也是如此，"第几家"云云，也似曾相识。"滚滚长江东逝水，浪花淘尽英雄。"这样的意象，都唱成电视剧的插曲了。写诗需要创新，要有能翻出如来掌心的意识和本领。古人云："后之人未有不学古人而能为诗者也。然而善学者，得鱼忘筌，不善学者，刻舟求剑。"

刘晓燕　安徽合肥人。

夜宿龚滩古镇

红叶苍崖夹岸行,吊楼灯影泊舟轻。

乌江到此深情碧,况复巴山夜雨声。

注:乌江上游的水碧清。

苏　俊:情与景合,一片化机。

沈利斌:"巴山夜雨"结句,思接千载,也顿使境界阔大。

李树喜:描绘有力度,联想有空间。

蔡世平:灯影、夜雨、吊楼、乌江、泊舟,做足了题目。

钟振振:诗语固佳,然此不过一旅游景点耳,"深情"云乎哉?

杨逸明:写景甚美,有声有色,有情有感。此类诗,可得较高分,不能得很高分。因为今人能写,古人也能写,所谓置于古人诗中可以乱真者。今人可以夜宿古镇,但不能成为古人,当代人写出有当代情趣的诗更佳。

梦　欣:游历诗以多客观描述少主观评价最为隽永。此作大体如是,故情融于景,润而不枯。结句化入李商隐诗意,使"深情碧"一语有得依托而不至于空泛。但"况复"二字未妥,它使得"巴山夜雨声"与"深情碧"失去二者内在的联系。用"吞没""销尽"是否好一些?

李明科　安徽蚌埠人,网名梅斋,蚌埠市诗词楹联学会会长,《小楼听雨》诗词平台评论委员。

山中小池

香岸生幽草,空林落鸟音。

邀来泉水聚,一鉴透天心。

姚泉名：转结颇有巧思。

李树喜：营造氛围得体。

蔡世平：佳处在"鸟音"而可"落"。

钟振振："香岸生幽草，空林落鸟音"，笔力分散，是谓游词。

杨逸明：前两句写小池之景，后两句也有奇思妙想，全篇虽然以"邀来"两字绾合，但是总觉得有点松散，"天心"甚突兀，似乎前后不搭。古人所谓"逐节铺陈，有如散金碎玉，以作零出则可，谓之全本，则为断线之珠，无梁之屋。"此不可不慎。

梦　欣：此作有谢灵运、王维等人的影子，空灵而见意境。可惜第三句"邀来"二字搅乱了肃穆自然的气氛，且让三四句的联系不够圆紧。改用"青冥""云阳"之类，则"透天心"一语方得依托。

陈国元　70后，湘人居陕。

林中单车

谁锁单车小径深，露珠红叶惹初心。

白裙后座春风里，一串银铃响到今。

苏　俊：平常情景，最惹怀思。

刘鲁宁：结句余味不尽。

李树喜：色彩迤逦，写生如歌。

蔡世平：一、二句写视角，三、四句写幻觉，以"惹"字为枢纽。

钟振振：次句应是此诗枢纽，点明转入对自家往事之回忆。惜作者未能办此。

梦　欣：诗有细节描写易见情韵。此作以林中单车独锁路旁为视点，引出青年男女在林间深处谈情说爱的判断，然后再迂回自己类似的浪漫爱情经历，一波三折，饶有风趣，颇为可读。最难得的是全诗尽用客观描述之笔，让意象表达情感，含蓄而委婉。语言的运用也较为得当，没有生造、生硬及牵扯之瑕疵。

杨逸明：首句写小径单车，是眼前景。次句引起回忆，因为"小径单车""露珠红叶"既是眼前景，也是当年景，所以不由得引出"初心"。后两句揭晓谜底，原来有个"白裙"女子，曾坐在单车的后座上，那"一串银铃"般的笑声使人难忘，至今回响耳畔。此首写回忆一个片段，有情有义，写来有条不紊，层层递进。古人云："编戏有如缝衣，其初则以完全者剪碎，其后又以剪碎者凑成。剪碎易，凑成难，凑成之工，全在针线紧密。"写诗如编戏，亦复如此。

何阳义 重庆渝北人。

留守儿童

独过新年灯火明，两行热泪亮晶晶。
床头翻出全家福，对着爹妈喊一声。

葛　勇：白描见情，不忍卒读。

李树喜：感情真挚，语言朴实。胜在情真，口语无妨！

蔡世平：好题材，有情境，有内涵，从诗的角度看，难免造语率易之讥。

钟振振：成人之想象成分居多，未必真得儿童之心理。局外人之想象成分居多，未必可当社会生活之典型。

梦　欣：题材容易触动现时人的神经，但情节似乎有点不大可信。"独过""热泪""喊"，总让人觉得有点夸张过头，须知只要有一点点拔高或造作，想要感动读者就很难。

杨逸明：留守儿童对着父母照片喊一声爹妈，情景感人。虽然有造境之嫌，然打造得入情入理也未尝不可。此首情境均在情理之中，故感人。诗词创作,须注重细节的描写,绝句小令篇幅短小,不像叙事长诗可以有较多的细节描写,但也不能忽视。有时是否抓住并呈现了具体的那些细节,往往是作品成败的关键所在。

第二届【人间要好诗】获奖作品及专家点评

【一等奖】

王　岳　合肥市庐州诗词学会副会长。

浣溪沙·听雨

片雨来时憩小亭,跳珠槛外响琴筝。荷声听彻日初晴。

蛙鼓狂言池沼好,蝉嘶争说柳条青。众禽顿作一时鸣。

杨逸明:一场雨,写的有板有眼,有情有趣。上半片写自己雨中之情,甚雅。下半片写雨后的场景,蛙鼓、蝉嘶、禽鸣,还各自说得有理,情景毕现,热闹得很,不禁使人联想到人间社会,读来使人莞尔。

刘鲁宁:上片搭台,下片弄事。此情此景,像极了芸芸众生。大妙!

陈伯玲　湖南新化人。

听　雨

舍隐林泉路渐荒,雨风暝处一身藏。

千峰瘴涌天如合,万马声来势欲狂。

及景每生沉陆感，经时谁共彻肤凉。

窗前坐久湿还重，更起孤怀在异乡。

梦　欣：异乡孤怀听雨，容易触发离愁别恨，这首律诗，似乎也没有脱离这种大概率的思路。但与一般人的"为赋新词强说愁"略有不同的是，这首作品并没有刻意地诉说悲伤情感或相思情怀，而是把主要的笔墨用于描绘雨势雨声等景象上。颔联的场面气势之大，颈联的触怀摇曳之深，把一场暴雨描绘得惊天动地，景象鲜活而威力巨大。但略嫌不足的地方是"听觉"在描写的力度上逊于"视觉"，如果不是有"窗前坐久"这几个字彰显"听"的分量，这诗便不是"听雨"而是看雨了。

天　许：气象生动兼具，诗意沉郁。

张青云：气苍格老，骨重神寒，如接同光诸家音容，允称佳构！

苏　俊：笔法老到，诗境沉郁。

王震宇：开合振荡，见七律格法。

【二等奖】

张　鹏　河南人。

听　雨

今夜人难寐，遥遥万里程。

思如檐外雨，点滴到天明。

金　水：远处起笔，一结到题，妥帖自然，仿佛雨声有意凑趣，助他抒情一般，此为善于用题者，推为第二。

天　许：自然流畅，意稍熟。

苏　俊：圆熟浑成。唯"思"字可酌，一般写情思多言悠长，此言如雨点之断续似稍隔。

冯青堂 山西高平人。

一落索·听雨

密密疏疏相扣，直当生受。绝知环珮响叮咚，偏都似、头疼咒。
应也情怀如旧，未因谁瘦。奈何点滴到眉间，方舒展、还重皱。

杨逸明：语言甚是诙谐、流畅。听雨之中流露的情怀不俗，有点悲，却不低沉。可读可诵。

钟振振：小词本色。尤见于上下片后半。

梦　欣：此作渲染相思苦楚有过于李清照那首一剪梅"红藕香残玉簟秋"，这"奈何点滴到眉间，方舒展、还重皱"与"此情无计可消除，才下眉头，却上心头"正有异曲同工之妙，而作者把雨声、环珮响声联系到一起形容为"头疼咒"，这"情殇"的心绪便显得格外强烈。首句用"密密疏疏相扣"描绘雨势绵延雨声不断的景象，正有让人逃脱不了的味道。之后，心绪便大坏。下片起句先缓和一下情绪，"未因谁瘦"，是说也没有太多伤及事体的情形。但接着便把"剪不断、理还乱"的心绪呈现出来，刻画雨声对一个失恋者心绪触碰的奇妙感觉，极具煽情效果。

金　水：咏物言情，浑然一体，气味把握也到位，允为第一。

楼立剑：填这首词的人，无疑是个多愁善感的人，因为敏感，遣词造句就别出心裁。那本似环佩叮咚的雨，在极端心情下，却变成了孙悟空头上的紧箍咒。如此，既不是因为某件事，也不是因为某个人，仅仅是因为雨吗？雨也肯定担当不起的。那只能怪那颗总是怦怦跳着的心了。心，真是个奇妙的东西。

刘鲁宁：听雨心态，有些无奈，却更显得健康可爱。

苏　俊：词见当行本色，头疼咒三字稍浅直。

潘岳中　湖南人。

临江仙·听雨

户外风声销永夜，寻夫邂逅他乡。忽来霹雳拆鸳鸯。相逢遭雨打，陌路各凄惶。

醒却孤身知是梦，惟馀雨势张狂。重回梦境咒无方。搂儿听屋漏，点滴到天光。

梦　欣：这词凄婉而悲慨，词中故事情节是真实还是虚构无从查证，但似乎也不必查证，这年代，打工家庭的离散，留守亲人的寂寞，婚姻破裂带给弱势群体的苦痛，太多太多，即使不是诗人自己的亲身经历，代人诉说心中的苦楚，也一样可以反映社会现实，感动读者心灵。此作的成功之处，在于情感的迂回曲折，笔墨细腻，令人信服。上片刻意描绘一个噩梦，已见哀怨，而下片更递进一层，想寻回梦境而不能，心里的苦痛更加无法承受。从写作手法上看，作者善于营造波澜起伏、层层递进的悲剧气氛，寻夫巧遇，先得一喜，突遭霹雳，复一惊，终被风雨冲散，陌路凄惶，大悲。醒来知是做梦，又复得宽心一慰。可静下心来之后，又想回味刚才的梦境，却怎么也记不起当时的情景了，再怎么拼命地想也没有用，悲哀至绝。结拍化入温庭筠《更漏子》之三更雨"空阶滴到明"词意，吟出"搂儿听屋漏，点滴到天光"之凄慨。这种境况，有过相同经历相同遭遇的读者，读到这里，一定形同身受，泪眼模糊了。情节波澜起伏，情感曲折变化，悲剧色彩层层推进，动人心弦。梦境已是悲哀，却还想再回到梦里，似为荒唐，但正是荒唐，始见无奈，并令人深深怜之，这也称得上是无理而妙。

陈伟强 1974年生，福建省厦门市人。

听 雨

十二曲廊烟水涵，闲凭春雨听江南。

渐将心底千丝碧，浣作天边一抹蓝。

钟振振：后二句俊逸。惟"闲凭""渐将"句法雷同，稍参差之为宜。

刘鲁宁：此诗听得有境界，文笔佳美，心底透彻。

【三等奖】

夏茂盛 湖北通山人。

听 雨

夜雨萧萧似急弦，声声入耳未成眠。

家乡犹有临河屋，但愿洪来已早迁。

杨逸明：屈原"哀民生之多艰"，李白"一洗苍生忧"，杜甫"穷年忧黎元"……关心民瘼，是诗人的优良传统。此首写夜雨潇潇，洪水将来，诗人心系故乡的父老乡亲，看似平淡的诗句中饱含深情。

钟振振：仁者之忧。"声声入耳"四字意，已在"夜雨萧萧"中矣。"临河屋"可改"河边屋"。"洪来"二字夹生。

金　水：通篇浑成，近年洪灾频发，故因听雨而忧家乡很自然。

李伟亮：四句分为两节。前二句写眼前，写自己，用实笔，从小处构思。三四句转而写家乡的临河屋，写他人，用虚笔，从大处立意。"家乡犹有临河屋，但愿洪来已早迁。"可见大关怀。

欧　平　湖北荆州人。

听　雨

卧听潇潇雨，依稀见杏花。
生香飘两岸，弄影动千家。
水巷幽如梦，春烟软似纱。
乌蓬何处去？回望燕儿斜。

天　许：笔调轻快，句式灵活，情景相融。
王震宇：风致类晚唐，结甚佳。

张　娟　黑龙江人。

洞仙歌·听雨

风铃翕响，看树枝摇曳。花影频频暗香递。黯云征、珠泻檐下清欢，如弦上，跳跃音符倾耳。

惊醒荷塘梦，弹破烟波，溅起飞花点英蕊。乍向旧时光、听雨缠绵，低语里、拉钩食指。算回念、相思几安排，最难禁、玻璃画中描你。

苏　俊：手法独特、新款。从古至今，把雨写得活泼如斯者的是罕靓。

牛俊人　上海市某中学教师。

满庭芳·听雨　用蒋捷意

搣搣来园，依依傍竹，做成渺渺清秋。芭蕉未老，何意却添愁。翻忆轻狂年少，冲雨上、红烛歌楼。此声又、天涯伴客，破梦到孤舟。

如今翻只在，僧庐独宿，看水东流。漫赢得，镜中霜雪飞头。料想人间一夜，顿时便、繁艳都休。明朝觅、郊村可剩，衰草绿平畴。

张青云：化用蒋竹山原作，不粘不脱，郁伊善感，辞雅情深，诵之令人低回不已！

曹继梅 辽宁省营口市人。

听 雨

梅黄时节雨潇潇，客馆凄清夜寂寥。
一盏明前瓜片绿，隔帘共我听芭蕉。

梦 欣：这诗简直就是李商隐《夜雨寄北》的翻版，同样有乐笔写哀景的艺术特色。但套路虽然相似，文字表达却又有自己的功夫。而且，李商隐的"何当共剪西窗烛"是一种期盼，是未来时，而此作的"隔帘共我听芭蕉"，则是现在时，是作者推测相思的另一方也在雨夜思念自己，这与白居易"想得家中夜深坐，还应说着远行人"一样是用上了"借人映己"的艺术手法，但"隔帘"句更为简洁、更为含蓄、更为幽默。分处两地的恋人、家人如何能同时共听？这个难题被作者用"隔帘"二字就轻松解决了，可见作者遣词用字的灵活，这也当是妙手偶得的情形。

金 水：悠闲之笔写寂寥之情，气味甚佳。

天 许：含蓄蕴藉，哀而不伤。

王震宇：兴象甚佳。

李伟亮：闲适风味，结句物我两忘，有味。

冯　晓　山西人，《小楼听雨》诗词平台管理员。

端阳夜雨

檐漏扰人眠，闲翻恰九篇。

可怜端午水，渐沥两千年。

梦　欣：九篇，有两种解读。一是周文王、武王的治国策论（燕乐之策6篇、征伐之事3篇）。一是屈原的《九章》（9篇作品依次为《惜诵》《涉江》《哀郢》《抽思》《怀沙》《思美人》《惜往日》《橘颂》《悲回风》）。因为诗中第三句提及"端午"二字，所以应是后一种解读方合作者原意。因为夜里下雨，屋檐滴水的声音让作者睡不着，索性起来看书。这本来是很平常的情景。换句话说，这诗的前两句，平淡浅白，波澜不兴，也不见文采。可是后两句一出来，立即诗味涨发，意境深远。在作者的眼前，似乎这屋檐雨水，和两千年前没有任何区别（"渐沥两千年"）。为什么会没有区别呢？这就是值得寻味的地方。你可以找出很多理由，诸如自然景象恒久如初没有改变、天依然下雨、屋檐依然滴水、滴水依然扰人等等。但这显然不是作者自己所思考的问题。作者的思绪是从翻读屈原的辞章引发的，因此，作者所认为没有改变的是屈原两千年前所提出来的问题即屈原所思索所忧虑的东西。毫无疑问，社会在进步，历史在发展，可是当年困扰屈原的那一些痼疾也还在，这才是作者的忧心所在。这么解读的依据是作者全诗的脉络，先由题目的端阳节听雨，引出读屈原的书，读屈原便不免参照今天的现实，于是得出有些东西两千年不变的结论。这诗的妙处就在作者不动声息的思索之中，诗味十分隽永。

楼立剑：夜读九章，按理说本与雨无关，虽然是"闲翻"，但九篇读毕所产生的情感冲击，与雨的"渐沥"之声产生化学反应，意味就不同了。是悲悯、是叹息、是沉痛，虽不着一字，把读者的情绪也传染了。

承　洁　江苏人。

听　雨

乌云带雨涨春潮，了却农夫心底焦。
不舍沉沉昏睡去，静听甘露润禾苗。

杨逸明：久旱揪心，甘霖得来不易，农夫心事与诗人紧密相连。下雨了，还下得不小，心底焦虑已经缓释，可以睡个放心觉了，诗的转结偏偏又写"不舍睡去"，四句腾挪开合，跌宕起伏，题目听雨被写得淋漓尽致。全诗不著一个喜字，欣喜之情却跃然纸上。

左启顺　庐山市诗词学会副会长。

浙东春夜听雨

驿舍孤灯动客愁，云低夜冷怯登楼。
宁江水共阶前雨，都在离人心上流。

天　许：前两句烘托得好，转接虚实得法。
张青云：造境冷寂，神与境会，颇耐咀味也！
苏　俊：笔调、意境皆切听雨，唯文字、句法太似古人。取径古人，成自家面目才是正道。

张宝铸　山西人。

听　雨

暮宿客窗孤枕栖，霖霖一夜唱高低。
恼人最是檐前溜，絮语温言似老妻。

杨逸明：老夫妻相陪相伴，老夫往往嫌老妻唠叨。一到分离时，没有了絮语，竟然还不太习惯。一夜听雨，经不住想起了絮语中充满了温情。说是"恼人"，却感到是"温言"。不经意中流露的是人之常情，而感人心者，无非人情也。

梦　欣：老妻一语入诗，常传递出某种亲切感。像白居易的"茅屋老妻良酿酒，东篱黄菊任开花"，杜甫的"老妻画纸为棋局，稚子敲针作钓钩"，龚诩的"茅茨一点青灯在，知是老妻犹未眠"，熊鉴的"老妻花上还添锦，三个田螺做碗汤"，等等之类。大体在中国人的语言习惯中，老妻已代表着勤劳、善良、温柔、体贴、善解人意及能吃苦诸般美德的柔弱女子形象，偶尔一用，即刻出效果。此作将檐前溜滴雨水的声音，比喻为妻子喋喋不休的言谈絮语，初读，似觉亲切，再读，品出涩味。这"一夜唱高低"的滴水声，越是温柔、越是亲切，就越让"暮宿客窗"的诗人睡不着，那种失落、孤单、寂寞的心绪就越加强烈。可以看到，这也是一种乐笔写哀情的手法。因为有这一种曲折与隐晦，诗味便显得格外隽永。

刘鲁宁：客字在先，恼字作转，立意于亲情，通篇熨帖。

李伟亮："恼人最是檐前溜，絮语温言似老妻。"平实中见真情。

陈锦平　男，广东汕头人，曾获白帝城国际诗词大赛金奖。

雨　夜

雾锁楼台夜幕低，孤灯四壁影迷离。
忘情岁月三杯酒，得意人生一卷诗。
夜雨敲窗弹古调，风霜入骨沁寒衣。
何当得渡蓬莱景，万顷烟波系钓丝。

杨逸明：写雨夜情景，全是平生联想，胸中感慨，至颈联方点题。

最后宕开一笔,甚是幽闲。层次井然,语言流畅,情怀淡泊。

王震宇:通体稳称。

肖芳珠　祖籍福建,客居江苏。

听　雨

抛珠洒玉落闲庭,打叶穿帘催梦醒。

起共春风参万籁,明朝更看一山青。

楼立剑:小诗中的雨,并不像许多作品中那样缠绵悱恻,令人愁绪万端。而是带着一种活泼俏皮的青春气息。这是充满激情和美好愿望的雨,其形晶莹,其声浪漫,从梦境里来,到春天里去,化作满窗山色,令人心旷神怡。文字清新,想象丰富,意境饱满。推荐第一。

冉长春　四川平昌人,达州市诗词协会副主席。

明晨重庆机场接女难寐口占

知时好雨来,为浥轻尘路。

切莫是天晴,天晴易生雾。

杨逸明:独生子女,女儿都是掌上明珠。明天接女儿,今夜无眠。可怜天下父母心。只写了担心天气影响飞机准点,绝无拖拖沓沓之语。寥寥数笔,心理状态却写得甚是细致,情深感人。古人云:"诗有极平浅,而意味深长者。"此首得之。

刘鲁宁:听雨盼雨,实不为雨。飞机起降,通常认为天晴最好,结句以易生雾反转,甚妙。

张青云:先喜后忧,语近情遥,真率深挚,俨然六朝遗音!

李伟亮:接机怕遇风雨,首句偏说好雨来,先埋下伏笔。次句承首句,具体说雨的好处——为浥轻尘路,却不曾道出主旨,有欲擒故纵的效果。三四句点出好雨的原由,因为天晴容易有雾,与题目中重庆气候相映衬,若不经意,真情便在其中。通篇妙在真实朴素,语出自然。

【优秀奖】

王志伟

听　雨(新韵)

重楼寂寂夜云沉,老父窗前屡欠身。

城里谁识春雨贵,知音唯有种田人。

金　水:老农移居都市未忘乡里,切合当下形式,问题也是没写出听,其实首句形容下雨声就好。

天　许:善体人心。

李伟亮:三四句深知农家辛苦。"屡欠身"三字醒目。又,"重楼寂寂夜云沉"一句提纲挈领,引出后三句。

朱军东　安徽庐江人。

听　雨(新韵)

青春一握漏如沙,沧海云帆苦未达。

卧榻拥得窗外雨,嘀嗒一夜数年华。

王震宇评:是诗家语。

黄世晃　福建人,暂居上海。

小楼听雨

梦断孤楼一雁哀，三更酒醒又徘徊。

那堪窗外潇潇雨，尽到离人心上来。

苏　俊："一雁"不如"独雁"，余皆妥帖。一结有味。

张　伟　辽南人，2008年青春诗会成员。

虞美人·听雨

深宵独坐听秋雨，滴滴伤离绪。长卿旧曲为谁弹，或许天涯有客也无眠。

花香蝶梦匆匆了，水漫西园草。孤村冷落一灯昏，回首山风起处荡残云。

梦　欣：这词写得委婉凄清，大有李后主那种伤痛无法排遣之情调，只是伤感的份量略轻一点，如果可以由"山风起处荡残云"一句来品味的话。毕竟这"山风"所影响的范围相当有限。从"离绪""有客也无眠"及"孤村冷落"等字句来判断，这写的依然是"闺怨"一类的内容，但因为有一段"花香蝶梦"的幸福生活作对比，因而这独守孤村冷屋的夜晚便有无限的相思苦楚。尽管作者没有透露更多的个人信息和生活细节，但如果与当今的社会现实联系起来，则似乎描绘的应是打工家庭夫妇分居两地的情感经历，因为隐晦与含蓄，这词便越发可读，因为你必须运用你的想象力去勾勒一些必要的场景及情节。

楼立剑：一个身在寂寞天涯，一个守着冷落孤村。从这两个场景，大致可以猜度词中主人公的处境。作者以此为大背景，细细勾勒，浓墨重彩，渲染出主人公的相思之情。而其中的雨，则是这种情绪的媒介，这就是借景抒情手法带来的感染效果。推荐第三。

曾　拓　网名顾青翎，湘人。

听　雨

梦雨吹风欲透帷，小楼遥想夜何其。

可能一种萧萧意，听到阑时各上眉。

金　水：连续三句铺垫，最后点明，新颖自然，推为第三。

苏　俊：造境深微，最不易到。

李伟亮：闲适风味，结句物我两忘，有味。

方建飞　浙江嘉兴人。

听雨同题　讨海人家

敲窗夜雨乱心怀，方熄床灯复又开。

小榨犹浮风浪里，涛声时到枕边来。

梦　欣：一首小诗，切入口越小越好。这首作品，先把"听雨"这一题目设定了一个小范围，聚焦于一户"讨海人家"，之后，又刻意描绘了一个小小的细节：已熄灯睡下的女人，听到夜雨骤来，慌乱的又开灯坐了起来。她担心什么呢？原来，丈夫出海捕鱼尚未回来，生怕风浪太大有危险。一句"涛声时到枕边来"，极含蓄又极有分量，让读者一下感受到当事人的紧张忧虑心绪。涛声时到枕边来，这一句也并非作者独创，明人杨慎就有"江声如骤雨，吹到枕边来"之诗句。但作者把它放置于一个特定的语境里，其触动读者心灵的阅读效果就比杨升庵的牵挂"远客"来得更强烈。

楼立剑：所谓靠山吃山，靠海吃海，但农渔民都是靠天吃饭。此诗写出了讨海人家在风雨来临时的焦虑心情。小榨浮海，可见还是小农经济时的渔民生活,我虽不了解,但相信这样的生计还是常见的,也说明了三农经济转型的迫切性。

陈良誉　广东人,上海诗词学会理事。

暮春夜雨二首(选一)

桐花弄影枉深情,不是痴心结不成。
后果那堪春渴望,前枝只为蕊超生。
半床羁梦填充酒,两鬓寒丝衬托灯。
遥对东南长喟叹,江天寥落雨纵横。

钟振振:中二联皆有新意。惟"超生"对"渴望"稍似欠工。

【人气奖】

潘岳中

临江仙·听雨

　　户外风声销永夜,寻夫邂逅他乡。忽来霹雳拆鸳鸯。相逢遭雨打,陌路各凄惶。醒却孤身知是梦,惟余雨势张狂。重回梦境哭无方。搂儿听屋漏,点滴到天光。

高先仿　女,山东威海人。

听　雨

非是闲听雨,欣然夜送来。
潇潇舒万物,脉脉洗尘埃。
指点群山绿,安排百卉开。

炊烟升起处，户户备秧栽。

池　健　1966年生，临海市诗词楹联学会会长。

听　雨

亢旱偷霖猝下来，橘农倾耳又徘徊。

声低唯恐墒难足，过响焦愁涝与灾。

第三届【人间要好诗】获奖作品及专家点评

【一等奖】

张智深　黑龙江省诗协副主席，省作协会员，省歌舞剧院签约作曲家，其诗词作品被称为"不觚体"，有广泛影响。

望黑龙江东故国领土

关山遥望朔云中，铁马王师梦已空。

唯有西风心不死，年年吹雨过江东。

钟振振评：笔力扛鼎。末二句极沉痛。"关山"乃道路艰阻，无"领土"义。"王师"二字，终不甚妥。

熊盛元：故园之土，已属他邦，隔江遥望，情何以堪？妙在从该地原住民着眼，忆放翁"南望王师又一年"之句，真觉古今同慨也！

杨逸明：成功地通过表面的沉静景物透出内在的沉痛心情。

刘能英　中国作协会员、中国自然资源作家协会驻会签约作家。

西江月·回乡所见

归路一窗晴色，沿途四望秋禾。夕阳无挂坠山坡，溅起人间烟火。

抱个孙儿喂食，叼根烟斗编蓑，阿公软语劝阿婆：看下新闻联播。

钟振振：写景生动，写人传神。"夕阳"二句意新。"无挂"改"不挂"，语较顺，且生脆响。"抱个"一联，上属"阿婆"，下属"阿公"。此二句分写，下一句合写，安排得妙。"喂食"二字，似可推敲。末二句大好。作者可知"阿婆""阿公"之"阿"当读入声否？"阿公软语劝阿婆"，"劝"改"告"，乃精切。盖此非劝婆关心时事，乃央告其"恩准"我"看下新闻联播"也。

杨逸明：这些新时代的生活场景本身就是"新闻联播"的好素材。

【二等奖】

楼立剑 浙江义乌人。中国楹联学会理事，浙江省诗词与楹联学会副会长，《小楼听雨》诗词平台评论委员。

日　子

晨昏生计两头乌，斗米弯腰亦丈夫。
做梦虚张天地胆，阅人欲废圣贤书。
大街热议黄岩岛，小火清蒸白鲫鱼。
岁月如驴我如磨，知驴推磨磨推驴？

钟振振：我与我周旋久，且有写生之笔，乃能如此其惟妙惟肖也。后七句，无一句不令人解颐。首句尚可斟酌。"两头乌"之"乌"字，亦如驴之困于磨也。"磨"者何？韵也。用不得"黑"字，故代之以"乌"。读者稍鲁钝，或误谓"双头鸦"矣。

熊盛元：冷隽语中蕴含深沉感慨，诗风近于聂翁绀弩。最赏颈联，不惟见放旷之情，亦可证荒唐之史也。

杨逸明：一篇幽默风趣的生活随笔。

曾少立 网名李子梨子栗子，简称李子，1964年生于江西赣南某矿山，祖籍湖南，工学硕士。

临江仙·今天俺上学了

下地回来爹喝酒，娘亲没再嘟囔。今天俺是读书郎。拨烟柴火灶，写字土灰墙。

小凳门前端大碗，夕阳红上腮帮。远山更远那南方。俺哥和俺姐，一去一年长。

钟振振：不动声色。比之小说，近于余华。后七句愈写愈好，前三句则有所未逮。

杨逸明：描述改革开放山村人家的经典名篇。

独孤食肉兽 原名曾峥，《小楼听雨》诗词平台评论委员。其力倡并践行多年的"现代城市诗词"深受学界关注，创作多借后现代小说及电影手法消解或重构时空模式，个性特质极为鲜明，被称为"兽体"。

江汉号轮中

舱中鼻息竞雷鸣，谁自吹襟立杳溟。

舵尾迥拖千里雪，桅尖静划一江星。

船灯对语不知意，山影暗随如有灵。

为续夜航群动点，抟禽一鹘掠前汀。

钟振振：长江夜航，能令读者身临其境。语多生新。题中"轮"

字欠妥。"吹"字未惬。风可"吹襟"，自"可吹"耶？"杳溟"宜于海而不宜于江。"拖雪"字妙。惟"舵""拖"音近，"千里"嫌夸。"桅尖"句尤妙。然"桅尖"安得划破江中之星？改"一天星"乃合。"船灯"联亦好，而无语病。"为续"句生硬。收句警动。惜"抟禽"字生硬。有璞须磨，终是美玉。

熊盛元：当代诗人，耽同光体者寥寥。此诗则颇得散原神髓，颔联之句烹字炼，颈联之拗而有救，起句之点化"鼾声邻榻添雷吼"，结句之暗融"起看啼雁万峰颠"，可谓夺胎换骨，浑化无痕矣。

【三等奖】

冉长春

老 兵

解甲已多年，山中二亩田。
新闻南海事，五指又成拳。

钟振振：大题小做，可称典范。前二句仍有提升空间。

黄勇辉 江西宜春市人。

己亥初冬与诸子赴万载谒谢灵运墓

霜轻未杀草，萋萋移时节。紫艳篱菊静，锦水殊未歇。天不斫斯文，幸能留一穴。陬落寄孤傲，万古魂不灭。山前蜿蜒道，隐隐六朝辙。苔痕没屐齿，松竹盘纡结。拂弦遗音在，发源泉石咽。莹莹谢家池，犹映千秋月。容范虽已去，芳躅异代蹑。念念惊人句，心神转超忽。天风浩荡处，江海思不绝。

熊盛元：吊谢客而兴异代萧条之感，怅惘中不乏自信。诗中化用遗山"朱弦一拂遗音在，却是当年寂寞心"之句，以抒发对"谢客风容映古今"之歆慕，其中余音远韵，亦泠泠然回荡于石罅林梢。谢康乐所谓"异音同至听，殊响俱清越"，移状此诗，不亦宜乎？

邓建秋　四川省渠县人。

访云阳张桓侯庙

无妨虎将本椎屠，丈八蛇矛敌万夫。
功大或能安蜀汉，酒狂真可送头颅。
涛回长坂声犹壮，花比桃园色不殊。
千载山门俯空阔，春风江上暮帆孤。

钟振振：前六句，无一字不切张翼德。后二句，转以景结，韵味悠长。起句尚可琢磨。"长坂"改"松坂"，与"桃园"对益工。《三国演义》固言张飞"引二十余骑至长坂桥，见桥东有一带树木，飞生一计：教所从二十余骑，都砍下树枝，拴在马尾上，在树林内往来驰骋，冲起尘土，以为疑兵"。虽未明指为"松"，亦不妨实拟以"松"也。

胡长虹　1971年生，湖北蕲春人。

岁暮还乡内子宿疾见危，乃送医抢救

一从割胃药当餐，人世怜伊命半残。
吹万罡风惊拔屋，翻盆疾雨怒鸣湍。
载将病骨求医急，叹息浮生度岁难。
稚女在怀摇欲睡，飙轮向夜溅泥丸。

熊盛元：语悲而声促，调苦而情深，刻画急救途中情景，恍如电

影镜头之蒙太奇,皆浮现与于眼前。生活之艰难,夫妻之恩爱,尽见于行间字里。

马星慧 祖籍甘肃秦安,现定居江苏南京。

一剪梅·母爱

满满瓶装碎辣椒,已用油浇,再用油浇。为防渗漏百层包,横绑三遭,竖绑三遭。

别后谁怜老病腰,忙到深宵,疼到深宵。手机早晚任唠叨,不是歌谣,胜似歌谣。

杨逸明:一篇感人的情景交融的母爱颂歌。

何 革 四川人。

逢故人

莫问北漂事,十年滋味深。
未曾迁户口,岂敢改乡音。
额上风兼雨,杯中古到今。
华灯光影暗,知是夜沉沉。

熊盛元:漂流十载,怅惘千重。中二联遣辞工稳,寓慨遥深。一结尤含不尽之愁,北漂者内心之沉痛,皆蕴乎言外。

沈家庄 祖籍浙江绍兴,出生于湖南洪江。加拿大中华诗词学会创会会长。

水调歌头·题九马画山

一壁峥嵘异,九马逐云天。引来世上无数,游客竞流连。我问骁雄天马,江畔何时欢会,畅饮不思还?掉头却无语,傲若醉中仙。

　　振鬣嘶,奋蹄舞,上层峦。恒心似铁,坐化千古默参禅。任尔风来八面,最喜波临南北,飘洒亦悠然。明日腾空去,蹄下可生烟。

杨逸明:丰富的想象和恣肆的文笔把一个景点写活了。

【人气奖】

林作标　浙江省温岭市文联诗词家协会秘书长。

大美石塘

一面靠山三面海,千家楼屋万艘船。
轻歌踏浪渔乡美,舟作耕牛海作田。

刘爱红　北京诗词学会副秘书长。

高阳台·青葱那年

　　沐雨新芽,葱茏翠卷,小桥连着长亭。锦玉金芳,忒多古怪精灵。吴侬软语争教我,对柚香、慢理尘缨。忆当年、曲巷斜衿,濯洗琼英。

　　悠悠岁月青梅醒,望南翔夕晚,梧叶心情。伴尔迢迢,雁书相契相倾。秋霞尽处寻幽迹,从别过,细写云程。愿如今,小字珠玑,重叙春声。

武 斌

长安忆旧

长安回首几秋冬,烟海茫茫寄旅踪。一片汉宫霜月冷,千年秦岭雾岚浓。

别难忍见灞桥柳,夜永愁听雁塔钟。最是风轻云淡处,峰巅谷底两从容。

"山大王杯"临海蜜橘全国征诗大赛获奖作品及专家点评

【一等奖】

苏 俊 石头斋主,粤人。少日从湖湘周先生毓峰习诗文,2006年后拜津门王先生蛰堪为师,学为倚声。《小楼听雨》诗词平台评论委员。

咏临海蜜橘
细擘金黄忆再三,美人相识在江南。
何期饱啖千辛后,慰我仍留一味甘。

沈利斌:用语质朴,诗情婉转,写橘亦写人,读来意味深长。小诗亦见橘之"独立不迁"品格。

陈引奭:此诗中"饱啖千辛"语,有言外声。以蜜橘比之美人,也是雅人风致。起承转合中,情深言淡,也是诗中一种境界。

独孤食肉兽:虽只在字面回甘,所双关、引申者,并无新思、远意,但好在通体丰腴圆融,允推第一。

刘彦红 河北人。

访临海橘乡
叠翠凝烟万树红,枝头挂满小灯笼。
橘香拐过山弯路,撞醒他乡十月风。

独孤食肉兽：流利隽巧之作。末用力太过，未免不知所以。"他乡"改作"邻乡"或稍好。

钟振振：后二句构思新奇。

曾小云　江西人，曾联惠课堂创办人、讲师。

拟题赠人临海蜜橘

无核岂无意，薄皮非薄情。
蜜藏深似海，欲剥且轻轻。

沈利斌：将临海橘的特点与情、意结合，颇有新意，赠橘即赠情，情深意切。

李含江：此诗胜在轻灵，且贴切形象，惟结转宕得不够。

杨逸明：前两句有两字故意重复，不嫌累赘。尾句言简意赅，"轻轻"有分寸感，用得恰到好处。

王翼奇：善就无核薄皮及蜜、海二字生发，殆可谓"迁想妙得"！

陶　利　粤人。

题临海蜜橘

群峰迤逦入云霄，地脉承恩雨露饶。
谁掌一丸临海橘，蜜甜香入浙江潮。

独孤食肉兽：端正富态，结饶远韵。

钟振振：笔力较遒劲。

蔡贤标　浙江天台人。

折腰奉题临海山大王蜜橘

橘颂思嘉树，遗亲忆陆郎。

忠孝无双子，今推山大王。

陈引奭：以古为新，言浅意长，诗格正而不俗，嵌"山大王"名亦甚妥帖，可算不露痕迹，故而推荐。

王翼奇：以语典事典双咏忠孝，可谓高雅深切。

【二等奖】

陈飘石　江门市蓬江区诗词楹联学会常务副会长。

咏临海蜜橘

临城蜜橘久驰名，风物天然自有情。

知是人间多苦涩，甘甜兼倍慰苍生。

楼立剑：世间万物总是辩证地存在，有苦涩就有好甜。临海蜜橘正好扮演了正面角色。

王翼奇：三、四意深。

王志伟

临海蜜橘熟啦

叶子青葱桔子黄，斜阳挤进竹箩筐。

悠悠一担好年景，尽在农家笑里藏。

独孤食肉兽：用字甚活，四句层层递进，文理青葱。虽俗而不卑。

钟振振：语言表达较新颖。

李荣聪 1958年生,四川平昌人。

山大王橘园即景

佩玉簪珠尽粲然,一园蜜橘惹心欢。
自从签下网单后,便作嫁前闺女看。

刘鲁宁:转结甚妙,把橘农网签后的既快乐又不舍的心情,比喻得十分贴切。

杨逸明:诗有赋比兴,其中"比"最难。找到一个确切的比喻不易。此诗以"嫁前闺女"比喻将要出售的橘子,别出心裁,却符合心理,甚妥帖确切。

杨全魁 斋号诗斋。现德籍,博士。

临海蜜橘

蜜橘新来微带霜,红罗手剥破甜浆。
如今为是能多得,不逊王家气味长。

注:王羲之《奉橘帖》:"霜未降,未可多得。"

*

软瓣清凉香沁脾,汤池佐酒自相宜。
当时若使杨妃见,驿道无教进荔枝。

陈引奭:此二首均用典,词意清雅之中见风趣。虽于临海蜜橘不甚了了,但合理想象也能生奇。"王家"又语涉双关至多关,有妙手偶得的感觉。

沈利斌:两首层次井然,用语雅致。皆翻用典故,颇有意趣。

丁 纯 安徽安庆市人。

临海蜜橘

意态玲珑灿若金,噢人香雾旷诗襟。

甘如蜜汁初尝后,半个江南醉入心。

注:临海素有"江南橘乡"美誉。

沈利斌:形神皆具,结句尤佳,惟转句七字稍欠凝练。

钟振振:后二句夸而仍有分寸。

廖国华 1945年生,湖北荆州人,《小楼听雨》诗词平台顾问。

咏临海蜜橘七绝

万树敷荣古战场,秋深无处不金黄。

借来海雨天风力,化作东瓯王者香。

*

嘉果方临秋熟处,奇香已满海边城。

晓来一阵风过岭,疑是当年橘颂声。

*

秋实经霜品位殊,山前山后讶垂珠。

一从物竞东南美,多少舟车赴桔都。

王翼奇:辞情俱美,造语雅驯。

马瑞新 生于70年代,山东龙口人。

咏临海蜜橘

何须纤手擘吴盐,临海争夸蜜橘甜。

忍笑王郎无核钻,信知此物不趋炎。

注:周邦彦《少年游》"并刀如水,吴盐胜雪,纤手破新橙。"《世说新

语·俭啬》:"王戎有好李,卖之恐人得其种,恒钻其核。"

钟振振:由橘之无核,牵入王戎钻李核事,联想甚奇。更由此引出不趋炎附势之意,咏物不止于物,是能得《橘颂》精神者。

张玉春　女,山东威海诗词楹联学会会员。

临海蜜橘

露促霜催韵满坡,堆金叠玉影婆娑。

夫君临海归来后,蜜语甜言日日多。

杨逸明:不说橘甜,却说夫君在临海吃了橘子后"甜言蜜语"。人贵直,文贵曲。诗也贵含蓄,方有趣。

【三等奖】

何智勇　安徽人,现居杭州。

咏临海山大王蜜橘

高山处处绿成林,临海秋来万树金。

岂止甘甜润人口,经霜更见岁寒心。

杨逸明:一结有寓意,颂橘甚切。
钟振振:末句从唐张九龄诗出。

陈伟强

临海蜜橘

硕果满秋山,风中金烁烁。

气随朝日升,不共夕阳落。

刘鲁宁：大写意，起落绝佳。

钟振振：古朴。后二句较有骨力。

郭定乾 四川彭州市人。四川省诗词学会副会长。

读奉橘帖兼咏临海蜜橘

妙墨佳书仰大王，分甘三百字犹香。

何如临海霜飞后，看取金丸走八方。

注：《奉橘帖》为王羲之遗墨："奉橘三百枚，霜未降，未可多得。"大王，即王羲之，因与小王王献之相对而言。金丸，喻橘子。皮日休《早春以橘子寄鲁望》："不为韩嫣金丸重，直是周王玉果圆。"

楼立剑：王羲之得橘三百而自喜，毕竟不如临海蜜橘远销八方格局来得大。此诗化典自然，别出机杼。

王翼奇：妙解奇思成一绝，右军奉橘重金丸！

张淑敏 山东人。

乳孙选果

梨桃苹果任孙选，拣去挑来手不存。

忽见一枚临海橘，呱吧小嘴带皮吞。

杨逸明：说橘子好，不直接说出，借小孙孙的一个动作，既生动形象，也更有说服力。

宋玉秋 辽宁盘锦诗词楹联学会会长。

临海蜜橘

并刀初破五分秋，蜜橘香寒十四州。

若问家山何处是，涌泉百里种无忧。

陈引奭：此诗借句借势，调子不俗，格局颇大，有些气魄，但可推敲处也多。若作调整可更为贴切：并刀初破五分秋，蜜橘甘饴十四州。若问家山何处是，江头百里种无忧。

王翼奇：一、二言行销全国，三、四回点产地，甚有思致。

段　维　湖北英山人，法学博士。华中师范大学政治与国际关系学院党委书记、湖北省中华诗词学会会长，《小楼听雨》诗词平台评论委员。

山大王蜜橘

闻风香引至，拦路橘千头。
囊尽非遭劫，凭山买断秋。

独孤食肉兽：思力甚横，当从太白"巴陵无限酒，醉杀洞庭秋"化出。

唐缇毅　北京诗词学会常务理事。

咏临海蜜橘

泰左之东曙色城，江南邹鲁小闻名。
一方水土一方橘，果有天香人有灵。

王翼奇：三、四辞意工切。

布凤华　山东阳谷县人。山东省诗词学会副会长。

临海蜜橘

不尽葱茏复远岑，霜花点染万重金。

　　　　　君如有幸来临海，一瓣澄黄甜到心。

李含江：全诗一气呵成而无凿痕，第三句转得自然，又出人意料地给临海打了广告。

郑　力　承社社长、邢雅诗社社长。

　　　　　　　题山大王临海蜜橘
　　　　　世间遍种思乡苦，临海独生乡思甜。
　　　　　户户枝头黄月满，教人不舍夜垂帘。
　　　　　　　　　　　＊
　　　　　竟使冬来未履霜，翻疑南越只春长。
　　　　　括苍山色灵江水，不恋清云恋橘黄。

刘鲁宁：其一乡思生甜，见妙笔。转结递进，贴切自然。其二冬春照应，引出橘黄，顿觉乡情满满。

王远存　1976年生，江西省婺源县人。

　　　　　　　咏临海蜜橘
　　　　　故乡滋味蜜糖似，临海秋风每忆此。
　　　　　为待君来邀客尝，年年红过相思子。

刘鲁宁："蜜糖似"略觉语滞，结句把具象意象化，甚佳。
楼立剑："年年红过相思子"一句极好地阐释了临海蜜橘所留给人的深刻印象，她像相思豆一样被赋予了甜蜜回忆。

岳泓坤　四川人。

食临海蜜橘

临海千头橘，甘香百口宜。
啖之思阿母，归效陆家儿。

楼立剑：寥寥二十字，点明蜜橘产地，说明蜜橘特色。由尝橘而思亲，由思亲而知孝，层次分明，语言朴实而富真情。既宣传了临海蜜橘，更弘扬了传统美德。

龚　霖　上海人，《小楼听雨》诗词平台编审。

临海蜜橘

天公厚此一何深，每岁生成满库金。
临海秋山襟抱阔，展开个个是丹心。

杨逸明：一结能一语双关，拟人手法，赋予橘子美好的性格和宽阔的襟怀。

钟振振：后二句亦橘亦人。

温亚东　四川人。

野岭飞金

野岭换芳林，田家付苦心。
秋风酬旧约，吹满一园金。

杨逸明：满园橘林丰收，田家付出多少心血，此诗以"秋风酬旧约，吹满一园金"说天道酬勤之意，换一种说法，别有意趣。

王　勤　安徽合肥人。

"山大王"蜜橘

山偷岁月橘偷黄，纤手剥开容细尝。

品出甜甘留蜜意，吟笺题作果中王。

李含江：开句十分不凡，令人耳目一新。结句契合主题，又十分自然。

郭宝国 河北雄安新区安新县人。

临海蜜橘

谁种千奴霞岭东，黄金万点翠罗丛。
江南无限氤氲意，俱在晶莹一瓣中。

*

黄云琼叶绕晴岚，如水飞歌时二三。
底事撷来甘入腑，冰心瓣瓣出江南。

独孤食肉兽：末二语说得甚满，味在有馀无馀之间。参赛诸作大率如此，或皆囿于诗题，不得不尔。

张立芳 女，河北秦皇岛人。

临海蜜橘

清甜滋味梦中徊，信是乡亲为我栽。
莫道迢迢千里外，鼠标轻点橘飞来。

沈利斌：流畅自然。结句虽用新语汇，但不碍口，有时代性。

【优秀奖】

鲁明智 1966年生，目前在国企工作。

蜜橘有怀

金玉玲珑未忍尝,久摩长嗅忆初香。
当年慈母南窗下,抚首深情说陆郎。

李含江：柑橘本来是用来食用的,但诗一开篇用不忍尝,为什么不忍尝,给你以无穷的想象。这就是诗意,就是诗境。看下去我们才知道,不忍尝不光是橘子那诱人的初香,更是闻到这初香,想起了当年母亲说过的陆绩怀橘的典故。此诗语言平实但想法新颖,用典贴切且不着痕迹,寓教于其中,读起来诗味隽永。

贾清彬 1957年生,河北定兴人,保定作协副主席。

品 橘

遥知一树金,来慰寂寥心。
何必分南北,同怀屈子吟。

刘鲁宁：细读《橘颂》,始觉此诗之含蓄蕴藉典雅。

冯贵华 陕西汉中人。

采橘女

陌染烟霞橘径深,香衣叠影手弦琴。
翩翩玉指弹秋色,一篓歌声一篓金。

独孤食肉兽：生意欣欣,不堕伧俗。"手""指"不宜连出。

李绍平 河北人。

临海品橘

金橘江南缀满枝,秋风行客醉瑶池。

青山喜啖仙山果,甜到心头不吐皮。

李含江:此诗看似寻常,其实作者心中有想法,结看似信手,实则形象地阐述了临海蜜橘的特点。

马克慧　安徽人。

咏临海蜜橘

一握盈盈香不禁,经风历雨未堪侵。
知君些许旧情愫,结满秋山万顷金。

*

盘摞晴光香欲滴,脾霜蜜橘惯秋迟。
人间滋味多如此,甜在辛酸苦后时。

陈引奭:词雅诗正,以橘喻人,诗存喻世之功且不落俗格,故而荐之。

张青松　河北人。

秋上临海采橘

秋踏江南采橘途,碧山郁郁点金珠。
解篮石畔和云卧,直美丹阳有木奴。

注:木奴:三国时丹阳太守李衡种甘橘千株,临死敕子"称有木奴千头",后称柑橘树为木奴。

楼立剑:木奴千头,足可养家。有木奴千千头,乃可致富。此实可羡也,表达了对橘农由衷的赞美。

胡文汉　广东人。

临海蜜橘

临海临山景气清,花香四季鸟和鸣。

甜甜蜜蜜难忘却,胜似当年初恋情。

钟振振:后二句比喻有新意。

杨　杨　笔名寒江雪,河北承德人。

赞临海蜜橘

金黄夺目庆年丰,海雨甘滋味不同。

为亮农家康富路,山山缀满小灯笼。

杨逸明:一结喜庆,甚是形象,也很有美感。

郭庆华　河北人,曾任中华诗词学会理事、河北省诗词协会副会长。

题临海山大王牌蜜橘

蜜汁沾唇甜到骨,瓣心润泽指留香。

只缘坐拥摇钱树(或"黄金果"),临海敢称山大王。

王翼奇:一结浑成!

李明科

咏山大王橘

绿雾笼山色,清秋满树金。

香林风到处,甜透万家心。

沈利斌:气势充沛,"透"字佳。

袁桂荣　女，居吉林。

临海蜜橘

不炫身家黄富美，宛如待嫁俏丫头。
金九个大寻常价，早把绣球抛给秋。

独孤食肉兽：一气流转，遣辞活泼接地气。又以其工于双关，不以意尽语中为病。

【人气奖】

王文海　山东沂水人。

题临海蜜橘

春至山山铺翠玉，秋来树树缀黄金。
分明王母园中物，遗落尘凡化橘林。

郑泽珍　女，笔名郑小茹，山东诸城人。

临海涌泉蜜橘

青衫渐褪着橙黄，水嫩玲珑裹蜜糖。
问橘清甜何若此，笑言根扎涌泉乡。

温亚东

野岭飞金

野岭换芳林，田家付苦心。
秋风酬旧约，吹满一园金。

"山大王杯"临海蜜橘全国征诗大赛代序

李树喜　河北安平县人，中华诗词学会原副会长。光明日报出版社原社长兼总编辑，《小楼听雨》诗词平台顾问。

初冬的北京，开始飘洒银色的雪花了；而江南的临海，正洋溢着深秋收获之喜和翠绿金黄之彩。当此时，"小楼听雨"诗词平台主编章雪芳女史来电，要我为"山大王杯"临海蜜橘全国征诗大赛作品集作序。我喜欢小楼，喜欢蜜橘，喜欢临海，更喜欢"山大王"品牌，欣然应命。

这次赛事，参赛者逾万名，诗作两万余首。涵盖了新加坡、加拿大、德国、美国和香港地区诗人诗作。作者之众、涉及面之广，在以往专题诗赛中颇为少见。尤其是以橘为题，言之有物，明显有别于流行的某些空洞虚浮的赛事，规模不大而有内容，样式不多而具特色。各显风采，颇多佳句。究其原因，一是《小楼听雨》诗词平台的影响力、宣传力，一呼百应；二是绝句体裁适应吟咏对象，以短取胜；三是临海和临海蜜橘的自有魅力。古谓"桃李不言，下自成蹊"，今则"蜜橘有招，风云响应"也！

"山大王杯"蜜橘全国征诗大赛的成功举办，见证了山川风物与人文的和谐，密切了美好果品和诗词的联系。"山大王"朴实有华，甜蜜兼得，彰显了自己的性格；众诗家则以赤子之心，陆郎之诚，《橘颂》之雅，响之应之，歌之诵之。唱于小楼，传播宇内，从而协奏出"人、文、海、山、橘"的美好乐章。综览诗卷，耕作之劳，收获之乐，东坡之豪，漱玉之婉，尽在其中矣。继而结集出版，铭之于山，扬于四海，显于当时，留与后世，实乃诗坛盛事也！

同时，赏诗词之华，品蜜橘之美，还给我们一个启示，即人世间需要并崇尚精品：果有特色方能享誉四海，诗有个性方可流于后世。虽诗橘殊类，其理一也。

末了，以小诗二则为序作结：

    好大声名"山大王"，秋冬时节绽金黄。
    更将雅韵披弦管，载得橘香和酒香。
        *
    秋有秀兮冬有芳，居贤岭上发清商。
    招来四海风云客，堪共诗仙醉一场。

    李树喜 2019年初冬 北京云闲斋

优秀作品点评选编

吴硕贤

（按作者姓氏音序排列）

A

安全东 1954年生,四川平昌人。巴山诗社社长,《小楼听雨》诗词平台评论委员。

秋天杂咏

晴空宾鸿过,一字映秋水。

山影亦澄鲜,只是扶不起。

何智勇评:大好。造句老辣,数笔写景,大气不拘。如见水墨画。

刘鲁宁评:通篇极具画面带入感。山影澄鲜,却下一"扶"字,妙!

了凡评:"山影亦澄鲜,只是扶不起","扶"字妙。

梦欣评:这首仄韵五言不讲究平仄的运用,是为古绝而非近体。"扶不起"一语颇妙。言"山影"也沉浸于水里也,一者其物象为虚,二者倒影于水下,如何扶?不能扶而言扶不起,见情之痴矣。有此妙笔,当为佳作。

2017-10-02《每周试玉》

B

白晓东 网名介堂,居北京。

病中偶得

频年碌碌竟如何?地转天旋日月过。

病起欣然无事搅,闲看稚子打陀螺。

刘川评:稚子打陀螺,飞转不停。地球飞转,是谁打?日月飞转,又是谁打？陀螺与天地、日月，在此诗中是互相比喻的。倒是羡慕这个浑头愣脑的"稚子"，超然物外，给病中人以启示！

2020-02-18《当代荐读》

鲍淡如　1950年生于上海，祖籍浙江绍兴。上海诗词学会理事。

竹　笛

耐得风霜骨气盈，心无挂碍畅流声。
玲珑七窍千音幻，得意从来不自鸣。

刘鲁宁评：说理要说到点上，理站稳了，诗就挺直了。此诗便是如此。

2016-11-08《时光应许我回头》

C

蔡世平　原中华诗词研究院副院长，《小楼听雨》诗词平台顾问。

汉宫春·南园

搭个山棚，引顽藤束束，跃跃攀爬。移栽野果，而今又蹿新芽。锄他几遍，就知道，地结金瓜。乡里汉，城中久住，亲昵还是泥巴。

难得南园泥土，静喧嚣日月，日月生花。花花草草，枝枝叶叶婀娜。还将好景，画图新，又饰窗纱。犹听得，风生水上，争春要数虫蛙。

杨子怡评：蔡世平先生，当代著名词家，其《南园词二百首》自成一格，享誉词坛。其词引俗入雅或化雅为俗而均不觉其俗，俗语口语叠陈而趣味高远。为当今词坛注入新鲜之气也。该阕南园可资一证。词写诗人搭棚引藤，移草种瓜，泥土传芳，鸣蛙争春，一派生机，诗人诗隐南园，幽怀可见也。词中口语叠出："搭个山棚""又蹿新芽""亲昵""泥巴"……活色生香，俗中寓雅，俗中传趣，泥土气息十足。一反传统词坛头巾气，为词坛注入活气。为词坛添一葩，先生创新之功不可不道之。

2020-02-26《小楼诗词品鉴》

蔡致诚 香港人，网名空空法师、江郎财尽，丁亥年生，祖籍广东怀集。《小楼听雨》诗词平台群管理员。

菊

旧日田园客，今时城内居。

黄花千百瓣，最忆是当初。

江合友评：咏物而寄寓人事感慨，巧而贴切。田园之菊，城内之菊，亦菊亦人，言人生之际遇。末句情致隽永，堪称警动。

2020-02-03《小楼诗词品鉴》

曹宪阁 辽宁抚顺人。

晚秋滨堤行

秋光素朗碧云天，闲步长堤十里川。

恰与西风迎面撞，纷纷黄叶落双肩。

段维评：一、二句实写，未见特立；三、四句却虚设情境，无理而妙。

2019-10-21《小楼周刊品鉴》

陈绮璋 湖北人，网名采石山人。

生查子·有感于情人节

满街玫瑰香,洒向情人节。风至此时柔,月最此时洁。
问花情浅深,花与我轻说。浅也雪如花,深也花如雪。

钟振振评:风花雪月,本极美之景物、极美之字面。然古往今来为诗人词人写烂,读者不免"审美疲劳"。此词能于千古诗人词人写烂之"风花雪月"别出心裁,所以为佳。首句出"花"。情人节倾城叫卖玫瑰花之热闹景象,世所惯见。如实写生,一涉商业气息,便俗、便庸。今乃曰满街花香洒向情人节,以浅净之语勾其神采,便雅、便奇。一"洒"字甚炼。花香原为看不见、摸不着之气味,着一"洒"字,夸张其浓郁,凝为液态,居然可见、可触矣。三、四两句出"风"出"月"。风柔不只此时,月洁亦不最此时,而"风至""月最"云云,主观感情色彩极强烈,可谓笔酣墨饱。下片前二句愈出愈妙:拟花为人,问情浅深;拟花能语,轻轻作答。后二句即花之答词,妙造其极:情浅花亦如雪,情深花亦如雪!此答于词人之问,实似答而非答,亦不答而有答。非答者,盖其未答"情"之是浅是深;有答者,盖其借雪为喻,婉言若曰:既是爱情,即如雪之纯洁,何论其浅深?以意逆志,笔者管见如此,不知能得作者之意否?此二句出"雪"。前文"花""风""月"皆实有,此"雪"则虚拟,亦见笔法之灵动。

2017-12-19

陈廷佑 1954年生,河北深州人,曾长期供职于国务院参事室、中央文史研究馆。《小楼听雨》诗词平台评论委员。

看爹娘遗像

爹娘是我眼中佛,朝霭春晖报未多。
千里烧香寻古庙,何如敬此两弥陀。

段维评：平凡的题材，朴素的立意，简单的道理，却能感动人心。何故？至情至性也！

2019-12-09《小楼诗词品鉴》

陈　伟　男，居广东。

沧浪亭

小坐沧浪好濯缨，波光飞白入长亭。
背人野鹭冲烟去，一角湖山自在青。

归樵评：首句"濯缨"点出沧浪亭之隐逸文化，二、三、四集中笔力写景，动态与色彩的搭配十分协调得体，寓情于景，意蕴深远。

2019-11-23《一诗一得》

陈衍亮　1974年生，山东肥城人，现定居济南。

素　描

白发阿婆卖翠蔬，流光漫许较锱铢。
坐到夕霞将落尽，逢人还问买些无。

刘鲁宁评：这是一篇诗中的小品，淡淡的暖色调，温馨而感人。

2017-01-06《时光应许我回头》

路　上

林阴成拱路将合，深绿新添浅绿多。
叶上阳光风谱曲，交由小鸟唱成歌。

归樵评："林阴成拱""深绿新添"已然一副初夏路景，如在目前。奇妙的是三、四句，作者把叶上阳光在微风的作用下，看做是跳动的五线谱，且这乐谱是由风谱曲的，这还不算，所谱之曲又交由小鸟唱成歌,如果说诗中有画,那么这画面便是立体的。真奇思妙想也。

2019-06-17《一诗一得》

池 健

参观南京博物院偶得

都言文物好,多是已年老。
迨己古稀时,焉知宝或草。

段维评:参观文物,却感叹自身,看似了不相干,却因找到了二者的共同点"老",便将物与人扣锁紧密。"迨己古稀时,焉知宝或草",读来心情极其沉重。

2020-01-13《小楼诗词品鉴》

楚 成 本名涂运桥,武汉人,祖籍江西临川。

独 饮

白发凌天立,韶华付水流。
与谁浮大白,独饮一江秋。

段维评:首句奇崛,成自家面目;结句似化自王士禛《题秋江独钓图》之"一人独钓一江秋",亦能合辙。读来痛快淋漓!

2019-11-22《小楼周刊品鉴》

楚家冲 本名李兴旺,湖南岳阳人。《小楼听雨》诗词平台评论委员。

七七祭

铁马冰河八十年,仰空狮吼日如盘。

卢沟桥上清宵月，犹自弯弓不肯圆。

刘鲁宁评：酷日犹盛，铁弓更弯。廿八字，直胜万语千言！

2020-01-18《人间要好诗》

辞醉雪　女，冀人，赵姓。

摊破浣溪沙·寄炉子

独坐凉阶看晚霞，凉唇微涩抿凉茶。懵懂秋风吹鬓过，冷些些。
常怕经年成淡漠，原来相忘即天涯。满地温柔难拾起，一肩花。

段维评：小情绪淡淡叙来，于波澜不惊中沁入心脾，勾起对往事的追怀。尾结"满地温柔难拾起，一肩花"，最是可人。溯其源，应是《花间》谱系。故风格无好坏，不过表情达意手段而已。据说辞醉雪是"流年体诗词"代表人物，其名取"似水流年"之意，总体风格是以一种清新的笔触来写少年情思。不过在我看来，还没有到自成一体的程度。

2019-12-16《小楼诗词品鉴》

匆匆太匆匆（不详）

观震灾募捐晚会后有记

一曲安魂夜共嗟，犹闻馀震撼流沙。
抑还难止屏前泪，痛不堪看劫后花。
何忍大灾全大爱，始知无国便无家。
悲情儿女多相似，各守心灯在梦涯。

钟振振评：颔联大好。句法略近宋晏殊之"无可奈何花落去，似曾相识燕归来"，而较其凝重。颈联议论亦好。大灾凸显大爱，是从正面说；诗人谓不忍心因大灾而凸显大爱，转一层说，更觉深沉。

2017-07-19

崔广礼　1962年生，黑龙江省木兰县人。

庚子正月十七凭窗

节令无欺况味真，檐头落水洗冬尘。
晚来月色多清苦，只向街衢不向人。

安全东评：月色至于清苦，情之使然也。"不向人"云云，亦主观之感觉。诗曲写疫事，不当作无理解也。

2020-03-03《小楼诗词品鉴》

崔杏花　湖南人。2016年荣获第六届华夏诗词奖一等奖。

临江仙

凉意丝丝暮色，清风淡淡楼台。一城灯火向谁开。惯于无月夜，听雨凤凰街。

只在眸间心上，潇潇未许人猜。繁华清冷两相挨。如今秋味道，不是旧情怀。

杨逸明评：用各种抒情的手法，来描写自己对于生活的感受，能以情打动人，道尽悲欢离合和喜怒哀乐。这首词前面都是铺垫，最后两句，才说出了自己的伤感。"今"和"旧"，实际上"秋"是一样的，只是作者感受的味道和持有的情怀不同罢了。抚今追昔，一直是诗人吟咏的切入点。前人云："词太做，嫌琢。太不做，嫌率。欲求恰如分际，此中消息，正复难言。"看过许多当代人的此类题材的诗词，往往堆砌了大量华丽的辞藻和风雅的典故，过于雕琢，缺少自然真挚的情感，语言还不流畅，忸怩作态，无病呻吟，感觉很难受。这首词写得自然流畅，就没有上述的缺点。

2020-03-21《小楼诗词品鉴》

D

戴根华 苏州吴江人，70后执业医师。

村中小戏即景

雪积台檐风过庭，星星无数映西泾。

一挥水袖莺啼彻，多少村田麦返青。

韦散木评：写生诗，南宋人作法。

2017-08-21《韦散木点评戴根华诗选》

独孤食肉兽

清明夜雨

丁香垣外伞拢花，屐点空衢石板斜。

深忆江楼人并影，春灯飘飐碧帘纱。

归樵评：作者很会造境，且能于虚实今夕之间自由切换。"丁香""空衢""江楼""春灯""屐点""人并影"，尤其结句，读来令人低徊欲绝，并给人以无限的想象空间。

2019-06-17《一诗一得》

F

范东学 1964年生,湖南岳阳临湘人。

村中一留守人家年关小情景

打工人报不回家,噙泪妞妞噘嘴巴。

忽又喃喃翻相册,里头有爸有妈妈。

段维评:标准的起承转合章法,找不出有多少"新"元素注入,但却感人至深。何故?贵在真情流露,妙在儿童视角。孩子见不到家长归来,眼里噙满委屈的泪水,可惜无人劝慰,只好自找台阶,"忽又喃喃翻相册,里头有爸有妈妈",沉痛语也。

2020-01-13《小楼诗词品鉴》

范诗银 1953年生,中华诗词学会常务副会长,中华诗词杂志社社长。

浪淘沙·立秋日府谷黄河有记

秋水泻长川,一派苍烟。秦云卷过晋风天。绮碎波花生火日,洄旋襟前。

相悦有青山,相说晴澜。海红果子绿声蝉。望里高城心底梦,忘却何年。

段维评:上片有"绮碎波花生火日",下片有"海红果子绿声蝉",则全词熠熠也!

2019-11-18《小楼周刊品鉴》

方春阳 浙江人。

梅　花

浮动横斜续亦难，不妨放笔且凭栏。

诗家妙句无多少，剩着些儿宠牡丹。

熊东遨评：题曰"梅花"，意旨全在梅外。咏梅诗自林和靖"疏影横斜""暗香浮动"一出，"续亦难"确已成为事实。然而此事实并非诗人倡导"不妨放笔"的真正原因，他真正忧虑的，是那种追风逐潮现象。故后二句委婉地告诫人们：凡事不要盲目追从，一窝蜂拥上，应留有余地，兼顾其他。这些言外意，是值得读者认真发掘的。（原载《忆雪堂选评当代诗词》）

2020-03-18《当代荐读》

冯　晓

老邻居夜话

连年调涨退休金，菜价盘升蚁啮心。

论及吃穿凭票日，当初到底不如今。

江合友评：以他人口吻，朴素言之，毫无伪饰，真实可感。

2020-02-10《小楼诗词品鉴》

傅璧园（1923—2016），浙江镇海人。

对桃花

我笑桃花三月艳，桃花笑我一生穷。

桃花无语我辞塞，我与桃花共脸红。

刘鲁宁评：这首绝句，句句不离花与我，但读来不见繁复，而乖巧可爱，无论行文立意，占尽了一个趣字，令人击节。诗的妙处还不止于此。桃花的脸红,是一种羞涩。诗人的脸红,是一种酸涩。这种酸涩,是苦尽甘来后的释然,还是风雨一生中的自嘲?又令人回味。

2016-10-09《时光应许我回头》

负棺人 福建建瓯人。

喝火令

如此无依夜,仿佛沉静楼。月来灯火有离愁。愁人轻风这里,或沧海那头?

是梦无从寄,非缘无处求。年华似雨雨如秋。忘记相思,忘却两绸缪,忘了平生几许,不忘你双眸。

钟振振评: 此离别相思之词。上片似泛写众人之离别相思。长夜高楼,窗明灯火,知有人不寐。不寐之人,当明月来时,或思远隔之爱侣,故有离愁。而愁人或"轻风这里",或"沧海那头",人、地皆不确定,故笔者以为其所写乃众人之离别相思也。然"愁人"亦可理解为作者自我,"或沧海那头"亦可视为作者对于其所思海外恋人之揣测:或许伊人同属"愁人",亦正思我?果如此,则是特写个人之离别相思矣。表达不甚精确,是其一病。然蚌病成珠,表达含混又可提供仁者见仁、智者见智之多重解读空间。下片无疑义,确是个人之离别相思。而此离别相思,似为业已中断,尚不知是否彻底结束之一段恋情,故曰"是梦无从寄,非缘无处求"。"年华似雨雨如秋",语新而凄婉。以下四句,最是一篇之警策。前三句连用三"忘"字,粗心人乍读之,只道作者真个忘了此段感情经历。冷不防他末句蓦地掷出一"不忘"来——"不忘你双眸"!声东击西,出人意外,故妙。乃知前所谓"忘"者,实为末句之"不忘"造势。此段感情经历之刻骨铭心,于是乎淋漓尽致矣。唯此前三句亦不无小疵:曰"忘记",曰

"忘却",曰"忘了",似有意避免重复"忘"字后表示完成状态之字面。而细细吟哦,终不如作"忘了相思,忘了两绸缪,忘了平生几许,不忘你双眸"为整饬流利。盖《喝火令》调结尾,例多用排比句式故也。

2017-12-19

G

盖涵生 别署荒漠之旅,籍贯江苏无锡,现居深圳。

西江月·女儿本命年生日,当升初中矣

蜡烛应排一打,蛋糕最好三层。月儿有空也欢迎,更把星星叫醒。

属虎生涯恰到,成龙事业初程。梢头豆蔻欲婷婷,心愿有谁偷听?

钟振振评:此词写小女生日,富有生活气息,而父母对于子女之慈爱洋溢其间。上片是现代汉语,而亦邻于浅近文言。起二句对仗,盖循《西江月》调惯例。以现代汉语对仗,工稳自然,十分难得。"蜡烛一打",为数十二,切题之"本命年"。"蛋糕",切题之"生日"。继二句打破思维定式,不写亲友到场祝贺,却邀月亮星星作陪,一何浪漫,一何空灵!其艺术构思与宋人张孝祥《念奴娇》(洞庭青草)词之"尽挹西江,细斟北斗,万象为宾客"相类,语言风格却有古今之别。下片是浅近文言,而亦去现代汉语不远。前二句,仍循例对仗。"属虎生涯""成龙事业",浑成精切,颇见功力。"初程"切题之"当升初中"。"成龙事业"而限以"初程",分寸拿捏,堪称得体。其艺术构思与南唐中主李璟少时咏竹诗之"栖凤枝条犹软弱,化龙形状已依稀"相类,而语言风格亦有古今之别。行文至此,题意几尽,唯有一关键词尚无着落——"女儿",盖前文云云,用于男孩亦无不可也。故以"梢头豆蔻欲婷婷"七字找补。语出唐人杜牧《赠别》诗"娉娉嫋嫋十三馀,豆蔻梢头二月初",如改"欲娉娉"则更切。然"婷婷"较"娉娉"为通俗常见,不改亦佳。"欲"者,"将"而"未"也。作者小女年方十二,距杜诗"十三馀"仅一岁之差,故言"欲"。即此一字,足见作者针缕之细密。结以"心愿有谁偷听",亦酷肖小女孩儿隐秘不许大人知之常态。结得神秘,结得蕴藉,余韵袅袅,趣味无穷。

2018-02-09

高 昌 1967年生,河北辛集人,《中国文化报》理论部主任、《中华诗词》杂志主编、中华诗词学会副会长。

隐括《山行》诗致敬刘章老师并贺八十华诞

秋日寻诗去,上庄风色佳。
独行无向导,相念到天涯。
境远心泉净,山深石径斜。
斯人永毋老,一路问黄花。

段维评:隐括本为填词之手法。狭义的隐括是指把一篇文、一首诗整体改编为一阕词;广义的隐括则是指化用他人的诗句入词。前者如苏轼的《水调歌头·呢呢儿女语》一词,它完全由韩愈的《听颖师弹琴》诗隐括而成;后者如周邦彦《西河·金陵怀古》,则隐括了刘禹锡《金陵五题》之《石头城》以及《乌衣巷》里的句子。刘章先生《山行》五绝云:"秋日寻诗去,山深石径斜。独行无向导,一路问黄花。"作者五律诗题名之以诗隐括诗应该算是一种新尝试。不过在我看来这应该算是选取原诗部分句子嵌入新作，或称新作中直接引用了原诗中的句子，简称嵌句或引用可也，但嵌引得如此水乳交融，确属不易！

2050-01-06《小楼诗词品鉴》

重　逢

依然有泪动于心，如此无言贵比金。

不少人情唯坐久，许多风景但山深。

江合友评：对法自然，句法颇费安排。语淡而有深致。

2020-01-27《小楼诗词品鉴》

高海生（归樵）山西晋社副社长、《小楼听雨》诗词平台编审。

答　友

友人相问近何如，猫趣诗情得一庐。

猫每附依心境转，诗多应制物情疏。

客怀难遣事俱废，医嘱轻从酒未除。

最喜夜灯融月色，柔光付与案头书。

段维评：以"猫趣诗情"切入，别具一格。颈联尾联看似游离，实为"诗情"之补注。

2019-10-28《小楼周刊品鉴》

高　寒　原名谢良坤，成都人，岷社副社长。

庚寅元日值西方情人节，赋老电影票兼寄人

十九年前老票根，灯前辨取旧温存。

寸心犹似这张纸，岁岁为君深折痕。

归樵评：一首七绝要传达一定数量的信息、一定浓度的情感，对素材的选取与文字的组合要十分讲究。情人节之际，作者寄人，选取的素材是一张"十九年前"的电影"票根"，而在"辨取旧温存"时巧妙深化，将"寸心"比作"票根"，"岁岁为君深折痕"，极大地增强了情人节寄人这一主题的表现力和艺术感染力。

2019-09-17《一诗一得》

高先仿

立 冬

枫叶殷勤乱鞠躬，山头献媚北来风。

冬君指令今飞雪，看你还能几日红。

段维评：枫叶在诗人眼中多是"正能量"载体，诗人却反其意而咏之，亦能自圆其说。

2019-11-18《小楼周刊品鉴》

葛　勇　天许，重庆人。重庆文史馆诗词研究院副院长，四川诗学会理事，《小楼听雨》诗词平台评论委员。

小说人生

有人名字绕心田，借酒酣时说李娟。

众友无言秦旭哭，吾妻已死十三年。

杨逸明评：这是作者三十年后回乡所写组诗中的一首，写与小学老同学重逢的一段场景。以现实生活中的真人名入诗，很难被人接受，因为诗不主张"实名制"。《赠别汪伦》诗中写入"李白""汪伦"，竟然流传，实属不易。此首第一句写自己的暗恋，三十年不敢说出伊人姓名,今日与老同学重逢,借着"酒酣"好不容易说出"李娟",居然众人无言,"秦旭"哭泣。尾句才道明原因,引出一段可以让人无穷遐想又无限伤感的人生故事。四句委婉含蓄,读完后教人扼腕叹息。何谓好诗?可以使读者眼前一亮,心里一颤、喉头一热的作品是也。

每 看

每看蛱蝶绕花亲,喜未分明痛却真。

明岁枝头花又放,不知何处蝶成尘。

归樵评:看蛱蝶绕花,未喜却痛,只因明年花放,蛱蝶已然不知何处成尘。说蛱蝶,分明是说人生。通过写景、状物来写人、写情,有四两拨千斤之功效。

2019-05-30《一诗一得》

看傻姑画眉

伊人对镜画春山,浅黛斜斜入翠鬟。

许是分离逐日近,今晨略比昨晨弯。

归樵评:看到转结,才明白诗人为何如此细心看妻画眉,是"分离逐日近",既有诗人的揣度,"今晨略比昨晨弯"的原因,更道出妻子的细腻用心,读罢总有一丝淡淡的酸楚。此诗当为侧笔描写别离的经典之作。

2020-02-15《一诗一得》

龚 霖

与志坚兄访青浦赵巷镇金嗣水幽居

郊居日日是幽期,小辋川中雨露滋。

花木移来金老宅,芳枝四季结奇思。

归樵评：因把金宅"花木"想象成是经"辋川""雨露滋"润后而"移来"的。才会"日日是幽期"，进而又有"芳枝结奇思"之生发。诗贵妙想。

2019-05-27《一诗一得》

古求能 1948年生，广东省五华县人，广东中华诗词学会常务副会长。

别 意

聚少离多话未休，每于惜别忆回眸。

相思一似园中韭，留得春心剪又抽。

归樵评：三四句把"相思"比作"园中韭"，只要"留得春心"，就能"剪又抽"，断开二句，语不接而意接的手法，笔墨外给人以悠扬不绝之韵味。

2019-11-05《一诗一得》

郭定乾

叱 犊

叱犊梯田闹五更，四蹄双足共兼程。

一鞭喝醒东山日，好替凉蟾照晓耕。

钟振振评：此诗写农家耕田时节的辛劳忙碌，却充满豪情。"一鞭喝醒东山日"，何其壮哉！鞭喝者，本是叱牛（即题目所谓"叱犊"），不容其偷懒也。实话实说，便少诗味。却发奇想，偏说是要"喝醒"太阳，让它替换月亮（"凉蟾"即冷月。传说月中有蟾蜍，故诗词中习以"蟾"为月亮的代名词），为"晓耕"照明，则诗趣盎然矣。

"叱""闹""喝"相照应,"犊""田""耕"相照应,"五更""日""凉蟾""晓"相照应,针线细密。"四蹄",耕牛也;"双足",耕田之人也。亦相映成趣。

2017-03-21

郭庆华

题金丝小枣

花心小小不张扬,绿裹红妆叶底藏。

蜜意柔情浓缩后,樱唇一点许谁尝?

段维评:全诗极富画面感。转结尤有情趣。

2019-12-02《小楼周刊品鉴》

郭友琴 河南偃师人。中华诗词学会诗教培训部副主任等。

大河吟

百折千弯向不迷,东流何惜自身低。

至无我处掀波望,已有胸怀与海齐。

归樵评:尽管"百折千弯"但"东流""不迷",又"何惜""身低"?皆因"无我"方有"与海齐"之"胸怀",全诗一气灌注。

2019-05-27《一诗一得》

H

韩开景 河南省固始县人,现供职于固始县科技局。

唤 春

瘟疫满天涯,万人皆宅家。

黄莺上班早,叫醒一城花。

杨逸明评:瘟疫肆虐,人们放长假不上班,宅在家中。黄莺不但不停工,还上班更早,因为她要"叫醒一城花"。人类可怜、无奈、脆弱,真不应该处处以老大自居。有时自由自在,天真烂漫,行使天职,还不如一只小鸟呢!这时候人们羡慕黄莺,大概不会再"打起黄莺儿,莫教枝上啼"了吧!读一首小诗,会让我联想到那么多,正说明这首小诗写得不错呢。

2020-03-28《小楼诗词品鉴》

何 鹤 男,吉林农安人。《中华诗词》杂志责任编辑。

登香山不见红叶有感

乘兴寻来到顶峰,茫然回首已成空。

想她窃许层峦翠,不肯分心为我红。

林从龙评:尾联想象离奇,不红的原因是"窃许层峦翠"。"层峦耸翠"语出王勃。

乘地铁有感

暑往寒来几度春,何堪车马塞红尘。

绝知欲畅平生路,还要甘当人下人。

林从龙评:借乘地铁抒发"甘当人下人"的感慨,切。有人刺争上位者:"居高未必真豪杰,海在湘潭最下游。"都是善于出新者。

鹧鸪天·元旦有寄

小住通州秋复春,静观冰雪动观云。堤边垂柳疏还密,客里伊人聚又分。

安陋室,享清贫。可怜岁岁怕年新。眉头忽锁凝神远,一缕相思叠皱纹。

林从龙老评:词平语挚,一往情深。

2019-07-27《林从龙先生点评何鹤诗词》

何其三 女,安徽宿松人,《小楼听雨》诗词平台评论委员。

路见枯花

委泥红朵抱香干,枝上曾经翠叶攒。

信手撷来随手弃,入眸容易入心难。

归樵评:这首诗语言浅显易懂,却富于理趣。结句自让读者体味到世情冷暖、人心易变。看似写枯花,实是写世态。

2019-04-12《一诗一得》

贺 刚(不详)

鹧鸪天·耕读乐

乐得平生诗结缘,寒轩敲韵月斜天。一犁烟雨耕春早,初晓清歌唱鸟先。

枫岭上,柳溪边,霞云借块作吟笺。老牛欺我痴迷甚,悄步偷偷进菜园。

钟振振评:此词写农民诗人不辍劳作而耽于吟咏之生活状态,清新明快,风趣盎然。其时间线索,由长夜而清晨,由清晨而黄昏。其场景画面，由庐舍而田野，由田野而家园。顺序写来，有条不紊。其散句如"寒轩敲韵月斜天"，如"霞云借块作吟笺"，其对句如"一犁烟雨耕春早，初晓清歌唱鸟先"，或遒劲，或奇谲，或流丽而洗练，皆隽语也。然阿堵传神，尤在结尾：老牛狡黠，伺词人创作分神之隙，溜进菜圃，大快朵颐。幽默之极，令人忍俊不禁。稍可商者，题中"读"字与正文不合，改换为宜。末句"悄"与"偷偷"意义重复，亦当推敲。

2018-02-09

洪子文　江西景德镇人。

清远道中

北江一带碧潋滟，蓴隐阳辉霭笼崦。
雨幕来如新赐浴，华清乍堕水精帘。

段维评：三、四句想象出奇，暧昧但不庸俗，颇堪回味。

2020-01-13《小楼诗词品鉴》

胡迎建　1953生人，江西省诗词学会会长。

刘麒子先生来电嘱为国画大师所画蚂蚁题诗，云将悬挂中国美术馆展出，遵命有作

休言蚁小画难为，今有能人信手挥。
义胆忠肝弘勇毅，憨头钳足履艰危。
纵横在野兵团众，络绎于途步伐齐。
铁甲奔趋谁可挡，人心如此泰山移。

钟振振评：古今草虫之画多矣，然以蚂蚁之微不足道，入画者

殊为罕见；古今咏物之作多矣，然以蚂蚁之微不足道，入诗者亦殊为罕见。物稀乃贵，人弃我取，此画此诗，可悟选题要诀。此诗名曰题画，实为咏物。题画之旨，只首联一笔带过。盖写生之具体而微，乃画家所长。若与画家斗其所长，亦以诗句求其形似，是自取其败。诗人聪明之处，在扬长避短，批亢捣虚，遗貌取神，写出画中不能明确告诉观众之蚂蚁之可歌可颂者。蚂蚁之可歌可颂者何在？在微末而不自卑，在团队精神、集体主义。诗中"纵横在野兵团众，络绎于途步伐齐"一联对仗，极为传神，允称妙品。末句"人心如此泰山移"，乃点睛之笔。以此收束，小题目便有大意义矣。

2016-10-15

黄　旭　1942年生，浙江龙游贵塘山人。上海诗词学会理事，《小楼听雨》诗词平台编审。

得　意

莫道薪资少，妻贤幸福多。

一杯啁小酒，二指吮田螺。

刘鲁宁评：诗怕写大写空，但不怕写小写细。这首诗，有生活，有意趣。

2016-11-08《时光应许我回头》

霍松林（1921—2017），甘肃天水人。著名中国古典文学专家、文艺理论家、诗人、书法家。

岳飞墓

凤阙难容二圣回，狱成三字剧堪哀。

坟前纵有奸臣跪，十二金牌何处来。

归樵评：转结句以"纵有……何处来"诘问，强调首二句"难容二圣回"朝，以及"莫须有""狱成"冤案之史实。此法更易调动读者深入思考。

2019-04-12《一诗一得》

J

江合友 河北师范大学文学院教授。《小楼听雨》诗词平台评论委员。

捣 衣

潺缓溪流泛黛漪，木槌声里看柔荑。
村边浣洗浑闲事，使我倏然忆少时。

杨子怡评：首三句集中笔墨写捣衣：潺流声、木槌声、浣洗声、闲聊声，声声入耳，恬然一幅乡村浣衣图，山村风情尽出，优美如画。末句收束，又是逆挽，"忆少时"三字使当前所见与少年时所见勾连起来，眼前所见浣衣即当年所见浣衣也。少年趣事又历历然。语朴味醇，允称好诗。

2020-06-15《小楼诗词品鉴》

江　岚 1968年生，河南信阳人。《诗刊》编辑部副主任，《中华辞赋》副总编辑，《小楼听雨》诗词平台评论委员。

秋日过小汤山窗前即景

林表见秋山，娟娟似翠鬟。
终朝两相对，恍惚已多年。

段维评：化用太白的"相看两不厌，唯有敬亭山"诗意，只不过这里的山已明确化身为女性角色，读来饶有兴味。

2019-12-30《小楼诗词品鉴》

蒋昌典 1943年生，湘人。中国三一重工标志设计者。

树木盆景

饮露餐风不负春，伸枝展叶守全真。

早知扭曲供人赏，悔不荆榛做好邻。

杨子怡评："咏物诗最难工"，清之钱泳体会最深："太切题则粘皮带骨，不切题则捕风捉影，须在不即不离之间。"不即不离即咏物而不滞于物之谓也。乡贤蒋先生《盆景》一诗深得此三昧也。首二句切题咏物，然不"粘皮带骨"者，不"负"能"守"也。"负""守"二字尽传性情，物耶人耶，莫能辨之。转结二句借此深化，更传奇妙：早知被赏如此，悔不邻榛当初也。"悔"字大妙，诗境大升，物皆着我之颜色矣，树耶我耶，孰能分焉。咏物不离不即，寄怀随形生发，自是咏物上乘之作也。

2020-06-02《小楼诗词品鉴》

晋　风　牛永维，山西诗词学会副秘书长。《小楼听雨》诗词平台编审。

重阳戏一绝

开窗就可看云涛，每到重阳更自豪。

足底千山红袖舞，咱家不必说登高。

段维点评：转结于平常中见奇警。

2019-11-11《小楼周刊品鉴》

写在母亲节

不敢轻言写颂吟,去年握笔到如今。

已将字典全翻遍,无有一词能称心。

归樵评:诗人对描写对象"母亲"不直接着墨,而是通过描写自己欲"颂吟"而又苦于长时间找不到更"称心"的词汇,以表达、衬托被描写对象"母亲"的伟大。此谓"侧写",亦叫"暗写",这种技巧往往有正面描写所不及之功效。

2019-05-30《一诗一得》

K

孔繁宇 网名布典儿。黑龙江省大庆市作家协会常务理事。

宴　别

话到别时开口难,倾杯一饮泪潸然。

天涯不在云遮处,只在转身挥手间。

归樵评:"天涯"是别后的距离,"转身"是当前的情景,挥手之间,已觉人在天涯,把未来时空压缩到当下,其张力足以使惜别的情感强度大大增强。

2019-11-12《一诗一得》

孔汝煌 男,浙江人。诗教促进中心副主任。

河姆渡遗址有作

渡口烟村碧鉴平,野原谁识古文明。

七千年稻火畲种,几百世田刀耜耕。

素饰陶纹犹见织,短腔骨笛不闻声。
至今鱼米桑麻地,不舍姚江昼夜行。

钟振振评:河姆渡遗址位于今浙江余姚市河姆渡镇金吾庙村,乃我华夏新石器时代最早文化遗迹之一,距今约五千至七千年,足证我中华古文明不仅起源于北方之黄河流域,亦肇兴于南方之长江流域。史前考古乃现代科学,古人未尝梦见,故诗咏阙如。当代诗词自有古人所不能涵括者,题材之与时俱进,亦其一也。此诗首联点题,是常规做法。次句似提问而实叹嗟,调动读者进入诗境。颔联点其业经测定之年代,点其水稻耕作之特色,皆精切不移。颈联出彩,上句一笔双绾河姆渡人之制陶及纺织技术,下句以其文化娱乐与其生产劳动作对仗。陶器有饰,惊人心目;骨笛无声,引人遐想。以典型器物为艺术概括,且兼顾物质生产与精神生活,颇具张力。尾联愈加出彩。五千至七千年前之河姆渡文化精神,是我中华民族勤劳、智慧之表征,至今生生不息,前行不已,一如此地之姚江,日夜奔流。末句即"姚江不舍昼夜行",本为调平仄而颠倒语序,然如此更生动,句法愈见奇崛,是为积极修辞。此本化用《论语》:"子在川上曰:逝者如斯夫,不舍昼夜。"却变其时光流逝之哀叹为时代前行之赞颂,可谓化腐朽为神奇。以景收束,不发议论,曳情韵以行,余音袅袅,尤使读者含咀不尽。

2016-11-05

L

蓝　衣　原名陈少娟,居广东。

秋 色

新稻青黄杂菜蔬，野花开到野云庐。

人间巧极丹青手，不及秋风随意涂。

归樵评：一、二句写秋色之美，三、四句没有接前两句继续描绘，而是笔锋一转，说人间再巧妙的画家，也不如秋风的随意涂抹。烘云托月，即从侧面描写来突出写作对象的表现技法。

2019-11-05《一诗一得》

李爱莲　山西人，兰社社长。

汨罗江

千载奔流事未空，当年曾此识孤忠。

至今绿水含余愤，尚共诸江声不同。

归樵评：这首诗妙在三、四句的主观想象从一、二句对客体的描绘中解脱出来。足见诗人主观想象远远超越了客观景象的能量。此法尤宜于生发感喟。

2019-04-12《一诗一得》

李海霞　山西阳城人。

清洁工（新韵）

帚似生花笔，汗如脱线珠。

一支交响曲，多少小音符。

段维评：一、二句单独看不觉新奇，但三、四句的转合妙入精微，真乃清新脱俗之作！

2019-11-25《小楼周刊品鉴》

李建新 上海诗词学会办公室主任。

赠抗日老战士

烽火年方少，今成九十翁。

一提驱寇事，声响尚如钟。

杨逸明评：前两句言简意赅叙述了老英雄的一生。但是人老心未老，老战士一提及当年抗击倭寇的岁月，还是兴奋异常，激动不已。寥寥几笔，小小一个细节，把九十岁的抗日老战士的火爆性格、铮铮铁骨刻画得活灵活现。这样的老英雄，何等可歌可泣可敬可佩。古人赞扬杜甫："欲知子美高明处，只把寻常话入诗。"写诗"深而晦，不如浅而明"，能词浅情深，词浅意深，诗短情长，最妙。

2020-03-13《小楼诗词品鉴》

重阳登龙华古塔

桂香飘古刹，菊影映清波。

诗客登高去，秋风塔上多。

刘鲁宁评：诗句通俗易懂，并且俗也俗得有分寸，不伤雅。结句意境高远。

2017-01-06《时光应许我回头》

李利忠 又名李庄、李重之，浙江建德人，《浙江诗联》主编。

柳浪闻莺

又来湖上听娇莺，小倚阑干风日晴。

拂面垂杨无赖甚，教人想见眼波横。

段维评：拂面垂杨与"眼波横"构成比兴，绘形绘色，煞是动人。

2019-10-28《小楼周刊品鉴》

李梦唐（1964—2016），本名宗金柱，河北任丘人。历任中国新闻社摄影部编辑、编委、主任。

为人写别意

笛里落花一梦寒，别愁苦绪为谁添。

凤凰泣碎昆山玉，转向蓝田已不堪。

归樵评：首句秾丽，"笛里""落花""梦"，一句三折。二句着一"添"字上下粘合。三四句把笛声的听觉感受转化为视觉形象，化典渲染别意。

2019-04-25《一诗一得》

李明科

立 冬

威寒临故国，草木最先闻。

庾岭梅望雪，衡阳雁抱群。

天风旋菊径，霜气逼松云。

欲赏幽林叶，西山日已曛。

段维评：中二联颇见气势与襟抱，结句稍觉气弱。

2019-11-22《小楼周刊品鉴》

李树喜

清平乐·山中溪流

渐行渐远，曲曲还款款。圆缺阴晴全不管，涂抹山光浅浅。

时而隐匿潜行，时而欢跳奔腾，精彩只一小段，看来好似人生。

杨逸明评：有位教授告诫我创作诗词要"力避古典诗体白话化、口语化"，我表示"我喜学乐天诚斋，走性情一路，正不避白话，反而力求口语化"。他当然不以为然，坚持认为："过于大白话，以为时髦，则不如作自由体、现代诗，那样更山寨，更平民，不必戴镣上铐，不伦不类。"所以他及这一群体的人写诗，"以为学问即是诗词"，遣词造句生涩难懂，僻典生典随处皆是。袁枚早已说过："人有满腔书卷，无处张皇，当为考据之学，自成一家；其次，则骈体文，尽可铺排。何必借诗为卖弄？自《三百篇》至今日，凡诗之传者，都是性灵，不关堆垛。"这首词，明白如话，我读来觉得很有味。像"精彩只一小段，看来好似人生"这样的句子，放在"君住长江头，我住长江尾""无可奈何花落去，似曾相识燕归来"之中，也不逊色多少。大家不妨也读一读，然后思考一下，究竟是那位教授说的对，还是我说的没错。

2016-06-02

寄赠武昌诗人

遥忆东湖绿几围，大江诗酒楚云飞。
春来不是春消息，手把梅花赠与谁！

杨子怡评：首用"遥忆"一词，今昔相贯。昔日聚首东湖正是春绿时候，如今又绿几围耶？思念自在其中矣。次承以大江、诗酒、楚云，旷逸之景与豪迈之情，浑然相融。转结二句即题写"赠"。武汉时值抗疫，举城封闭，故曰春来仍不见春之消息也，诗友何在？梅花孰寄？暗用驿使之旧事，思念怅惘之情渗乎笔端。用语清雅，寄情含蓄，洵为好绝！

2020-06-15《小楼诗词品鉴》

李伟亮 别署挹风斋主人，1985年生，中国诗歌网编辑，半亩塘诗社社长。

望 月

最是天涯游子心，清风桂影满衣襟。
甜甜一块中秋月，嚼着乡音品到今。

刘鲁宁评：读李江湖的诗，就喜欢上了：从容不迫，干干净净。看透人心很难，看透一颗诗心不难。李江湖便有这样一颗诗心，别人的月亮多愁苦，他的月亮却有些甜。这是一种带着乡愁的微甜：多情，而温暖。

2016-09-07《时光应许我回头》

回保定乘K字车

过眼风光数点青，黄昏广播细聆听。
慢车自有人情味，每在深秋小镇停。

归樵评：转句以"有人情味"比喻"慢车"引出结句。"慢车""深秋小镇"，让人联想到静谧、古朴、从容、恬淡，余味无穷。

2019-04-12《一诗一得》

春日寄重楼兄

多情日色浮春草，随意垂杨点碧芽。
我去君家应不远，想来只隔半城花。

归樵评："我去君家应不远，想来只隔半城花。"只有把创作的动机根植于内心深处最纯净的圣地，才能写出如此唯美的诗句。

2019-08-29《一诗一得》

李玉莲 1969年生。山西人。

初　春

院前老树逗清风，雨润斜桠新试葱。

总有早花先入眼，一枝初绽小楼东。

归樵评：一、二句"老树逗清风""雨润斜桠"极尽渲染春色萌动，三句"先入眼"发力，为"一枝初绽"做足铺垫，自然流畅，水到渠成！

2019-06-17《一诗一得》

李育林　网名诗酒当歌，四川人。

夜　市

灯张廛市送余霞，物阜原非眼误差。

吆喝贩携尘赶集，徜徉步带月回家。

摊多套路方频劝，囊少浮财敢乱花。

混在底层终不易，小生意也衬繁华。

段维评：市井题材写好不易，然作者把小贩的艰辛狡黠与作者的窘迫精明交织叙写，意境登时丰厚。"小生意也衬繁华"句式的意义节奏为"三四"，诵读节奏则为"四三"，变而不破。结意堪称警句也！

2019-11-25《小楼周刊品鉴》

廖国华

那一天也是母亲节

陵谷更移转瞬过，创痕转绿望尤多。

只今唯有天边月，曾照生民堕劫波。

归樵评：5.12母亲节，十一年前的"陵谷更移"似已"转瞬"消散,废墟上已然越来越多的青草,只今唯有天边的月亮曾见证过生民深堕劫波之痛。"创痕转绿"状难写之景,含不尽之意,得前人所未道者也。

2019-06-17《一诗一得》

廖志斌 江西人,江西赣州诗联学会副会长。

赏枫叶

重阳结伴赏丹枫,健步登高六秩翁。
笑看南山霜叶色,谁言不是老来红。

段维评:前三句铺垫充分,结句拈来自然贴切。若"霜叶色"与"丹枫"能避开意象重复更佳。

2019-10-28《小楼周刊品鉴》

林崇增 浙江温岭新河人。

中秋月

无限蟾光下九天,千山明到一窗前。
痴心但爱家乡月,不管西方圆不圆。

钟振振评:俗说有崇洋媚外者云:"西方的月亮都比中国的圆。"这固然是偏见。但要说什么都是中国的好,不免又走到另外一个极端。然而,中国人、外国人、东方人、西方人,有一点是共同的:很少有人不爱自己的祖国。诗人就抓住这根脉做文章:我只痴情地爱着自己家乡的月亮!这与西方的月亮圆还是不圆无关。借题发挥,直指人心,不纠缠,故妙!

2016-12-11

林从龙（1928—2019），湖南宁乡人。原中华诗词学会顾问。

过秦俑坑

胆丧荆卿剑，魂惊博浪椎。

泥封兵马俑，能否慰孤危？

方伟评：这是林从龙先生参观秦始皇兵马俑时所作的一首五绝。过秦俑坑，自然联想到秦始皇，于是本诗就从秦始皇两次遇刺说起，一是荆轲刺秦王，二是张良派人在博浪沙以椎袭击秦始皇车驾，意在说明秦始皇是一个不得人心的人人得而诛之的独夫民贼，他死后妄图用兵马俑来保护自己的安全和富贵，是徒劳的。结尾冷冷一问，足以令千古暴君褫魄丧胆。诗很短，但令人回味无穷。

七七过卢沟桥

烽火卢沟迹已陈，长桥风物焕然新。

东邻未必妖氛净，忍拂残碑认弹痕。

方伟评：首句切题，二句写眼前之景，三句点东瀛日本，四句又写眼前。眼前的长桥，隔海的东邻，当年的炮火，眼前的弹痕，时空交错，来回转换，对东邻的警惕，对国人的警醒，都在不言中。总之，这首诗以少总多，孕大涵深，是一首不减唐人高处的当代绝句。

回乡偶感

弦歌旧地夕阳斜，霜叶仍如二月花。

万里风尘添雪鬓，卅年魂梦绕星沙。

溪山犹辨儿时路，松菊难寻劫后家。

浊酒一杯酬父老，明朝萍梗又天涯。

方伟评：这首七律，是林从龙先生有一次回到阔别已久的故乡而作。首联,上句点题;对句"霜叶"写时令。颔联,"万里"写宦游之远,"卅年"写离乡之久。颈联,"溪山""松菊",皆眼前之景,可见可触,又如幻如梦,往事难寻。尾联与父老话别,多少不舍和无奈。"唯有门前镜湖水,春风不改旧时波""明朝又是孤舟别,愁见河桥酒幔青",古之人耶?今之人耶?真有异曲同工之妙。

咏新荷

玉立亭亭高复低,洁身何必怨污泥。

污泥不作池中物,哪得年年绿一溪!

归樵评:古今诗家咏荷,大都赞颂其高洁品质,从而贬低污泥。此诗为污泥翻案,使用翻笔,叠出新意。

2019-09-17《一诗一得》

林东海 (1937—2020),福建南安人,人民文学出版社原总编助理兼古典文学编辑室主任、审编室主任。

三亚题南天一柱

南游海角到天涯,烟雨迷茫夹浪花。

忽地涛声如裂石,回眸一柱立黄沙。

钟振振评:首句缴题中"三亚"。海南三亚滨海沙滩有巨石,古人题曰"天涯海角"。次句承上"海"字出"浪花"。三句即承即转,由"浪花"出"涛声",前是视觉形象,此是听觉形象,是互补,而非相重复。首句"海角""天涯"已暗含题有"天涯海角"之巨石,至此"如裂石"三字明点出"石",照应甚密。忽然有巨浪袭来,拍岸岩作"裂石"之声:一转有力,突如其来,令人陡然一惊。由此逗出末句,有惊无险。何以故?回眸看时,身后更有一石柱耸立沙滩,上有古人题云"南天一柱"。有此柱支撑,海浪又何惧哉!

四句小诗,平起、缓承、陡转,促使末句缴出题面关键四字,极高而坚壮,章法不弱,气势不凡。

2017-04-15

林　峰(香港) 1920年生,香港诗词学会会长,香港文艺出版社社长。

赋《怀玉堂吟稿》

江左如今纸贵乎?十年寒夜一灯孤。
书声万里人怀玉,笔底千钧气夺吴。
聋叟有情思太古,阮生无路哭穷途。
君因辞赋纵横意,黄绢题碑价最殊。

段维评:中二联颇见笔力,化典用典信手拈来。尾联略欠含蓄。

2019-12-02《小楼周刊品鉴》

林作标

海岛来客有寄

心思不可猜,邀月上楼台。
夜半微风起,潮音入梦来。

曹辛华评:"邀月"一句佳。"潮音"句含蓄,"不可猜"之心思乃等欲负心之人也。

2020-09-06

刘　刚　笔名一禅,山东人。《小楼听雨》诗词平台评论委员。

中　秋

那般情景那般痴，此际相看欲语迟。

瑶月不唯今夜好，思君多在未圆时。

江合友评：转折得妙，末句尤佳。前二句言中秋相聚，欲言又止；后二句说别时思念，聚少离多之叹，溢满全篇。

2020-02-10《小楼诗词品鉴》

刘鲁宁　网名老刘茶舍。《小楼听雨》诗词平台策划，上海诗词学会常务理事。

夜起（新韵）

清幽灯下夜将阑，小巷依稀谁弄弦？

细雨零星傍花落，留痕都在有无间。

归樵评："清幽灯下"、"依稀"琴声、"细雨"落花，皆为结句"留痕都在有无间"作铺垫。唯美中渗透哲理，自有一种淡淡的愁绪在其中。

2019-07-09《一诗一得》

刘能英

摊破浣溪沙·野趣（新韵）

为采池边那朵花，草虫惊我我惊他。偶见槐阴陡坡下，有西瓜。

解带抛衣斜过坎，屏声敛气倒攀崖。隔岸却闻村妇喊：小心呀。

刘鲁宁评：读这首词，一下想起了辛弃疾的那首《清平乐·村居》。后者是场景的组合，前者是动态的捕捉。皆因俗而雅，清新可爱，一诵难忘。

2016-09-19《时光应许我回头》

刘庆霖　1959年生，黑龙江省密山市人。中华诗词学会副会长，《中华诗词》副主编。

鹧鸪天·山中听琴

古寺檀香漫夕林，一人幽谷一张琴。数条溪水流于指，每寸高山贴在心。

松竹石，尽知音，有云宛约远来寻。偶然襟落橙黄果，恰是秋风寄意深。

段维评："数条溪水流于指，每寸高山贴在心"，化典不仅浑融，而且生新，成自家面目。

2019-12-02《小楼周刊品鉴》

高原牧场

远处雪山摊碎光，高原六月野茫茫。

一方花色头巾里，三五牦牛啃夕阳。

钟振振评：此诗写雪域高原夏日草场风景如画。"一方花色头巾"，比喻开满斑斓野花的草场，新奇，似未经人道，且极优美。以小写大，恰是远望。末句之"啃"，炼以俗字，不见着力痕迹，甚佳。牦牛所"啃"者草，偏不说"啃草"，而说"啃夕阳"，与上录郭诗《叱犊》"一鞭喝醒东山日"同妙。

2017-05-10

杨子怡评：刘熙载曾云："词中句与字，有似触着者，所谓极炼如不炼也。晏元献'无可奈何花落去'二句，触着之句也。宋景文'红杏枝头春意闹'，'闹'字，触着之字也。"吾以为刘先生"三五牦牛啃夕阳"亦可当之，是为"触着之句"也。想一"啃"字何其妙也，一字为全篇生色！优美之画境，草原之风光尽在一"啃"字中。顺手拈来,不见痕迹,不炼之炼也。

2020-06-02《小楼诗词品鉴》

壶口看黄河

西出昆仑有巨龙,烟云烘护雾藏踪。
山中养性九回曲,日里吐波千丈红。
脚步那堪半天下,情怀不在一壶中。
悬崖峭壁等闲过,吟啸能期东海逢。

钟振振评:此诗句句扣题中之"黄河"。起句咏其发源,末句咏其归宿,平铺直叙,是堂堂正正之排兵布阵法。颔、颈二联,将黄河人格化,深得中国古典山水诗词之三昧。且气魄绝大,笔能扛鼎。"情怀不在一壶中",点题中之"壶口",极自然,举重若轻。细细咀嚼玩味,觉其又不止于咏壶口、黄河,诗人之襟怀亦隐在其中矣。

2017-08-31

西安怀古

秦腔唐乐古今闻,霸业风干剩几斤?
渭水枯成黎庶井,烽烟凝作帝王坟。
阿房烧尽星分火,雁塔劫馀云抱尘。
欲向城头寻旧事,有人独自夜吹埙。

钟振振评:次句特奇。"霸业"既可以轻重论,则亦如腊肉可以"风干"而上秤称量。此非古人仓猝之间想得出来。尾联收得尤有余韵,气氛苍凉,是怀古诗之长技。以不说为说,令人回味无穷。且末句"吹埙"回应首句"秦腔唐乐",气脉完足。

2017-08-09

武湖渔民

日色涂成秋枣容,晨昏出没水云中。

平湖锦帕船犁破，却用渔歌细细缝。

归樵评：渔船划过水面，在渔歌声中水痕复原的情状，以借喻的手法写来，其想象力和表现力让人叹服。

2020-02-05《一诗一得》

刘如姬 笔名如果，福建永安人，公务员。

汀江春日

溶溶一水柳婆娑，拂面风清景趣多。
时有劈波飞艇过，绿琉璃上掷银梭。

归樵评："绿琉璃上掷银梭"把江水比作"绿琉璃"，"飞艇"比作"银梭"，以一动词"掷"来衔接，色彩漂亮，动静相谐，形象鲜明、韵味十足。

2019-07-10《一诗一得》

乡村夏夜

农家饭罢坐门坪，天幕如绒缀斗星。
摇椅撑腰风细细，流萤照眼夜明明。
篱前竹影婆娑舞，草内虫声隐约听。
最爱清溪浮水月，一泓掬起梦晶莹。

钟振振评：此诗写乡村夏日夜晚景象，宁静幽美，如画、如乐曲。次句尤佳。末句尤奇。"梦"本虚无缥缈，如何可"掬"？这便是诗之神技，画与乐曲都无法表现了。"晶莹"由"水月"来，关照得好，乃不突兀。

2017-08-31

刘　雄　蜀人，岷社社长，南雅诗社副社长。《小楼听雨》诗词平台评论委员。

湖畔见樱花

湖上晴波动碧粼，一枝窈袅正当春。
唤回二十年前梦，犹作东西南北人。

苏俊评：情韵两胜，意境尤深。花非花者，人也；人不如花者，则更进一境矣！

2020-01-04《【小楼同题】难忘的2019诗词选评（苏俊）》

重到吴山茶楼分韵得遥

流年无迹没江潮，却认吴山作久要。
石友偶同分茗坐，秋魂暂得对灯销。
清言主客三更近，玄想人天万古遥。
归去嫩寒馀薄醉，卧听梦雨正潇潇。

钟振振评：此首风格同上。首句甚慧。"流年"如水，故可设想其"没"于"江潮"。颈联无一字不工。主客三更，人天万古，时空距离愈大，语言张力愈大。尾联亦健举而潇洒。唯题曰"茶楼"，上言"分茗"，此则云"薄醉"，偶失关照，不无小疵。

2017-09-28

刘　征　1926年生，北京市人，人民教育出版社原副总编辑、编审。

临江仙·北海公园重新开放，园中散步

十年不见湖光好，重来恰是新晴。旧时杨柳笑相迎。经寒枝更

健,破雪叶还青。

歌喉久似冰泉涩,今如春鸟声声。我心应胜柳多情。满湖都是酒,不够醉春风。

刘鲁宁评:刘征作诗,不端架子,不装风雅。看其篇章,如东风送浪,层层叠叠,赏心悦目。看其诗文,清新可爱,有性情,有好句。"满湖都是酒,不够醉春风"一句,可证前言。

2016-09-19《时光应许我回头》

楼立剑

云

奇峰如雪卧天涯,朝暮窗前对酒茶。
爱那十分清净地,欲锄一亩种梅花。

归樵评:结句之奇想由转句而生发。而转结又是由首二句铺垫而来。故结句虽奇则未觉突兀。入情、入理、入味。

2019-04-02《一诗一得》

早 春

嫩寒浅暖未均匀,小院风情已逗人。
才有桃花三两朵,却教蜂蝶炒成春。

钟振振评:一、三两句扣题。三、四两句出彩。三两朵桃花,只略有春意;得蜂蝶炒作,居然春光烂漫矣。"炒"字炼得妙!套用王国维《人间词话》语:着一"炒"字,而境界全出。

2017-11-15

早 春

乱鸟喧喧落短篱,寒崩如裂薄玻璃。

环山四面春埋伏，隔岸千家雨转移。

柳吐新黄鱼欲啄，池生暖碧鸭先知。

早将诗句安排了，要报东风一味痴。

钟振振评：次句写冬之余寒转为春之乍暖，得"早春"神理。而谓冬日余寒之崩解犹如薄玻璃之迸裂，比喻既新颖又生动，是今人语，未经古人道者。颔联"春埋伏""雨转移"，亦有此妙。而"春埋伏"，亦扣"早春"。

2017-08-09

卢象贤 江西九江人，九江市诗词联学会副会长，高级工程师。

重到王安石纪念馆信步踯躅园

踯躅荼蘼一例开，相才无奈做诗才。

时人莫笑先生拗，多少楼台是戏台。

归樵评：首句便颇有讲究，踯躅既是园名，又是杜鹃花名，暗含凄凉冷寂之意，荼蘼既是花名又暗含兴衰之意。为先生"无奈"，"拗"，看穿"楼台是戏台"起兴。

2020-01-20《一诗一得》

骆春英 70后，生长于义乌。浙江义乌诗词楹联学会副会长。

水调歌头·中欧专列

朝发义乌站，暮出玉门关。阿拉山口西去，万里抵波兰。恰似长龙驰掣，穿越芸芸列国，一往一回还。千载古丝路，向此焕新颜。

无生有，无不有，史无前。货郎应记，异乡穷巷度荒年。挑起全球市场，更借春风一路，胸次白云边。又见鸡毛起，拨浪鼓喧天。

杨逸明评：写改革开放以来成就的诗词，往往过于概念化，空话套话太多。这首词选了一辆中欧的列车作"形象大使"，反映义乌小商品贸易市场的发展和壮大，有了创作意象腾挪和展开的空间。"玉门关""古丝路"，有历史底蕴的沉淀感；"货郎""鸡毛""拨浪鼓"，有浓郁的地方色彩；"义乌站""抵波兰""全球市场"，更有鲜明的时代特点。用清新流畅的语言串在一起，读来朗朗上口，反映义乌的现状甚是贴切。前人有云："夫以矛盾相持之今社会，新旧事物与意境杂然并陈，盖取之左右逢其源。"这是我们比古人的优越之处。但是以新词语入旧体诗词，必须产生诗意和美感，这就要求我们下功夫进行有意义的试验和探索，就像这首词的作者一样。

2020-03-21《小楼诗词品鉴》

M

马斗全 1949年生，河东汾阴人。山西省社科院研究员，中镇诗社社长。

北京街头卖渔具者

聊借桐阴布地摊，知他胸次碧云端。
为怜一世多奔竞，故向京华卖钓竿。

钟振振点评：大小城市街头巷尾摆地摊者甚多，北京何能例外？除名车豪宅等贵重商品，凡物轻价廉者皆可于地摊见之，渔具亦其类也。地摊主人，不过逐微利以谋生计耳，焉有深意？然诗人词客每假托之以讽世态。明人刘基《卖柑者言》如此，今人马君此诗亦如此。此诗要害在后二句。当今之世，人多奔竞，争名于朝，争利于市，触热走尘，可怜亦复可叹。京华乃官、商云集之地，其状尤甚。若能拿得起,放得下,自我解脱,向此地摊买取钓竿,赋闲退隐,优游林泉,世间岂不清净许多?此乃借题发挥之法。悟得此法,便知讽喻之诗当如何着笔矣。

2016-12-29

马星慧

一剪梅·母爱

满满瓶装碎辣椒,已用油浇,再用油浇。为防渗漏百层包,横绑三遭,竖绑三遭。

别后谁怜老病腰,忙到深宵,疼到深宵。手机早晚任唠叨,不是歌谣,胜似歌谣。

杨逸明点评:歌颂和赞美母爱的诗词作品历来不少,当代更多,作者都有真挚的情感,但是要写到催人泪下,还必须有写作上的好手段。这首词,上片只写了一件事情,就是母亲给自己准备一瓶碎辣椒,一连串的动作:"装",是满满的;"浇",是已用油、再用油;"包",是百层;"绑",是横三遭、竖三遭。可谓细心,母亲对于女儿的爱,可见何等之深。当年"临行密密缝"的诗句,也正是这个意思。下片写自己离别后对于母亲的思念,老人家还在日日夜夜的忙,老寒腰一直未愈,教人放心不下。母亲的唠叨,都是对于女儿的嘱咐叮咛。这虽然不是歌谣,却胜似歌谣。能听到这样歌谣般唠叨的儿女真是有福了!我已经听不到了!读至此,不禁泪下。这首词写真情实感,遣词造句和谋篇布局看似平凡,但是意境不狭,技巧不疏。前人云:"全用极平凡、极通俗之辞句,而胜似镂肝雕肾者千百倍。"此首得之。

2020-03-14《小楼诗词品鉴》

马祖熙（1915—2008），字缉庵，现代著名词学家任中敏弟子，江苏盐城建湖人，曾任上海诗词学会顾问，入选《"五四"以来词坛点将录》。

生查子

去岁盼春来，野店官梅早。一笑折天香，花外天禽小。

今岁盼春来，小室翻诗稿。无限惜花心，怕与春知道。

刘鲁宁评：惜花之情，曲折委婉，别有意韵。

2016-11-08《时光应许我回头》

梦 欣 本名郭业大，籍贯广东潮阳，现居美国旧金山。香港诗词学会、旧金山诗艺会顾问，《小楼听雨》诗词平台顾问。

初冬返佛山闲居自嘲

又到岭南栽薜萝，养些岁月歇奔波。

早茶爱点鲜虾饺，美食还珍卤水鹅。

室有清风留客久，书凭浩气益人多。

浮生已寄桃源外，拾取忧欢自个磨。

段维评：颔联将新词语纳入而无突兀感，自是与对仗范式有关，此乃旧体诗运用新词语之一技也。

2019-12-02《小楼周刊品鉴》

孟依依 女，菊斋论坛管理员，菊斋诗社副社长。

凤栖梧·江南行七首之西湖

湖上新来谁识某，颇羡先来，留壁诗千首。可惜有花兼有酒，恨无苏白为诗友。

今日杭州谁太守，依旧梅花，遍植孤山后。我亦才高能咏柳，此生许隐西湖否？

杨逸明评：读罢全词，觉得女诗人颇为自负，一开口就气度不凡。先贤们在西湖写了那么多好诗，只是因为我来得晚了些年而已。大家不识我，是因为他们"先来"，我没有赶上。如今有花有酒，可惜白乐天苏东坡已走了，不能与我结为诗友一起写诗，否则"留壁诗千首"之中会有我的不少好诗呢！当年的太守们走了，但是孤山的梅花依旧，"余亦能高咏"，我想在西湖隐居，如今谁在当杭州的太守啊，您允许吗？虽然整首词的口气很大，却不讨人嫌。这是因为这首词语言自然流畅，不忸怩作态，恰到好处，确实写得不俗，不卑不亢，分寸感拿捏得很好。除此之外，还有一个重要的原因是：这位女诗人毕竟写过不少出色的诗词，确实有才。狂也是要有资本的。想起鲁迅先生对拿破仑"我比阿尔卑斯山还高！"的狂言有一段精彩评论："拿破仑敢这么说，那是因为背后有几万兵。没有这几万兵，人们就会把这个不到一米六的小个子当疯子抓起来！"同理，诗人有点狂可以，但是必须"腹有诗书气自华"，而且狂而不失态。否则，你从来没有写出过像样的诗，也来口吐狂言，甚至还诋毁前贤，看不起白苏，这就会让人觉得酸腐不堪，滑稽可笑了。

2020-03-21《小楼诗词品鉴》

莫真宝　湖南常德人，文学博士。中华诗词研究院学术部副主任。

暮春还乡

携手还田宅，青山旧霭深。

有林喧宿鸟，无事动尘心。

明月春塘水，残书午夜衾。

武陵轻别久，今日暂相寻。

苏俊评：颔联动静相生，善造景。颈联见依恋之情，明月春波，不忍舍也；书熬长夜，不忍别也。尾联"轻""暂"二字极炼，轻者，悔也！惜也！暂者，终当又别也，情结也！乡愁也！字字唯心，非徒字面而已。

2020-01-04《【小楼同题】难忘的2019诗词选评（苏俊）》

P

潘泓 网名夫复何言。湖北红安人。《中华诗词》编辑部主任，《小楼听雨》诗词平台评论委员。

乌兰察布道上

牧草铺开绿塞云，香尘起落色缤纷。

高原夏至春犹嫩，旷野羊闲檄不闻。

探访未存都护府，驰驱岂让大将军。

此行辨得花踪迹，五月风吹似酒醺。

江合友评：草原风光，展现眼前。做意好奇，显异域之风情。

2020-02-03《小楼诗词品鉴》

聊 天

唏嘘一再便舒眉，电影雷声孰可追。

四十余年几同事，张亡李老赵双规。

归樵评：先写聊天后的情绪，"唏嘘""舒眉"进而感叹当年时光的不可挽回。后两句才写聊天的内容，把主旨放到重要位置，"四十余年几同事，张亡李老赵双规"。几多况味，尽在其中！

2019-05-20《一诗一得》

庞　坚　上海人，江苏常熟人。华东师范大学出版社编审。

聂世美君以奉和昌平总编上海古籍社全国百佳出版单位评选无端出局感赋诗见示因次韵答之

> 坊肆麻沙足占先，非明非宋竟何年？
> 瘟忧元道嗟前论，寥落康成废旧笺。
> 南国向来称祭酒，东风似此诧尧天。
> 惘然遵序百家姓，拜了赵公还拜钱。

钟振振评：上海古籍出版社乃国学出版单位之翘楚，建社以来，出版大量优质古籍读物及学术著作，成绩斐然，有目共睹。乃不得入全国百佳出版单位之选，而究其原因，似以经济效益不如他社也。诗人有感于此，作诗为鸣不平。宋时福建麻沙之地，书坊众多，然唯利是图、粗制滥造、错误百出，故世称劣质书籍，辄谓"麻沙本"。首联即用此典，见评选百佳出版单位不以图书质量而以经济效益为标尺之非也。次联是学人之诗，是宋人之诗。"元道"，晋鲁褒字。褒曾撰《钱神论》，即成语"钱能通神"所从出。"康成"，汉郑玄字。玄曾笺儒家经典多部。出版社既以营利为目的，则赚不得银两之学术著作，尽可废矣。此联对仗，渊雅精深，然非富于学者不能得其旨趣，故不具论。妙在尾联，一般读者皆不难领会。《百家姓》之排序，赵钱孙李、周吴郑王，人莫不知。"赵公元帅"者，财神也。"惘然遵序百家姓，拜了赵公还拜钱"云云，诚可谓嬉笑怒骂，皆成文章。此等讽刺之笔，是有文化之幽默。惟有文化而且幽默，故有诗趣，故有诗味，非破口大骂可比也。破口大骂，虽然痛快，毕竟缺乏技术含量，算不得诗。

2016-10-22

彭明华 男，服务央企四十余年，居广东。已退休。

山行有遇

无心惊草木，何处振清响。

一影动空枝，已在青云上。

熊东遨评：欲写实，偏用虚，真大手笔。一影甫动，猛禽之势已跃然纸上。何谓"不着一字，尽得风流"？读此可悟一二。诗不在长，得势则雄；诗不在多，得一即可。凭此二十字，诗人地位不可动摇。

2020-5-30

题樱林图

岭上烟岚起，寒图水墨浓。

花颜初着意，树影半遮容。

仿佛香无色，居然月有风。

春光吹不远，止在绿丛中。

熊东遨评：错落有致，后四尤佳。"仿佛香无色，居然月有风"，极幽、极淡、极远、极清，虚实相生，令人梦想不已。

王维《雪溪图》

尺幅天涯路，家园梦寐中。

溪寒舟子瘦，雪覆履痕空。

浦树禽犹少，茅庐火正红。

此前些许事，流落小桥东。

熊东遨评：不必见图，诵此诗已知大概。"诗中有画"，此亦一例。余孤陋寡闻，未悉《雪溪图》有何前人题过。但闻摩诘不曾自题，抑或留待后贤也；今得此，料应无憾矣。

2020-6-29

彭　莫　1982年生，现居沈阳。

看落花

一开一落即生涯，流水泥尘原是家。
教我如何忍说与，风中最后那枝花。

钟振振评：古今诗人咏落花，佳作多矣，几使后来者无从下笔。倘不能跳出前贤窠臼，明智之举，莫若敛手。而能挑战前贤如此首者，真高手也。好花不常开，一季而已，故曰"一开一落即生涯"。落花之归宿，或随"流水"，或委"泥尘"，故曰"流水泥尘原是家"。此乃一切花之宿命，人尽知之。花知不知？笔者非花，安知其知与不知？而作者笔下"风中最后那枝花"，乃真不知之。否则，何以区区一花之微，竭力抗拒宿命，坚持枝头，拒绝凋落？此种顽强之生命精神，能不令人肃然起敬乎！此种徒劳之顽强，能不令人悲咤莫名乎！故作者曰：教我如何忍心将一切花之宿命明白说与她知道也！此诗题曰咏花，而所咏之花，"似花而似非花"。非花而何？耐人作三日想。笔者不欲道破，辄曰：此中有冷静之哲理，更有炽烈之感情。一味冷静，是哲人，未必是诗人；一味炽烈，是诗人，未必是哲人。寓炽烈于冷静，寓冷静于炽烈，诗人、哲人，一身而二任矣。

2017-12-19

如 果

如果来生还有缘，应该相遇在深山。
野花摇摆说风过，青草连绵趁路弯。
我正打柴刀握手，你来采药篓背肩。
尘封记忆苏醒了，就在相看一瞬间。

钟振振评：此爱情诗也。今生相识相恋，是有缘；由于种种原因，未克终成眷属，故寄望于来生再续前缘。极惆怅事，却写得极温婉。纯用现代汉语，若新诗；味其格律，却是标准七律。当代语言与古代诗体，配合恰到好处，令人耳目一新。颔联写深山景物，甚富诗意。野花能说话，青草会走路，此正是诗之特技。结尾亦颇动人。且回注今生。相识相恋，今生如何？不置一词，亦不必置一词。点到为止，留给读者无限想象空间。

2017-09-28

Q

齐蕊霞 1957年生，河北廊坊人。

土家古寨

青屏矗四围，一镜池塘小。
古寨史中存，红尘莫相扰。

段维评：一句"古寨史中存"便使小诗从叙写清幽之境的作品中跃出，结句续上一笔略觉直白。

2019-11-25《小楼周刊品鉴》

全凤群 女，四川人。

青玉案·老屋情思

柴门已被游丝锁,手推处、蜘蛛躲。物什蒙尘谁识我?廊檐木柱,麻绳石磨,都是当初做。

昔时慈母勤无那,磨豆深宵不曾坐。半簸才完还半簸,满天星斗,一灯昏火,姐妹围三个。

杨逸明评:这个时代,搬迁、动迁、拆迁的事情太多,所以对于老屋老宅的留恋、怀念、追忆,成了当代诗人的一个重要的创作题材。这首词,上半片全写熟悉的景物,已是一派荒凉,"谁识我"与"都是当初做"相呼应,不禁悲从中来矣。下半片,追忆和描写当年的一个场景:母亲磨豆,我们姐妹三人围在一边观看和帮忙。有人物:母女四人。有景致:满天星斗,一灯昏火。意境如现眼前,极为幽美。这样的意境和情味,读者自会与作者一样的留恋和向往。上片老屋今日的凄凉,下片老屋当年的温馨,形成鲜明的对照,教人感慨和伤感万分。拆迁老屋老宅,此景常见,此情都有,写出来而且能写到位殊为不易。古人云:"人人共有之意,共见之景,一经说出,便妙。"读此词深有此感。

2020-03-28《小楼诗词品鉴》

S

邵 林 山东高密人,居北京。

题兴城大青山

峦壑犹存太古青,盘盘奇骨叠峥嵘。
不辞更向高寒立,要看月从沧海生。

归樵评：此诗充满骨力。前两句写"峦壑"，以"太古青""奇骨""叠峥嵘"之瘦笔刻画，体现出技巧上的骨力。后两句以诗人为看月生"沧海"，不辞立于"高寒"，更具思想上的骨力。

2020-01-29《一诗一得》

沈利斌 1982年生，浙江湖州人。浙江省诗词与楹联学会副会长、中华诗词学会理事，《小楼听雨》诗词平台编审。

江　南
酥雨长街渐湿尘，画桥金柳自垂纶。

青衫红袖如花伞，撑出江南一半春。

归樵评："青衫红袖如花伞"，读来并无奇特之处，但这个"伞"与结句中动词"撑出"、名词"春"进行抒情推理组合后，便产生了一个异常的诗学美学效应。

2020-02-15《一诗一得》

十里绿烟（不详）

巴山春色
惯识峰峦晴雨间，偶疑石径入青天。

满山桃李无人问，红染云霞白染烟。

钟振振评：巴山春色，在满山桃红李白。野山地广人稀，故满山桃李，略无游人玩赏攀折，自然盛开蓬勃，与云霞烟雨融为一片。是桃花染红了云霞、李花染白了烟雨呢？还是云霞染红了桃花、烟雨染白了李花？细推物理，都不是。但在诗人眼中心中，都是。妙在语意含混，无可无不可之间。总之，云霞烟雨，满山桃李，美就美在个无边无际,蕴藉涵融。

2017-01-14

殊 同 本名高松,辽宁抚顺人,居沈阳。

游姑苏平江路遇雨

望中白绿渐成烟。着雨不容仔细看。
只道江南如水墨,千年纸背未全干。

归樵评:身临烟雨江南,朦胧景色宛如千年水墨纸背未干。于虚景之中构建出一个令人想象的空间,空灵是也。

2019-03-22《一诗一得》

宋彩霞 《中华诗词》杂志副主编。山东诗词学会副会长。

船上人家

世代宿河滩,涛声枕上弹。
声为清夜细,志逐大湖宽。
一网捞春色,千钧钓月丸。
心头存万象,不变是长竿。

归樵评:前四句,一、三时间上着眼,二、四空间上着眼,一时一空,分设明显。后四句在时空上亦各有偏重,相互接应,画面繁复,情于景中悠扬不尽。

2019-05-20《一诗一得》

南歌子·读红楼梦

几点催花雨,三更梦不成。临窗默对一天星。那朵云儿脉脉向东行。

一卷红楼梦，悠悠石上情。灯花缭绕念曾经。可惜曾经都是落花声。

刘鲁宁评：眼前影，书中情，词很短，甚至来不及报出红楼人物的名姓。"落花声"一句很传神，疑是黛玉葬花时洒落的一滴泪珠，被诗人轻轻地接在了手心，放入了诗中。

2016-09-19《时光应许我回头》

宋　红　现居北京，人民文学出版社古典文学编辑部编审。

再游刘公岛甲午海战旧地

重入辕门事可哀，刘公岛外久低徊。
坚船利炮输银币，欧冶陶钧乏善材。
一战而亡成大辱，百年之痛发惊雷。
海涛如碧英雄血，日日抟风去又来。

钟振振评：颈联虚字对仗自然。唯"亡"字不确，甲午海战，乃战败，非亡国。尾联特遒劲。以悲壮阔大之景作结，而悲愤莫名之情尽在不言中。"碧"自是眼前海水之色，不假外求，勾出英雄"碧血"，是善于遣词者。

2017-07-19

苏　俊

岭云海日楼题句

东海潮来白日昏，楼头侠气最怜君。
谁知一掬哀时泪，挥去依然湿岭云。

钟振振评：岭云海日楼，是近代台湾籍爱国诗人丘逢甲的书斋。

甲午战争，清廷失利，割台湾与日本。他组织义军反抗日军。兵败，携家内渡广东。此诗即吊唁逢甲，嵌入"岭云""海""日""楼"五字，以切其人。

"东海潮来"，喻日军侵台。"白日昏"一语双关，既指日军侵略使台岛天昏地暗，又可指清廷昏聩。逢甲有心报国，壮志未酬，其侠气可敬，而身世则可哀也。言其一掬哀时之泪，挥去依然沾湿岭云，具见其对于台湾沦陷的深哀巨痛。

岭南湿热多雨，作者不假他求，即以五岭云"湿"为逢甲之泪水所致，可谓精警而切近。吊古诗当如此做。直述史实则呆滞木讷；借形象比喻委曲言之，则空灵隽永。

2017-06-24

满江红·乘机飞滇作

地锁天笼，乘双翼，訇然冲破。还直向，绛河东面，斡旋如舵。日魄眼前生一线，莲花足下开千朵。上玉阶山顶望寰球，披襟坐。

今古事，苍狗过；王霸梦，罡风簸。算骑鲸化蝶，只供酣卧。境界自非唐宋有，歌呼未用苏辛和。记何年咳唾作滇池，春城左。

杨逸明评：古人没有乘过飞机，但是庄子写过逍遥游，说到"怒而飞""其翼若垂天之云""抟扶摇而上者九万里"的大鹏来，真像是在描写我们今天的飞机。庄子想象力的丰富真是令人赞叹。古人想上天，说"人间未有飞腾地，老去骑鲸却上天"。李东阳这诗说得是李太白。当代人坐过飞机，写起航行云天的感受，精彩程度应该比庄子更胜一筹。我读过当代诗人魏新河的飞行词，叹为一绝。如今又读到年轻诗人苏俊的几首飞行词，感到苏词比起魏词，竟然也毫不逊色。"日魄眼前生一线，莲花足下开千朵。"天上见到景象何等壮阔！"今古事,苍狗过;王霸梦,罡风簸。"坐在飞机上的感觉何等豪迈!"算骑鲸化蝶,只供酣卧。"李白骑鲸,庄子化蝶,也只好给我们年轻的诗人调侃一把啦!"境界自非唐宋有,歌呼未用苏辛和。"好诗词不但没有被古人写完,而且还大有内容可写。当代人的思想境界,唐宋人未必有,"心思之妙,孰谓今人不如古人耶"?读此词,深觉后生可畏,亦复可喜。

2020-03-28《小楼诗词品鉴》

苏些雩 别署拾翠台,广东人,曾师从岭南词家朱庸斋先生学词。广东诗词学会副会长。

好事近·旧梦留痕

唧唧两三声,声在石阶砖罅。蹑步掌灯扒土,已霍然藤架。

鸣蛩恰似小顽童,逗人书窗下。搁笔再寻踪影,早翻墙过瓦。

杨子怡评:苏些雩女士为当代著名词家,其词善以寻常语写寻常事,灵动清新,语朴味永。该词记童趣,可窥一斑。蛩声三两,或在石阶,或在砖罅,蹑步随之,掌灯照之,扒土捉之,又霍然遁之,已在藤架矣,寥寥数语,写尽盎然之童趣。蛩似顽童,逗人鸡窗,搁笔再寻,早翻墙瓦,数语又见出头颅虽老,童心仍未泯也。蛩之顽、童之趣跃然纸上。语极平淡,味极醇厚,不愧大家手笔。

2020-06-02《小楼诗词品鉴》

孙临清 辽宁盖州人,中华诗词学会教育培训中心研修班导师。

秋游白鹭湖

鱼肥塘畔叶初飞,风送稻香黄四围。

白鹭忘机浑似客,板桥闲立对斜晖。

段维评：好一幅诗意田园图景！白鹭似是作者化身，结句示人无尽遐思。

2019-11-25《小楼周刊品鉴》

孙延红 山东省齐河县人。

村　湖

　　碧柳红楼小镜湖，彩云上面憩花凫。
　　一枚旭日如朱印，铃在新村倒影图。

段维评：将太阳比作邮戳并非首创，刘庆霖《十二上龙潭山》诗其七便有句云："暮色信封无处寄，残阳半个旧邮戳。"此诗将"残阳"翻作"旭日"已是别境，结句则自出机杼。

2019-11-18《小楼周刊品鉴》

见邻家儿童放风筝

　　乍遇封村假又长，小儿神思欲飞扬。
　　春心系在风筝背，好上青天看远方。

归樵评：疫情之下，"封村"假长，怎禁得住"小儿""神思"，三、四句从"飞扬"发端，以"春心系在风筝背，好上青天看远方"巧做比喻，描写儿童的天真烂漫，以表现期盼疫情早去的主题，构思巧妙。

2020-06-03《一诗一得》

T

唐　云（1910—1993），浙江杭州人。

观云海

雨歇强登十八盘，吟眸豁处任微寒。

浮云横截乾坤去，直把千峰作岛看。

归樵评："浮云横截乾坤去"生动形象，气势磅礴，"去"字下的好，写出横截乾坤的浮云在不断地向外延伸。

2019-09-17《一诗一得》

田遨（1918—2016）出身书香门第，父亲是前清进士。原上海诗词学会顾问。

某饭店邀跳舞，谢不往，诗以自嘲

绿酒红灯趁此宵，浓妆艳抹斗春娇。

自知俯仰无柔骨，不敢随人试舞腰。

刘鲁宁评：七分自爱，三分自嘲，诗中的言外意点拨得恰到好处。

2016-11-08《时光应许我回头》

W

汪孔臣 （不详）

邻　居

自古远亲非近邻，于今老死不相闻。

房前摆手应招手，楼里钢门对铁门。

一院烟霞山水远，同街风雨地天分。

谁知昨夜网聊女，却是墙东冷漠人。

钟振振评：邻里人际关系之冷漠，乃现代城市流行病之一。此诗痛加针砭，刻画入木三分。

首联化用两句俗语：远亲不如近邻、老死不相往来。稍可议者，"非"字不甚精确，改"逊"似较安稳。颔联精彩。"房前摆手应招手"，示意与拒绝，均用肢体语言，而懒得张口，冷漠一至于此，岂不可叹！"楼里钢门对铁门"，其门本为防盗，然并邻居亦防之矣！钢也，铁也，怎一个冷冰冰了得！颈联亦精彩。前后文语皆实，皆具体而微，此正不妨稍虚，稍笼统，大而化之。好在善于调剂。结尾愈出愈奇。网络之虚拟空间，街坊之真实世界，适成鲜明对照，真属黑色幽默。

宋玉《登徒子好色赋》曰："天下之佳人，莫若楚国；楚国之丽者，莫若臣里；臣里之美者，莫若臣东家之子。东家之子，增之一分则太长，减之一分则太短；着粉则太白，施朱则太赤；眉如翠羽，肌如白雪，腰如束素，齿如含贝；嫣然一笑，惑阳城，迷下蔡。然此女登墙窥臣三年，至今未许也。"此诗"墙东"云云，盖反用此赋。却如盐着水，浑化无迹。特为拈出。

2017-08-31

王海亮　河北人。《小楼听雨》诗词平台评论委员。曾获2015年《诗刊》年度青年诗词奖。

雨中登厦门五老峰

细听沙门雨，如闻无上禅。

石经花掩映，木叶鸟间关。

海雾千帆没，佛灯一豆燃。

随风登极顶，云外几重天。

江合友评：雨、山、寺、海合成画图，图中有人，诗人观察之，剪裁之，极有趣味。联语甚佳，颔联自然出之，景物如见，颇见功力。颈联以意为之，雨中海雾之杳阔，寺中灯火之渺寂，相映成趣。二联配合，自然与人工，搭配巧妙。章法之佳，已入贾、姚之门径。

2020-02-03《小楼诗词品鉴》

王海娜 中华诗词学会教育培训中心高级研修班导师。

八台金鼎观日出

八台凝望混元图，一线橙红人共呼。

山海霞天成巨蚌，徐徐吐出太阳珠。

归樵评：在诗人的"凝视"中，从"混元图"到"一线橙红"，逐渐，"山海霞天"，变成"巨蚌""徐徐地吐出太阳珠"来。把个日出写得形象生动，具体可感，给人以鲜明深刻的印象，富有感染力。

2019-11-05《一诗一得》

王胡子 内蒙人。

黄昏独坐

迷离光影戏童孩，暮色如花一刹开。

却喜纤藤闲不住，独携黄紫过窗台。

钟振振评：这是古人所谓"闲适诗"，颇有生活情趣。"黄昏"时分，"暮色"景象，在古人笔下，多引发伤感；而此诗却一反常调，将黄昏、暮色写得生机盎然，所以为佳。"戏童孩"，是说"光影"变化，像儿童一样活泼游戏：比喻新颖、传神。"却喜纤藤闲不住，独携黄紫过窗台"二句，写活了窗前的牵藤植物。

2017-01-26

王建强 1974年生,河北栾城人。以养鹌鹑为业。

卜算子·过南疆

合却掌中书,放眼风光好。时有黄沙吹满天,时又青青草。

几处大山横,一点苍鹰小。一样征途万里长,一样劳劳鸟。

段维评:通篇全然未用比兴,读来一样摇曳多姿。上片用"黄沙"与"青青草"对举,下阕将自己与苍鹰类比,可见对赋笔的运用深有心得。

2019-10-28《小楼周刊品鉴》

五绝其一

娘亲七十三,枯手缝鞋袜。

忽罢手中针,怜儿生白发。

江合友评:细节感人,母子情深,何须多言!从生活中来,无所矫饰,朴素语言,而能深厚,此境今人难到。

2020-01-27《小楼诗词品鉴》

王　勤

八声甘州·岁末

问何人缚住老光阴,长绳挂天边。证红桑数劫,轮回九转,今古如烟。幻海尝经漂泊,几欲棹归船。自别灵山后,堕泪沉渊。

检点中年怀抱,却百无一用,潦倒人前。任吟魂阅世,化鹤返辽天。料浮生、秋风吹梦,捧心香、遥接水中莲。微尘碎、在虚空处,大月孤悬。

苏俊评:用语生辣,多凭自造,而丝毫无碍其典雅清空,此境最不易到。

2020-01-04《【小楼同题】难忘的2019诗词选评(苏俊)》

王亚平　红河学院教授，石河子大学客座教授。《中华诗词》杂志首任执行主编。

问　道

半帘蕉雨隔烟汀，众妙详参紫竹亭。
问道先生何处是，无言笑指一杉青。

杨子怡评：诗人以空灵之笔写参道之过程。蕉雨侵窗，烟笼寒汀，紫竹小亭，细参众妙，苦苦不得，一如当年阳明子面竹苦参不得其解矣。老子云："玄之又玄，众妙之门。"易参者何玄之有？故不得众妙，情理中耳。"何处"是道耶？久参不得，心自茫然，故有是问。高人笑指间，幡然有悟，道在杉青中，一如阳明子久参后龙场之悟也。道在杉青亦即庄子道在蝼蚁、在稊稗、在屎溺之诗化也。太白有句云："问余何意栖碧山，笑而不答心自闲。"此诗末二句似师其意，无言不答，但云笑指，余味无穷，的是佳作。

2020-06-15《小楼诗词品鉴》

王　毅　湖北人。

赴津道上

未始春光媚，寻游远赴津。
花无红着树，草有绿添茵。
水掬芦芽短，风裁柳色匀。
久违梁上燕，又筑一年辛。

段维评：颔联句式堪品，尾联抒怀可嘉。

2019-11-11《小楼周刊品鉴》

王翼奇 1942年生于厦门市，现居杭州。《诗刊》2016年度陈子昂诗歌奖获得者。《小楼听雨》诗词平台顾问。2014年"中国楹联十杰"之一，曾参与《汉语大词典》编纂工作，任浙江古籍出版社副总编辑兼《作文报》总编辑等。

无 复

无复当年让座风，一机在手恁从容。

帅男靓女皆孙辈，皓齿明眸对乃翁。

社会颇闻多进步，未来终是属儿童。

龙钟久立无人会，车外霓华炫彩虹。

张青云评：全诗谐而不谑，在戏而庄，几乎纯用白话，针对公交车上时尚青年男女漠视老年乘客而悭吝于一座之让的社会现象痛下针砭，堪称讽世佳作。

2016-08-23

王玉明 字韫辉（叶嘉莹先生所赐），1941年生，吉林人。中国工程院院士，清华大学教授，荷塘诗社社长。中华诗词学会顾问、高校诗词工作委员会主任，《小楼听雨》诗词平台顾问。

永遇乐·鲁迅故居感怀（用辛弃疾韵）

风雨如磐，冻云翻墨，魂魄何处？一缕心香，九重夜色，彼岸扶摇去。瑶台琼阁，芳莎玉树，豪杰圣庭应住。立寒宵、栏杆拍遍，俯看尘世龙虎。

权谋胜负，轮回无数，谁屑回眸一顾？可叹黎元，浩茫心事，难觅桃源路。暮秋萧瑟，征鸿远逝，但听群鸦噪鼓。悲凉问、轩辕荐血，昊天晓否？

注：鲁迅诗云："风雨如磐暗故园""心事浩茫连广宇""泪洒崇陵噪暮鸦""我以我血荐轩辕"。

苏俊评：步辛词而无窘迫已难，得稼轩深雄郁勃之气更难，此词兼而有之。

2020-01-04《【小楼同题】难忘的2019诗词选评（苏俊）》

段维评：步稼轩之韵，得辛词风骨。家国情怀出之于玲珑兴象，豪婉兼具，寄慨深长。

2019-11-18《小楼周刊品鉴》

王志滨　笔名"一尘"，网名"西部小王"。

霜　尘

凭妻把袖掸霜尘，薄暮归来光影昏。

鬓上休惊拂不去，星星点点已生根。

江南评：第一层是温馨，第二层是恩爱，第三层是生活的感慨，第四、第五层呢？

远　路

远路鸡鸣又日新，春风迎客柳殷勤。

芳菲过眼须珍重，背后群山已化云。

江南评：纵然是美丽的，有时也一样不堪回首，这大概就是生活。

他乡酸菜

依稀菜色只微黄，浸泡秋冬入骨凉。

知在谁家釜中煮，心酸滋味忍先尝？

江南评：一位不懂诗的老先生说，此作者至少四十岁以上了吧，否则不会有如此的感受。

2020-04-25《诗意横裁丨绮梦楼点评西部小王绝句36首》

（江南，即江南雨，本名孙书玉，字其如，自号绮梦楼。1965年生，北京房山人，居庸诗社发起人、常任秘书长，今社名誉社长。2004年从天津王蛰堪先生习词。）

王子江 1967年生，辽宁省阜蒙县扎兰营子乡太平山村人。

哨所吟

持枪换哨下楼台，恰遇朝阳采访来。

塞上新闻随处是，春风注册杏花开。

钟振振评：此诗写边防哨所的战士生活，一扫古代边塞诗中常见的征夫愁苦之音，展示了新中国军人乐观、热爱生活的精神风貌，令人耳目一新。直说夜间值哨，拂晓换岗，便无诗意；而说"换哨"时"恰遇朝阳采访"，就浪漫得多，奇妙得多。第三句设置悬念，引人入胜：边塞到处是新闻——究竟有什么新鲜事呢？末句抖出"包袱"，其实也不算什么新鲜事——不过岁月轮回，又是冬去春来罢了。但说"杏花开"代表着"春风"已来"注册"，以生新之意写熟常之事，则常事也活泼泼地新鲜起来。

2017-02-06

韦树定 1988年生，广西河池人，壮族，《诗刊》诗词编辑，《小楼听雨》诗词平台评论委员。

甲午初夏过圆明园

临榭骄阳似火明，夏宫盛况复经营。

谁知石缝劫灰沃，芳草年年忍痛生。

归樵评：此诗最见作者炼字功夫，"似火明"不只是说骄阳。"复经营"读来已觉心痛。"石缝""劫灰""沃","芳草""忍痛生",既是真实写照,又赋予对民族劫难以及夹缝中求生存而又自强不息的意义。

2019-05-20《一诗一得》

魏新河 号秋扇,1967年生,河北河间人,执教于空军大学。《小楼听雨》诗词平台顾问。

云上飞行

长云万里作波涛,小艇悠然不用篙。

直下人间一千尺,划开云幕快如刀。

杨逸明评:驾机翱翔,而且能将这一题材写入诗中。即使是当代,也绝非人人能办到的。作者驾机与握笔,"气势两相高",使人读来啧啧称奇。

2016-08-23

温 瑞 吉林人,《长白山》诗词副主编。

燕 子

不畏艰辛云路遐,衔将春信向天涯。

临风一剪千山绿,只取丸泥补旧家。

钟振振评:这是一首咏物诗。咏物诗做得好不好,须用两把尺子来量。一是"即",要看你写得像不像。燕子是候鸟,从远方飞来,故首句写得像。燕子来了,春天也就来了,故次句写得也像。燕尾如剪刀,燕子认得旧窝,会衔泥补巢,故三、四句仍然写得像。这个标准,作者达到了。但光做到"即"还不够。"即"也可能是谜语,未必是好诗。因此，更要看你能不能做到"离"。即超越所咏之物，不为所咏之物拘束，就微物写出大意义来。这个更高层次的标准，作者也达到了。他是在咏燕，但又不止于咏燕，而是借燕喻人，歌颂高尚的人对于社会的奉献精神——他们带给社会的是春天，是美丽，而所取仅一丸泥而已！

2017-03-09

武立胜 安徽省淮南市人，现居北京，中华诗词学会理事、安徽省诗词学会副会长。

军　嫂

寂寂青灯下，娇儿梦正酣。

一行边塞雁，读到月西边。

段维评："一行边塞雁"，借古老的意象代指书信，当然也可以想象成头脑中的"雁字"与现实中的书信意象叠加一处，诗意更加浓郁。而"读到月西边"，足见其情何其缱绻焉。

2019-12-23《小楼诗词品鉴》

伍锡学 湖南省祁阳县人。

江城子·盼雪

才收晨雾散云烟，柳莺喧，露华妍。笛笛轻车，又到一批官。含笑女郎忙接待，鸡豚美，果瓜鲜。

检查考察复参观，菜盘边，酒杯前。力尽精疲，场长祝苍天：你若有情怜我辈，快下雪，早封山！

钟振振评：此讽谕之词也。所讽者，上级官员巧借"检查""考察""参观"等各种名目,至基层吃喝玩乐之丑恶现象。当今官场,此风颇不鲜见,故当予以揭露、针砭。起三句,宿雾晨消,莺喧花露,阳春天气,乐景悦人。继二句,词情陡转,由乐生愁。车队鸣笛,呼啸而至。"又到一批官","一批"见其人数之众;"又"字是加倍法,此前不知来过几批,隐然言外。继三句,顺承铺叙,强颜作欢。官到例须招待,故有女郎含笑,鸡豚肥美,瓜果脆鲜。"含笑"乃职业规范,不得不尔。词人冷峻,只写其表面。读者至此,欲哭无泪。过片三句,首句荡开,点出来者所打幌子之冠冕堂皇;二、三两短句拖回,跳衔上结,明言此帮不速之客毫不客气,推杯换盏,一逞饕餮。糜费公帑,倒也罢了,而基层领导疲于陪客,耽误多少工作!故有下文云云。词人代此"(林场?)场长"向上苍祈祷,恳求老天爷"快下雪,早封山"。其事其言不必真有,而其情其理深得其"真"!此文学艺术之"真",固高于生活实际之"真"也。然此方莺花三月,大雪封山,时日尚遥,岂易盼得?即令熬到大雪封山,亦不过暂时缓一口气,明春冻解雪融后,又如之何?读者休责词人虑事不周,词人于此戛然而止,实乃高明之笔。此之谓"留白",预留思索空间,以利调动读者之参与也。今者以习近平为总书记之党中央雷霆万钧,惩治贪腐,并严肃党纪、完善制度,若此词所抨击之不良风气,或根除有望。果然,则此类词不再有,幸甚至哉!

2018-02-09

武 阳 天津人,《小楼听雨》诗词平台编委。

鹧鸪天·祭灶戏写灶王

时节轮回过小年,灶王述职欲登天。人求好事多言讲,神望凡尘颂泰安。

宣伪易，叙真难。地天何不两头瞒。无需勤政空劳力，常保乌纱永做官。

安全东评：题曰戏，是真戏。是真戏，又非戏，总在不即不离之间，表面句句是灶王爷行径，入里则句句古今官人嘴脸，活灵活现。用笔轻峭幽默，刻画入木三分，读罢真会心一哂也。

2020-03-04《小楼诗词品鉴》

X

奚晓琳 女，吉林市人。

秋　收

播下春天种一枚，千斤希望系山隈。
秋风割进夕阳里，日子码成苞谷堆。

钟振振评：后二句特佳！"秋风"之凉，与刀有相似之处，故可联想而及于"割"。而"割"即"收割"，切题"秋收"。植物生长需要时间，农业收成乃日复一日辛勤劳动之累积。末句正是此意之诗性表达。

2017-10-25

夏婉墨 本名尹椿溢，80后，重庆人。

故　人

故人江上来，烹鱼以为餐。
小镇初过雨，老屋花气寒。
语我同窗事，一一富且安。

芳醪尽三盏,青箸亦未闲。

偶及君姓字,新妇淑并嫣。

檐滴惊脸落,相忘已多年。

杨逸明评:同窗老友久别重逢,自然有很多知心话好谈。这也是写诗的一个好题材。读这首五言古风中的句子:"故人江上来,烹鱼以为餐。小镇初过雨,老屋花气寒。语我同窗事,一一富且安。芳醪尽三盏,青箸亦未闲。"使人自然而然想起了杜甫的五言古风《赠卫八处士》中的句子:"昔别君未婚,儿女忽成行。怡然敬父执,问我来何方。问答未及已,儿女罗酒浆。夜雨剪春韭,新炊间黄粱。主称会面难,一举累十觞。"重视友人情谊,不惜笔墨描述会见的场景和情感,古今诗人如出一辙。古人云:"凡作诗,写景易,言情难。何也?景从外来,目之所触,留心便得;情从心出,非有一种芬芳悱恻之怀,便不能哀感顽艳。"实际上,真重感情之人,只要将眼前交往场景絮絮说出娓娓道来,就是好诗。

2018-11-15《杨逸明评诗小札》

萧雨涵 1966年生,重庆武隆人,敦煌市诗词学会顾问,甘肃省诗词学会常务副会长。

山中独坐(二首选一)
寒暖浑无据,前程看不真。
烟藏危阁雨,风撼野亭筠。
水藻纹新镜,山禽识故人。
梨花都似泪,一撒饯残春。

段维评:中二联颇有陶彭泽和王摩诘的格调,尾联则自出机杼。

2020-01-06《小楼诗词品鉴》

星　汉　姓王，字浩之，1947年生，山东东阿县人。新疆师范大学文学院教授。中华诗词学会发起人之一，《小楼听雨》诗词平台顾问。

西江月·宿巽寮湾
抱雪朝辞西域，拨云远下南溟。飞机暂且作鲲鹏，领略扶摇风硬。

残日变移山色，流霞消散涛声。银河深夜泻繁星，都被沧波洗净。

刘鲁宁评：提笔气定神闲，落笔气象万千。上片由西而南，气胜；下片由暮而夜，韵胜。

2016-09-07《时光应许我回头》

火烧山
天风莽荡送斜曛，犹有寒山迥出群。

遍体自烧犹未尽，下烧红柳上烧云。

刘鲁宁评：三个"烧"字，道尽此山色形神。

2020-01-18《人间要好诗》

应星楼下作
江边仰望破苍冥，我惧高寒不敢登。

想是银河今夜漏，群星化作万家灯。

段维评：切题巧妙，想象丰富，有大视野，蓄大襟怀。

2019-12-09《小楼诗词品鉴》

武当山金顶望云感赋
远飘虚幻压红尘，平割乾坤上下分。

老去书生奸猾甚，倚岩不肯踏青云。

归樵评：一、二句紧扣题面，以俯仰视角极写云之情状，三、四句陡然一转，于幽默风趣中逗出诗味。"不肯踏青云"既见从容睿智,又可产生联想。

2019-04-12《一诗一得》

熊东遨 别署忆雪堂,湖南宁乡人,湖南省文史馆馆员。《小楼听雨》诗词平台顾问。

水调歌头·外家琐忆

环水一村古,到处绿阴遮。乌篷摇出西港,柔橹听咿呀。转过前湾山角,隐隐石桥桑陌,是我外婆家。忘了来时路,只管问桃花。

撮黄泥,飞彩鹞,钓青蛙。平生多少痴梦,半在此萌芽。犹记瓜棚初见,一笑梨涡双现,邻里小丫丫。留住朦胧影,伴我走天涯。

刘鲁宁评:这首词,情质朴,词雅致,大才气,不张扬。字字句句,都牢牢地扣住了你我本然的纯真,想不记住都难。

2016-09-07《时光应许我回头》

题南仁刚墨马图

欣看大泽起潜龙,化作腾骧墨玉骢。
九叠云山千顷雪,一鞭雷雨四蹄风。
空行但得无拘碍,伯乐何须有认同?
身在自由天地里,不劳杯酒荐谁雄。

苏俊评:题画之作,凛然见生气。颔联写实,十四字如神骏骁腾,直欲破纸而出。颈联虚笔,英姿逸态,顾视清高。全诗潇洒不羁,尤以视伯乐而无物,足见天机、天趣也!

2020-01-04《【小楼同题】难忘的2019诗词选评(苏俊)》

重访徐州

万千胜景足观瞻,重就黄花不避嫌。
盖世气场怜楚霸,举贤风范仰陶谦。

窟中泥偶咸犹作,湖底云龙影自潜。

未必江山真要捧,我来聊拾一薪添。

段维评：尾联就成句翻新,闲闲中独见手段。

2019-11-11《小楼周刊品鉴》

雨中游赤壁陆水湖同李锐周笃文王澍诸老

也曾青眼对红尘,千面难求一面真。

只有湖山无世态,四时晴雨不因人。

归樵评：以"湖山无世态""晴雨不因人"映衬"青眼对红尘"后"千面难求一面真"的人情世态,手法甚是高明。

2019-05-27《一诗一得》

夏日西山小住

漫品清闲味,披襟立野亭。

梦留心上白,山补眼中青。

片石初成垒,团云已失形。

风蝉不知趣,作调与谁听。

归樵评：颔联"梦留心上白,山补眼中青"妙极,一"留"一"补"反衬世事人情之淡薄。尾联"风蝉不知趣,作调与谁听"更是颔联的注脚,足见清高冷峻。

2019-06-17《一诗一得》

Y

杨慧芳 浙江省天台县街头镇人。

月夜登楼

露白天青秋正浓,十分好景月明中。

楼高先得山岚气，一袭轻衣淡淡风。

　　杨逸明评：如此明月夜，如此露白天青秋色正浓，登上高楼，享受山岚清气。淡淡的轻风，飘飘的衣衫，这种欲仙之感，只有登上高楼才可先得之。一个"先"字，说明不登楼自然感受不到。立足点高了，人自然就不俗。古人云："居高声自远，非是藉秋风。"亦此意也。

2020-03-21《小楼诗词品鉴》

杨启宇　1948年生，四川自贡人。持社社长，四川省诗学会会长，岷社顾问，皖雅吟社顾问。

挽彭德怀元帅
　　铁马金戈百战馀，苍凉晚节月同孤。
　　冢上已深三宿草，人间始重万言书。

　　归樵评："三宿草"与"万言书"相衬，已然很有张力，前面再加上"冢上已深""人间始重"，则更增添了一种难以名状的痛惜与悲凉。

2019-05-27《一诗一得》

杨逸明

黄山夕眺
　　万壑生风扫暮云，千峰翘首斗嶙峋。
　　夕阳分配金黄色，高富低贫也不均。

　　归樵评：妙在诗人眺望的不仅是黄山在夕阳中的壮丽景色，同时引入了让人深思的哲理命题。起的高，结的亮。"分配"一词下得甚好。

2019-04-12《一诗一得》

初春雨夜

乍暖还寒夜气清,恰宜无寐散烦缨。

小楼停泊烟云里,零距离听春雨声。

归樵评:"小楼停泊烟云里",是"零距离听春雨声"的条件。故"停泊"二字极见功夫,如此,才使结句能在传情中达意。

2020-01-21《一诗一得》

雨中游朱家角古镇

吴语轻柔越酒浓,诗心几个醉东风。

水乡一幅舟桥画,挂在江南细雨中。

刘鲁宁评:诗句灵动可人,细雨似墙,舟桥如画,被"挂"字一串,贴切自然。远与近,静与动,虚与实,意境顿现。当然,诗的妙处不止于此,起承的情醉,转结的意醉,层层递进,莫不体现出诗家谋篇布局的高明与缜密。

2017-01-06《时光应许我回头》

春暮垂钓即兴

几树轻阴绿抱团,一池红雨泣春残。

人生不似花飞急,犹得从容把钓竿。

刘鲁宁评:此诗胜于理趣,若读后真得悟,应可受用一生。

2016-10-23《时光应许我回头》

秋兴

吟翁无奈性情何,岁岁霜天发浩歌。

残照入怀豪气在,秋风吹梦壮游多。

人生丹桂心头绽,历史银河砚底磨。

自信吟笺非落叶,掷江成石不随波。

刘鲁宁评：律诗中，中二联要挺拔，作者尤擅七律，但此律中的颔、颈二联并不比作者其他律诗中的对联亮丽。之所以选出，就是因为此诗的尾联：此联一出，高峰便立，令人叹止。

2016-10-23《时光应许我回头》

杨云 女，四川人。

回乡偶书

最是巴山夜话时，城中故事作谈资。

邻翁八十寡闻甚，说到雾霾浑不知。

归樵评：巴山夜话，讲城里故事，说到雾霾，八十岁的邻翁却浑然不知。写城市环境与农村环境的对比不直接来说，而是借八十邻翁寡闻侧写。

2019-09-17《一诗一得》

姚泉名 70后，中华诗词学会常务理事，《小楼听雨》诗词平台评论委员。

谒平江杜拾遗墓

汨罗江外日初曛，万古丘原野老坟。

樟柏荫浓鸣鸟暗，祠堂春早落花勤。

洞庭秋雨千行泪，世路扁舟一片云。

身后荣名莫怜晚，人间毕竟重斯文。

杨逸明评：据说唐大历五年（770年）秋冬之际，杜甫在漂泊到湖南汨罗江畔的平江县，患疾逝于寓所。千年以前屈原行吟投江之处就离此不远。所以唐人有诗云："故教工部死，来伴大夫魂。"平江建有一座杜墓,作者到此凭吊,自然是充满景仰之情。颔联不禁使人想起杜甫凭吊丞相祠堂的句子"映阶碧草自春色,隔叶黄鹂空好音",似也有异曲同工之妙。颈联概括了杜甫暮年在湖南一带水上漂泊的境况,非常悲凉。尾联似是在安慰生不逢辰的杜甫,虽然荣誉和声名来得太迟太晚,但是毕竟人间还算是重视斯文的啊!悲愤不平的情绪溢于言表。整首诗一联一层意,层层递进,章法精到,语言稳健,风格沉郁。

2018-11-15《杨逸明评诗小札》

张家界

一入张家界,群山就变疯。

束腰羞楚女,列阵愧秦公。

猴学孙行者,人皆陆放翁。

红尘太严肃,不似索溪中。

段维评:以打油的笔调作五律者并不多见,敢于尝试便该嘉许。中二联四次嵌入人名而无毛刺感,的是心机boy。

2019-12-02《小楼周刊品鉴》

叶永新 男,居广东。

黄花村

朦胧烟雨过前湾,春水秋光自在闲。

点点禾花飞白鹭,分明一幅米家山。

段维评:前三句画面皆为结句张目,"三归一"之结构章法,看似便捷,然并非轻易妥帖。

2019-12-02《小楼周刊品鉴》

于文清 江苏镇江人。多景诗社社长，著有《江干小唱》。

水调歌头·登北固楼

凭槛一萧爽，万里大江秋。金焦两点犹在，相望荻芦洲。解识琼花瑶草，放浪烟鬟雾鬓，柳岸弄扁舟。最好二三子，心事在沙鸥。

美人怨，名士恨，几时休。百年强半，谁又沉醉立高楼。说甚飘零书剑，抑或留连诗酒，渺矣古风流。大雅今难再，天地且淹留。

段维评：凭栏怀古，目及四野，心驰万里；伺机发感，内心天地，收放自如。全词语句典雅流丽，允称作手！

2019-12-30《小楼诗词品鉴》

于文政 祖籍南京，现居沈阳。

咏 雪

银龙百万下天门，搅破乾坤玉一盆。
野坞烟迷新月影，长河冰镂旧波痕。
怀人拥被诗难就，觅句衔杯酒未温。
世事每深瓜蔓惧，只应留待梦中论。

熊东遨评：一起有气势，古语翻新，如同己出。中二联一景一情，手法圆合。结联寄慨遥深，一"惧"字令过来人同生浩叹。"深"字形容词动词用，颇见力度，愈"深"则"惧"，理所当然也。

2020-02-25《当代荐读》

玉出昆岗 （不详）

汶川大地震

艰危时刻孰堪凭？精锐遄来子弟兵。

写罢遗书从天降,迈开铁脚跋山行。

万家骨肉幽明隔,一息存亡分秒争。

我愧屏前徒袖手,求全责备恐非情。

钟振振评:颈联以对仗叙事,洗练而流畅,无一字不工。"幽"即阴间,"明"即"阳间"。人民子弟兵抢救因震灾被埋压的民众,千钧一发,刻不容缓,危难之巨大,救援之紧急,只十四字便渲染无遗。

2017-07-19

Z

曾继全 河北省廊坊市大厂县人。

送儿子上学有感

行李三箱少,担心千万多。

自从为父后,想听父啰嗦。

段维评:人云五绝易写难工。这首诗近乎用口语表达至真至善的原初情感,无须过多技巧就格外动人。关键在于一下手就能直戳人心柔软处。

2019-12-09《小楼诗词品鉴》

曾少立

浣溪沙

买断清歌浊酒杯,青梅旧事总徘徊。雨馀灯火满城隈。

忽尔手机来短信,有人同醉在天涯。只言相识未言谁。

刘鲁宁评:时间的错位,使人幽怀难尽;空间的距离,使人感伤莫名。"只言相识未言谁",带点失落,带点闲愁,或许你有,或许他无。诗的美丽,或在于此。

2016-09-19《时光应许我回头》

张春义 笔名东方麓台,山西晋社社长,《小楼听雨》诗词平台编审。

方　山

流泉涵碧色,古木驻苍颜。
疏磬高低寺,浮云远近山。
日烘花竞发,草合磴难攀。
松下谁传法,烟霞自往还。

归樵评:"疏磬高低寺,浮云远近山",两句中各有三个诗意的跳跃:"疏磬／高低／寺;浮云／远近／山。"在这种诗意的跳跃中,尽管看不到动词,但能够感受到动词的效应,这种句子叫动词暗用。

2019-05-20《一诗一得》

张立挺 1948年生,浙江嵊州人。上海诗词学会理事,枫林诗词社社长。

地铁车厢一幕

乱币声中顿起颦,车厢乞讨现童身。
两眸相对使心碎,竟似孙儿同岁人。

刘鲁宁评:眼前的一幕,真实的记录。结句真好,胜过千言万语。

2016-11-08《时光应许我回头》

张明新　山东省齐河县人。

咏竹二首（选一）

惜我长堪冷，知君本耐寒。

百花零落后，雪里两相看。

段维评：将自己与竹比附，很有些李太白的"相看两不厌，唯有敬亭山"的味道。

2019-10-21《小楼周刊品鉴》

张青云　1973年生，重庆云阳县人，现居上海。上海市金山区图书馆古籍部主任，《小楼听雨》诗词平台评论委员。

平居写照

乱叠书山且任他，芸窗自喜面清河。

渡头日落渔槎返，隔牖遥闻水调歌。

江合友评：沪上水边，书生写照，怡然自得，是平居常乐之境。

2020-01-27《小楼诗词品鉴》

张晓虹　笔名虹影，山东滨州人。中华诗词学会理事、黍社社长。

浣溪沙·秋意

深浅风翻木叶黄，春宵一梦到秋凉。吟窗不觉夜初长。

一片飞来衔旧雨，千山落去带新霜。谁人灯下做衣裳。

江合友评：秋意闺情，结合得度。贴合秋景写，句意有可读者。

2020-02-03《小楼诗词品鉴》

张孝华 河南省固始县人,宁夏核工业地质勘查院职工。

空巢乡村

斜阳悄悄落村西,野径无人云脚低。

断续秋蝉吟小院,倚门老妪数归鸡。

江合友评:时代感强。工业化、城镇化日新月异,造成乡村空巢,可为历史之注脚。

2020-02-10《小楼诗词品鉴》

傍晚公园见一对老夫妻弹琴对唱

情歌一曲忆当年,白发相依弄管弦。

拨动心头羞涩事,夕阳红透半边天。

安全东评:见情致,不做作。结语双义,含蓄温婉,年少情事,足堪回味,诸事省略,只剩眉目,唯其如此,故能撩人悬想,再再动人。

2020-03-04《小楼诗词品鉴》

章雪芳 1975年生,浙江临海人,现居宁波。《小楼听雨》诗词平台主创人兼编者。

雨　夜

雨滴残更破,思儿入睡难。

窗灯斜角亮,犹向夜添寒。

廖国华评:思儿,一层意思;雨夜思儿,又一层意思;夜灯感觉添寒,三层意思。非灯寒难状思之切,递进写法。难得。

何智勇评:小绝不易作,此篇言浅情深,读来令人感动。先言雨滴,扣题。次言思念,情景交融。三、四句似未转而实转,其思深,故其灯寒，自然味足。

2019-12-01《小楼诗词品鉴》

段维评：灯本应生暖，而此处却"添寒"，盖因思儿之故。读来心有戚戚焉！

2019-12-02《小楼周刊品鉴》

与小楼师友游小芝红树林

野涧飞山鸟，红云映翠林。

客行迷远近，万树一溪深。

卢象贤评：红云和翠林，远和近，万树和一溪，短短二十字中用了三处对比，因而勾勒出了画面和层次。

2019-12-22《小楼诗词品鉴》

杨逸明评：沿着野涧走，听着山鸟唱，深深的树林渐渐被晚来的云霞映红，这才发现迷路了。我有一次游览一个小山村，也迷路了，村民教我一个出村的办法，只要沿着路边的小渠流水走，就能走到村庄的一个出口。这首小诗最后说"万树一溪深"，大概也是给迷路的游客指出了一条走出树林的方法：树有万株，溪只一条，沿着溪走，就能走出树林。小诗只有二十个字，已经描述和展示了一个优美的境界。可是"涧""溪"，"林""树"，意复，似尚可斟酌。

2020-03-14《小楼诗词品鉴》

杨子怡评：雪芳善为小绝。其诗擅长布景，点染有致，朴淡清新，韵味隽永，不作游离画面之议，将情思融于形象之中，四溟山人所谓"情融乎内而深且长，景耀乎外而远且大"，此之谓也，唐韵一格，异趣于宋调者，此诗可资一证。

2020-06-02《小楼诗词品鉴》

张智深

寄 远

清宵孤月冷,有梦出罗帷。

渺渺秋江上,风骑一叶飞。

归樵评:梦境与现实密切相关,一虚一实,最富艺术辩证法。此诗将寄远情怀托与梦境,以梦境超越现实。从艺术手法上看,正是作者本人所创立的"不觚体"多幻境特点。

2020-01-02《一诗一得》

赵宝海 1961年生,绥化市北林区人。黑龙江省农垦总局史志办编审。

黑龙江水稻插秧

运苗船过一畦畦,满载春光布谷啼。

脚下田平天在水,插秧同逐白云移。

归樵评:这是一首写景抒情诗,体现了诗人亲近田园的乐趣,一连串的动词下得甚好,尤其结句"插秧同逐白云移",唯美而有超强的动感画面,读来明快清新,韵味无穷。

2019-09-17《一诗一得》

纤夫吟

沉沉号子压雷低,身似弯弓倒影齐。

纤道如绳云路窄,拉圆旭日向天西。

钟振振评:此诗无一字不切,无一字不工!纤夫劳苦,号子安得不低沉?观者动容,心情安得不沉重?此即"切"。而以"压雷低"

形容之，此即"工"。逆水牵舟，吃力可知，背影安得不似弓？人单力薄，众心可恃，倒影安得不整齐？此亦"切"而"工"。"纤道"多在江边山崖上，故曰"云路"；其道只需容一人，故云"窄"。而逆水千里，纤道如之，既细且长，犹如绳索。而拉纤以"绳"，曰"纤道如绳"，即有就近取譬，不假外求之妙。此亦"切"而"工"。末句"拉圆"二字，既开启下文"旭日"又照应上文"弯弓"，且"纤"本须"拉"，此亦"切"而"工"。"旭日"东升，江河东流，船只逆水西上，方须纤夫牵挽，拉日向西云云，此又"切"而"工"也。

2017-11-15

赵迪生 1947年生，浙江乐清市人，现寓居广州。

雁门关怀古
封侯未着起争鸣，都为将军抱不平。
谁念雁门关隘下，如山战骨尽无名！

杨子怡评：史上为将军鸣不平者多，难封之李广尤博诗人惺惺之泪，义山《旧将军》一诗"云台高议正纷纷，谁定当时荡寇勋。日暮灞陵原上猎，李将军是故将军"允称此类之佳作。而赵先生跳出诗坛"都为将军抱不平"之习，为雁门关下"如山"之无名战骨一掬同情之泪，立意自高，胸臆自别，见解自异。收笔冷峻，读之沉痛，令人感怆，洵为今人咏史中佳作。

2020-06-02《小楼诗词品鉴》

赵　丽　陕西人，职业教师。

努尔大峡谷徒步
天沟谁凿出，到此每忘归。

逐影怜新蝶，生香认野薇。

鸟声花外细，峰色雨中肥。

不觉经行远，春风绿上衣。

杨逸明评：题中标明写"大峡谷"，想来应该气派很大，气象很大。可是全诗只有首句"天沟"有点大峡谷的气象，后面全写题中的"徒步"，转入一路行来对于小景物的描写了：新蝶影、野薇香、鸟声细，描摹无不细致入微。唯有峰还算有点大，在雨中显得有点"肥"。走得确实有点远啦，所以尾联收住："不觉经行远"，连春风都把衣服吹绿了。古人云："诗虽奇伟，而不能揉磨入细，未免粗才；诗虽幽俊，而不能展拓开张，终窘边幅。有作用人，放之则弥六合，收之则敛方寸，巨刃摩天，金针刺绣，一以贯之者也。"只能写大，一写小就无所措手，会大而空腔。也不能只会写小，显得小家子气。看来能大能小才是宝贝，像孙悟空的金箍棒和铁扇公主的芭蕉扇一样，写诗当然也是如此。

2018-08-22《杨逸明评诗小札》

丙申春中蒙边境北塔山牧场纪行

回风划地入苍冥，远望残山睡未醒。

春到西陲真吝啬，至今不办一痕青。

杨逸明评：古人写边塞风光，"春风不度玉门关""笛中闻杨柳，春色未曾看"……总是显得苍凉。今天写大西北草原的景色，应该不落前人窠臼。这首小诗写中蒙边境草原景色，虽然也有春天晚到的感慨，但是用了拟人手法，说是远山没有睡醒，怪东君连"一痕青"也不给，实在太吝啬了，显得活泼俏皮，丝毫没有苍凉之感。边境牧场，是大气象大场景，前两句即是从大处落笔。后两句诗人忽然以轻轻笔触绾结，收束到"一痕青"。能放能收，能大能小，能粗能细，方显诗家手段。

2020-03-21《小楼诗词品鉴》

甄秀荣 1957年生，山东齐河县人。曾获"红豆七夕相思节·寻当代王维诗词大赛"第二名。

咏女环卫工

画出晨光画晚霞，勤将汗水洗街涯。
世间第一风流事，每伴香吹扫落花。

归樵评：唯美手法表现女环卫工。首句"画出晨光画晚霞"的渲染与结句"每伴香吹扫落花"的抒发相得益彰，笔致迥与人殊。

2019-04-12《一诗一得》

郑万才 1977年生，云南彝良人。狼社社长，《千家诗词》主编。

蜀道行

一途大把客魂惊，栈道连云势欲倾。
纵是崎岖从未怨，人生更有不平行。

归樵评：起承由"客魂惊""势欲倾"渲染蜀道之险，转句用让步句式，故意从相反方向借"崎岖"而强调"从未怨"，以进一步强化结句"人生更有不平行"的主旨。

2019-04-25《一诗一得》

郑雪峰 1967年出生，辽宁兴城人。

建康赏心亭

大江去似水龙寒，一角孤亭落照残。

多少往来天下士，新愁拍上旧栏杆。

归樵评：妙在结句，自古怀才不遇之士大都有栏杆情结，而建康赏心亭的栏杆又曾被辛弃疾拍过。故"往来天下士"的"新愁"与"旧栏杆"便更富张力，"拍上"二字使全诗顿生沉郁之气。

2019-05-30《一诗一得》

移新居（四首其三）

避世无方且闭关，高楼许我寄疏顽。
香堂墨气悬新轴，影壁花枝作碎斑。
人事暂逃蝇狗外，心情原在水云间。
车雷入梦成飞瀑，一枕还如卧北山。

钟振振评：首句"避世""闭关"，"避""闭"同音，乃有意为之。中二联对仗皆佳。"影壁花枝作碎斑"，刻画阳光穿过花枝投影墙壁之状，尤生动传神。"蝇狗"者，"蝇营狗苟"之省文。尾联大好。楼外车水马龙，甚嚣尘上，在常人为不胜其扰攘，而诗人则酣然入梦，且化如雷之车音为山中瀑布之水声，是即陶渊明诗所谓"心远地自偏"也。"北山"，谓隐居之山林，语出南齐孔稚圭《北山移文》。通首清雅流动，从容不迫。

2017-09-28

知艳斋 本名王恒鼎，1966年生，福建福鼎人。中学教师。

黄山人字瀑

宛转灵源绝俗尘，苍崖素练趣尤真。
横空一篆堪回味，要做清清白白人。

钟振振评：此诗好处同上。佳句亦在后半。唯上首"不随世态改炎凉"是否定其反面,而此首"要做清清白白人"则是正面提倡,作法不尽相同。

2017-10-25

钟振振

盐城湿地珍禽保护区咏丹顶鹤

才听清唳动平皋,便有红霞飐水烧。
白羽翎飞一镞火,霎时沸了海东潮。

段维评:把转结变作高潮,这是需要内力的。"白羽翎飞一镞火,霎时沸了海东潮"吟之令人击节!

2019-12-30《小楼诗词品鉴》

盐城大洋湾赏晚樱(其三)

梨花月对杏花风,高下谁分白与红?
一例输他樱若雨,胭脂冰雪两融融。

归樵评:起承句写梨花之白与杏花之红,哪个更美,孰分高下,似与晚樱无涉。转句"一例输他"道出赞美晚樱主旨,至此读者顿悟。结句以"胭脂冰雪"坐实。这种写法很是新颖别致。

2019-05-27《一诗一得》

周裕锴

1954年生,四川双流人,四川大学文学与新闻学院教授,四川大学中国俗文化研究所研究员,中国苏轼学会会长。

冬日杂感

初从瀛岛识严冬,岭树难遮北海风。
蒲草憔如黄脸妇,芦花衰似白头翁。

耸肩寒句因茶苦，缩颈愁颜待酒红。
幸有青松堪入眼，亭亭如盖倚晴空。

钟振振评：颔联以花草憔悴写冬日萧瑟景象，"黄脸妇"对"白头翁"尤新颖工切。尾联转得好。全篇低回，得此句，令人情绪一振。此即老杜七律"顿挫"之法。

2017-08-09

朱继文（不详）

邻 居

隔篱各自种桑麻，你酌清醑我酌茶。
蜂蝶追花过墙去，原来春色不分家。

钟振振评：此从唐人王驾《雨晴》诗翻出。王驾诗曰："雨前初见花间蕊，雨后兼无叶里花。蛱蝶飞来过墙去，却疑春色在邻家。"原作好，此作翻得亦好。原作好在有悬念，此作好在有共识。取古人名作以翻案，犹武林高手"借力打力"，亦是创作一法门。悟得此法，则古人有几多好诗，我亦能有几多好诗，何忧好诗尽被唐人做完？

2017-11-15

朱少文（不详）

温 泉

溶溶一脉暖如汤，未学安流自沸扬。
最是令人堪爱处，不随世态改炎凉。

钟振振评：咏物诗，若止于"物"，虽工到极处，亦只是"好谜语"，非"好诗"。"言止有物"，恰是"言之无物"。所谓"言之有物",要须言外有人,言外有哲理。此诗好在借"温泉"批评世俗之人。"温泉"之"热"与"冷",皆出于自然。"世态炎凉",人则否也。"温泉"之贤于世俗之人多矣!

2017-10-25

優秀單首詩詞作品選編

（按作者姓氏音序排列）

A

阿　蛮　女，上海人。

鹧鸪天·称体重

燕瘦环肥态各争，而今夸竞楚腰轻。只知别后慵开镜，忽恐逢时难为情。

餐已减，可娉婷？登来秤上立盈盈。却多几个恼人数，敢是相思逐日增？

2020-03-08

安全东

过巴山大峡谷一线天

破天谁补补应难，乱石查牙不可攀。
一线通人容我过，举头日月未全删。

2020-01-04

秋　望

万里长空一镜凉，晚来云树共苍苍。
儿孙更在南云外，独立柴门数雁行。

2020-02-16

暗香疏影　女，黑龙江人，客居北京。职业教师。

岁末观云有赋

云起浑如道早安，相偎不弃每经年。
折横撇捺由风写，我与梅花一并肩。

2019-07-22

B

巴晓芳 湖北武汉人,原湖北日报社高级记者。

访钟祥莫愁村

世代传闻劳画工,莫愁故事最玲珑。
浣纱湖水依然碧,插鬓桃花犹在红。
梁武歌悲卢氏妇,吴楼妆忆楚家风。
金陵应是分身相,每作江潮溯郢中。

2019-12-16

白秀萍 女,内蒙古二连浩特人。

秋游锡林郭勒草原

阔野高天入眼迷,群羊点点各东西。
悠然一卧秋光里,我与草原零距离。

2020-03-08

喝火令·包粽子迎接女儿暑假归来

糯米盛杯满,莲绳绕指长。玉肌轻裹绿罗裳。眼里依稀又是,那段旧时光。

灶起微微火,屋飘淡淡香。隔窗谁唤一声娘?不计端阳,不计汨罗江,不计今宵何日,此味最寻常。

2019-06-07

包德珍 海南省诗词学会副会长,2015年荣获《诗词中国》"最具影响力诗人"奖。《小楼听雨》诗词平台评论委员。

野游得句

晚风此刻过灵岩，远处渔船正敛帆。
碧水回纹成水画，老山着色换山衫。
对花得趣撩谁笑，携酒开樽引月馋。
秋意无边人欲醉，休教视线向尘凡。

2020-03-08

鲍淡如

诗忆北大荒·初到铁力

满车军绿出榆关，千里风尘掩泪斑。
同校同行人不识，少男少女话难攀。
冰城水暗吞江月，小站灯昏照土山。
子夜秋寒真入骨，当时未卜十年还。

2018-09-26

毕小板 义乌诺尚装饰企业总经理。

姑苏台

姑苏台上隔凡尘，百丈岿然势绝伦。
夜半犹闻妃子笑，可知侧有卧薪人？

2017-07-09

C

蔡淑萍 1946年生，四川营山人，现居重庆。

霜天晓角·过秦岭

秦关蜀塞，履迹年年再。经惯一车如叶，日如血，山如海。

暮云嗟暧瑅,梦回情绪改。明日故家山水,逢迎处,秋声碎。

2020-03-08

蔡相龙 河南人。

楼 梯

一阶一步是修行,垂目只须朝上登。

回首看君真佛卧,将人度得最高层。

2019-10-21

蔡致诚

一剪梅·鄂尔多斯向榆林

近望伊旗东胜行,昔日军营,今日汗陵。轻车南下向榆林,张口秦声,收口秦声。

左右黄沙春草青,风也兼程,雨也兼程。阳关晚奏似凋零,来也无情,去也无情。

2019-11-22

题 图

双飞雁阵引清波,身在乌蓬心放歌。

苍翠已流江水里,群山远近不嫌多。

2018-06-19

曹长河 1943年生于天津,河北霸县人(今河北省霸州市)。1967年师从天津寇梦碧先生学词,1990年师从北京孔凡章先生学诗。

甘州·大明湖谒稼轩祠废址

趁东风、万里送飙轮,来游大明湖。正柳垂金缕,山横翠黛,春意方苏。稳泛空溟烟水,俯仰古今殊。唯有桃花好,红绽如初。

一自稼轩去后，问词坛半壁，更赖谁扶？剩斜阳影里，啼雁过平芜。水云间、常存英气，甚江山、无地着狂夫？沧波上、有盟鸥下，不待人呼。

木兰花慢·溱潼水云楼遗址吊蒋鹿潭

认荒陂旷院，道曾是，水云楼。只绕树低徊，临风浩叹，老泪难收。心头。一番寄慨，似门前、野水乱横舟。我淑先生锦绣，先生遗我穷愁。吟眸。

身影远天浮，遥拜酹琼瓯。诉拣尽寒枝，栖迟未肯，甘落沙洲。堪羞。古欢自许，恨萧条、异代不同秋。唯有芦花依旧，些些知为谁留。

鹧鸪天·斜街唤梦图

不许秋风上画图，好从杨柳认烟沽。三生慧业霜花尽，一梦斜街灯影孤。

诗漫与，酒频呼，大千春色在吾庐。横胸十万凌云赋，撑得骚坛半壁无？

2017-09-13

浣溪沙·芦花

野水荒洲暮色深，西风起处近商音，低昂万顷趁遥岑。

宿雁栖鸥非俗态，叶黄头白见秋心，折他一束养胸襟。

2017-09-21

小梅花·为望望白白二盲犬作

头横阔，毛堆雪，翻腾跳闪轻如叶。卧盈盈，立亭亭，依襟傍履，怜彼泥人情。三朝母病谁呵护？竟夜披衣勤哺乳。乍成形，解呼名，天意何悭，一夕夺双睛。

阴阳变，乾坤乱，大千世界从今贱。纵模糊，也欢娱，但能自遣，有眼不如无。徜徉游戏皆平淡。强似吾心半明暗。泼香茶，任涂鸦,昂扬踱躞,一路小梅花。

注：余亦眇一目。

2017-09-21

曹继梅

留　影

旧红总是换新红,岁岁花开趁好风。

树下今番留晚照,笑容不与那年同。

2019-10-23

巫山一段云·赠友人

记否瓯江畔,依稀四月天。那花那影那云烟,细雨小桥边。

几度黄昏后,登高独倚栏。那情那景那风帆,一去万重山。

2019-08-23

曹世清　1926年生,安徽贵池人,现居上海。解放后曾从龙榆生先生学习诗词。

乡居晓起

小立田头迎曙明,鸣蛙犹鼓隔宵声。

翩翩紫燕忙寻食,莫谓双飞只为情。

2017-09-09

曹新频　广东省惠东县人。

浣溪沙·酒醒之后

又是鸡鸣月欲残,窗台小鸟说孤单。西风一缕觉轻寒。

谁解酒醒心寂寞,自怜睡起兴蹒跚。前时故事已茫然。

2020-10-04

常立英　女，70年代初生于山西晋中。

鹧鸪天·父亲节忆父

逢节凄凄暗倚栏，椿庭膝下忆承欢。如山父爱书难尽，十万清笺不足看。

人杳杳，雨潸潸，香蒙玉案泪阑干。黄泉路远何相见？重温梦里石斛兰。

2016-11-10

陈伯玲

不　寐

隔牖沉沉欲曙天，纷繁枕上客中年。

闪屏动态翻还合，呓语妻儿转又眠。

寒气但惊春老却，浮生何得梦酣然。

渐闻虫雀啾啾语，一样微身幸可全。

2019-10-25

陈国霞　女，浙江宁波人。

咏　桂

玉樨金粟未张狂，冷叶天香湿重霜。

本是蟾宫性情种，应风摇落到凡乡。

2020-10-04

陈国元

河滨行吟

青青杨柳好风裁，夹岸桃花自在开。

小女不思蜂蝶妒，趁将一朵发间来。

2019-04-08

陈海洋

鼓浪屿谒郑成功像

虎目何堪郁气沉，龙泉按下欲长吟。
台澎遥望沧波浅，谁取功名慰石心。

2019-11-22

陈　虹　女，浙江宁海人。

告　蝉

世事初经总不禁，风云惯看自沉吟。
何须百转回肠断，鹦鹉笼中有好音。

2020-03-12

陈锦平

山行和简斋韵

九月初三诗兴狂，好循野径上峦冈。
夕阳一点无人管，来并山门作佛光。

2019-11-22

陈乐平　男，广东人。

国　殇

汉水汤汤带恨流，楚山不语只含愁。
八君子里君先死，忍听春风哭白头。

2020-02-10

陈丽娜　女，辽宁人。

定风波·春事

河面初开一镜平，桃花吐蕊绽新晴。布谷声声田野上。回望，尘霾终去享清明。

我共晨光拎竹篓，俯首，挖来野菜做春羹。谁与春阴同灿漫？隔岸，二三童子放风筝。

2020-04-15

陈飘石

落　叶

日暮起西风，彳亍绕城郭。
举眼尽萧萧，草木纷离索。
寒蝉泣疏枝，黄叶坠沟壑。
驻足久留连，低首深寥寞。
一叹节已秋，复叹人非昨。
万物有枯荣，世间几哀乐。
屈指忆故交，故交已骑鹤。
音容渐渺茫，性命本轻弱。
烟云且由之，槐安梦初觉。
一叶一菩提，禅机谁领略。
飘零自归根，来春化新萼。
开落两轮回，生死又何若。

2020-01-04

陈仁德　1952年生，重庆忠县人，重庆诗词研究院院长、《小楼听雨》诗词平台顾问。

小年即兴

偶向阳台独倚栏,春风乍起尚凝寒。
人生已似黔娄老,国事仍如蜀道难。
望里分明新世界,梦中仿佛古邯郸。
昨宵歌馆门前过,旧调依然一再弹。

2018-11-23

陈廷佑

游书堂山

观山何必仞来量,仰止书堂启盛唐。
三尺寒泉谁洗笔,银钩铁画两欧阳。

2019-11-27

陈伟强

蝶恋花

枕畔飞花灯下句。梦里拈来,犹带江南雨。长夜徘徊吟《别赋》,天明依旧寻春去。

袅娜东风吹薄雾。野径无人,频共幽兰语。行到水穷山尽处,云间亦是相思路。

2019-10-12

游菽庄花园感吟社重建

诗魂犹在否?锦浪戏花前。
园小能藏海,石奇堪补天。
长桥连皓月,游屐蹑飞烟。
鼓瑟招鸥侣,重开金谷筵。

2019-10-12

陈晓敏 北京市朝阳区某中学教师。

春　日

春来何处见春花,畏疫深居久在家。
光景无边看不得,一门相隔似天涯。

2020-03-08

陈显赫 男,广东人。

梅　林

青青梅子未奢华,却把春风酸到家。
叶底沧桑谁又似,更无一树不横斜。

2020-05-26

回　乡

脚下轮飞冰雪开,大江东去我南来。
归心恰似离弦箭,射入云中一快哉。

2020-05-26

陈衍亮

园　林

近亭远塔水包涵,墙角梅花数点探。
烟雨庭园看不足,一花窗里一江南。

2017-03-20

陈引奭 浙江临海市博物馆馆长。《小楼听雨》诗词平台评论委员。

题古胡杨

欲向苍天问死生,留将铁骨诉铿铮。

白云无意等闲过，万古陈沙日月横。

2017-03-07

陈永正 1941年生，字止水，号沚斋。中山大学中国古文献研究所研究员、中文系博士生导师，中山大学—香港中文大学华南文献研究中心主任，中山大学岭南文献研究室主任，广东省书法家协会名誉主席，中华诗教学会会长。

丁未作杂诗百首

其三

表立第一峰，茫茫独无侣。
云从群山来，作我足底雨。

2018-11-30

其十

堤花别故枝，去逐波中影。
上下各回旋，到水合成鳖。

2018-11-30

其十二

私语细偏宜，春江夜愈美。
不忍望波心，深似汝眸子。

2018-11-30

其三十一

山行如读书，行行尽佳句。
把笔欲追摹，却落无字处。

2018-12-06

其八十二

风持千万枝，信笔写天宇。

此画大无涯，唯吾心可贮。

2019-03-16

陈志文 浙江省诗词学会理事，《小楼听雨》诗词平台评论委员。

寒露前一日不觚园主人邀饮分韵得蓑字

半世风霜性未磨，不觚园里发狂歌。

白眉未让青眉者，空口差成小口锣。

酒不醉人声自远，鱼能为伴意如何。

轻心负笈行天下，便有雨烟任一蓑。

2019-05-28

程　皎 1974年生，大理白族女。

顾影偶得

晴扫山亭石，苔青影子斜。

早知如此瘦，不合爱梅花。

丁酉秋意

乍晴乍雨怯衣单，竹语萧萧一瑟然。

紫霭林梢薄远日，西风抱树几声蝉。

2017-12-15

程良宝 陕西人，黄陵县诗词楹联学会会长。

蒲公英

身是千山客，心怀四海家。

凭风寻境界，播梦到天涯。

有土堪彰韵，无春不放花。

飘零知世味，名利慢相加。

2017-01-10

成文君 河南信阳人，现居广州。

羊城暮春

梅雨霏霏初放晴，半烟半雾湿花城。
林间坐久莺歌歇，惟有青芒落地声。

2018-12-24

池 健

雨 伞

顶上张开一朵花，遮阳挡雨到天涯。
平生只干平常事，不管谁来把柄抓。

2017-4-29

楚家冲

山村向晚

四围山影接天齐，崖路蜿蜒到柳堤。
日暮烟浮歌吹劲，一坪街舞小村西。

2017-05-12

楚之氓 本名周逸之，湖南长沙人。

雨中游西溪南古村落

长街石板净无尘，雨伞缤纷天气新。
游客相逢不相识，同为水墨画中人。

2019-08-28

辞醉雪

桃　花

乱红披上小枝新，日影高时香愈醇。
夹道桃花虽有主，也分春色到行人。

2019-12-07

崔杏花

清平乐

峭寒之外，犹有春相待。落尽梅花清气在。何必回眸敛黛。
流光淡去无痕。为谁笑里生温？山水一川明媚，东风绿上罗裙。

2020-03-08

临江仙

惯爱东风生陌上，看花看草成蹊。由它红紫笑人痴。一帘微雨后，山水渐如诗。
三月檐前听燕语，软香吹动罗衣。心湖绿满少涟漪。无须惊冷暖，春在小楼西。

2018-01-24

D

戴根华

卖莲蓬者

日近中天树影孤，谁家阿母立街衢？
凭君扫码凭君拣，半送清凉出五湖。

2019-08-04

邓世广 1946年生，辽宁省阜新市人。曾任新疆诗词学会副会长。

贺新郎·酬巴州诗友饯行

把盏沉吟久，算平生、风云意气，长萦襟袖。阅尽沧桑余一笑，回望天山冰厚。料峭处、高寒依旧。休说夕阳添妩媚，叹夕阳总比朝阳瘦。星象理，未参透。

回春仁术胸中有。检青囊、丹方半册，半壶清酎。我治沉疴非止药，堪使秦医俯首。唯自恃、能诗能酒。酩酊为酬宾主谊，况樽前殷切声歌侑。多少事，置身后。

2016-11-07

邓水明 广东电白人。广东江门蓬江诗社顾问。

登泰山

千古风云入眼来，黄河一线日边开。
杜陵去后众山小，从此中原无霸才。

2018-09-29

湖上漫兴

推蓬面面看湘鬟，人在湖云岭月间。
水是蛮笺船作笔，一篙斜点两边山。

2018-09-29

丁海军 湖北黄冈人，中华诗词学会理事。

携小女游北戴河

霞残潮退见归禽，小女沙滩仍自寻。
双手捡来花贝壳，说能听到海声音。

2020-01-13

丁汉江　1960年生，回族，福建省晋江市人。

端午节

五月榴花笑，灵禽自在鸣。
空馀汨罗水，仍作不平声。

2018-05-16

独孤食肉兽

赋得龙岩夏景送秀秀归家

谁护山家紫槿篱，白云大块酽如饴。
池塘盛满天蓝色，时有小风吹稻畦。

2019-04-02

将至西湖时晴雨相间
——癸巳春日忆余杭

春山隐隐雨疏疏，梅坞晴开一角庐。
应是西湖初迓我，晓妆浓淡两踌躇。

（2019-04-27）

东湖雪霁

时空无迹鸟无音，客子拏舟载酒吟。
借问坐标谁画出，堤痕一笔到湖心。

2020-03-20

段　维

观老父为并栽红薯种保暖

破竹弯如父脊梁，撑开地膜挡风霜。
一群混蛋谁知晓，安乐窝终非梦乡。

2020-3-22

F

范东学

摘　桃

力向园中费,非嫌商市贵。

老身树上攀,摘个童年味。

2018-02-07

范诗银

西江月·逐弱水而行

滴滴雪莲垂露,泠泠霜月生潮。一瓢泼向九天遥,只道夜阑星小。

试问三千寒水,哪湾曾洗征袍。无情剑胆有情箫,谁负柳花秋老。

2017-01-31

卜算子·八台山上

山外又青山,白雨开青镜。挂到天边第八台,留个齐天影。

本是一鸿毛,又比鸿毛幸。飘过云头九万重,自有东风凭。

2018-06-06

范义坤　祖籍湘乡,生于湘潭,曾任团、旅参谋长、军作训处长。

岁暮夜友人来访时值兰草青葱

趁得深冬兰叶纤,鸿踪节物共清严。

故交灯下诗和酒,世事题中米与盐。

辞岁家山惟北望,凭栏月色满虚檐。
寒宵梦是儿时忆,腊肉香煎嫩笋尖。

2020-01-24

范玥红 女,河北人。

木兰花令·上元节有感

街头十里清如旧,背影迷离灯似豆。上元佳节雪初晴,可有月明楼上候?

谁裁暮色缝衣袖,客比流光还易瘦。去年醉里立廊桥,潋滟横波吹不皱。

2019-05-10

方建飞

浣溪沙

只恐东君欲别离,暂抛俗事觅芳菲。道逢双燕正衔泥。

陌上菜花经雨尽,园中竹笋与人齐。一番春色到荼蘼。

2018-04-16

方 伟 1958年生,河南罗山县人,醉根诗社社长。

夜宿灵山寺

征尘扑尽宿僧房,树杪星辰灿有光。
何日真将凡梦了,一篙春水上慈航。

望万里海疆图

海疆万里画图开,渺渺沧波隔陆台。
我欲凌空伸手去,一盆山水抱回来。

2019-9-18

夜宿临海牛头山景区

白帘白壁白衾裯,海畔云山夜更幽。

疑卧南朝烟雨里,反刍王谢旧风流。

2019-12-23

方益洪 浙江金华人。婺社社长。

过专诸巷

吴宫花草望中无,巷似鱼肠见曲纤。

壮士酬恩唯一死,不关霸业与王图。

2018-05-12

冯南钟 1991年生,广东高州人。

咏龚自珍先生

高卧书斋赏烈文,雄才千载独怜君。

革新政论天难补,沸鼎黎民火欲焚。

沧海吹箫悲望月,中原横剑怒凌云。

秋深洒尽苍生泪,禾黍吟来不忍闻。

2017-12-19

冯青堂

黄 昏

山色苍茫意态殊,层林飞鸟渐模糊。

牛羊归去野烟叠,一抹残红看到无。

2019-10-11

沙

莫倚楼高便自夸,任从紫禁到天涯。

泥灰不与助凝固,吹到哪儿都是渣。

2020-09-06

冯　晓

丁酉六月值小楼听雨创刊一周年

光阴荏苒几时还?听雨楼头忆旧颜。
半路出家难附雅,一朝兴起欲冲关。
前人诗做航标塔,微信群当学习班。
莫道吟哦辛苦事,今生有好便无闲。

2017-07-24

戊戌六月值小楼听雨创刊两周年

噪蝉叶底絮无常,人世光阴不可量。
转眼登楼逾两载,凭心用力辨三仓。
虽云遭际因缘起,所幸辛勤为爱忙。
又到一年华诞日,小诗吟就祝辉煌。

2018-07-22

己亥六月值小楼听雨创刊三周年

小楼充役满三年,创业豪情迄未捐。
学养无根难作器,身家有诺可从权。
讪牙不忌微群晒,听雨何辞子夜眠。
但许今朝劳抵过,凭谁倾诉个中煎。

2019-07-22

付向阳
湖北英山人,英山县诗词楹联协会副会长。

庚子惊蛰感言

阿香步晚骨毛寒,鼎沸时惊稻黍盘。

池上龙蛇凭蛰伏，心中水火快扶抟。
一枝梦挂麟簪绂，两袖风藏岩壑宽。
捐久白沙憎疲万，蒸黎长痛复工难。

2020-03-27

傅璧园

对桃花

我笑桃花三月艳，桃花笑我一生穷。
桃花无语我辞塞，我与桃花共脸红。

2019-04-18

傅　义（1923—2019），号仰斋，江西省宜春丰城人。曾为江西省诗词学会顾问，江右诗社顾问。曾参编全国师专教材《中国古代文学》。

通天岩敬步王阳明玉岩题壁

意适遂忘归，爱此红崖好。
我身早已闲，不羡仙人岛。
缅怀知行说，生时苦不早。
倘得坐春风，窃愿为洒扫。

2020-04-11

G

高　昌

江油留句

九州山水到江油，千古乡愁滚滚流。

举首依然那轮月，伤心最是一低头。

2018-10-10

沁园春·家

绕膝温馨，棠棣同枝，岁岁春华。任鲸波起落，并肩观浪；壶天晴雨，执手烹茶。清白襟怀，光阴静好，笑脸团团绽似花。真风景，围桌边灯下，共话桑麻。

东风绿染天涯。正一路弦歌闾里夸。有楼头月朗，依依弄影；堂前萱茂，恋恋抽芽。扫去乌云，拨开灰雾，万丈长虹送彩霞。此间乐，看缤纷岁月，烟火人家。

2017-08-06

高海生

金缕曲·爱妻三周年祭

寂寞空余悔。悔那堪、卅年一梦，孤坟相对。深杳泉台无邮路，三载离怀难寄。痛彻了、肝肠心髓。争奈兰因成絮果，一生情，遗失严冬里。风冷落，云憔悴。

他乡倚醉消年岁。却消得、愁多绪乱，笺疏词费。残梦茫茫浑无迹，惯看夜窗明晦。滴尽了、千行清泪。旧事再三重头数，待掰开、心上轻揉碎。长夜里，耐回味。

2018-12-25

水调歌头·游览走马槽太行山断裂带

秋霁万山出，晓日破孱颜。放怀临眺奇秀，携杖至峰巅。上古谁提玄钺。直把荒崖劈裂。千古设天关。脚下白云绕，峭壁限尘寰。

望残垒，随谷折，向山延。风中似见，征马蹀躞断崖边。跂石偏宜长啸，峦壑频传深渺。百丈峡声寒。高问前朝事，回响入风烟。

2018-09-16

高　寒

拆　迁

林塘野壑惯分忧，换了霓灯写字楼。
我本文坛钉子户，至今无处领乡愁。

2020-02-10

对　琴

高山流水说知音，停柱清宵起独吟。
忆故人时浑欲醉，曲中不只有伤心。

2020-01-23

高　凉　广东人，客北京，编剧。

丙申杂题

其一

峰余落日报云低，燕塞鸿飞寄旧题。
挝鼓凭谁伤郢客，衣尘着意问耶溪。
冰盘未涌清光绝，柳色空悬暮气迷。
怕是昏昏缠病骨，移家无计老京西。

其六

尘霾已惯压愁声，冠盖京华费结盟。
莫谓掾曹依汉鼎，到来车马入秦城。
云浮蓟岭形难定，月照都门影不清。
艾蔓修余重粉饰，江风依旧逐潮生。

2018-11-19

高咏志　男，辽西人。

春　旅

经年风雨委龙蛇，迢递归心客路赊。

一片乡愁和梦种，春来挤破绿皮车。

2020-04-02

高玉林　1956年生，吉林大安人，长居北京。曾任共青团吉林省委副书记、省国际信托投资公司副总经理、证券公司董事长兼总裁、新加坡能源上市公司执行董事、产业投资公司董事长。

酒肆窗竹

卿本龙材杖铗刀，直空自性不偎豪。

当何屈就夹窗里，一气青潇挡色醪。

2018-11-03

葛　勇

夜抵山西永济，站台小立

列车乘月已离开，犹负行囊立站台。

冷冷风中作凭吊，此时此夜不重来。

2016-06-08

龚　霖

贺小楼听雨三周年

窗前树渐等楼高，为有年来众客浇。

春雨杏花常入梦，每于心上涨诗潮。

2019-07-22

山中即景

秋雨轻飞写意浓，推窗遥望岭头松。

有如马尾挥云雾，山到黄昏自敛容。

2016-7-30

郭宝国

无 题

梧桐花下忆当时，别后春风寄一枝。
细细读来书满纸，未曾只字说相思。

2019-03-28

同口中学旧址怀孙犁

砖石斑斑涨绿苔，斯人故事没蒿莱。
青墙小巷风如水，恰是荷花淀上来。

2019-03-28

郭定乾

菊 花

莫羡黄金用斗量，凌寒风骨耐秋霜。
桂花老去梅还睡，独补人间一段香。

2018-06-28

郭竞芳 湖南株洲人，留社成员，为社社长。

己亥秋分，几十四岁

秋分秋日半，揽镜照薄霜。
五千一百日，去者多已忘。
吾生知渐短，儿运此方长。
忽忽过我顶，摩挲泪有光。
吾非聪慧者，儿智亦寻常。

仍抱万一想，冀儿优且良。
若果不能得，愿儿身安康。

2020-03-08

郭　冶　辽宁沈阳人，辽宁省诗词协会理事。

枫

幽居远俗尘，结伴山之左。
心事淡如秋，偏教红胜火。

2017-01-04

鲢鱼

朝游荇带间，暮宿莲花底。
便是有龙门，何妨让予鲤。

2017-01-04

H

韩开景

柿子树

霜打更精神，红灯挂满身。
西风吹不灭，好照未归人。

2020-01-17

韩丽阁　河北隆尧人，中学教师。

乘索道

愈矮崖间树，渐低谈笑音。

俄而浓雾里，山我两无寻。

2017-09-11

何　革　1967年生，四川旺苍县人，《小楼听雨》诗词平台评论委员。

扬州慢·游圆明园遗址

凉骨西风，幽湖衰柳，萧萧拂向黄昏。对枯荷满眼，正百感愁人。更几处、残梁断础，疏星点点，乱入荒尘。任时光，凋尽琼花，漫没龙纹。

图中楼阁，想当时，处处销魂。叹东海明珠，西昆美玉，尽作灰焚。试问百年风雨，今能否，尽洗伤痕？望长天无语，茫茫一片寒云。

2017-12-27

凭窗有感建筑工人冒雪劳作

一窗相隔两重天，我沐春风他冒寒。
往日偏怜雪花美，今朝何忍用心看。

2020-02-10

何蛟娣　女，浙江象山人。

墨　鱼

一生饱墨未成家，素色常描水里花。
原是出身清白骨，贼名何故往头加？

2017-3-11

何其三

空花瓶

薄薄瓷胎玉色莹，芳鲜已少供于瓶。

已知陌上樱花好，想把春天按暂停。

2020-03-20

何永沂 毕业于中山医学院，广东中华诗词学会副会长。

贺新郎·戊戌暮春登郁孤台吟啸

胜境从何阅。郁孤台，江声剑气，千秋横绝。莽莽青山遮不住，指点残阳明灭，听画角、高天冷月。拍遍栏杆清瀑急，鹧鸪啼，满座衣冠雪。树欲动，风休歇。

台前多少苍生血。踏歌来，忠臣文士，放怀评说。词到稼轩开生面，人道戈金马铁，何处是，贺兰山阙。此际吾来非梦也，正关情，肯负飞花节。目眇眇，击壶缺。

2018-09-22

何　智 女，四川达州人。

丁酉秋过三峡

行近江崖晓雾收，兼天霜叶送归舟。

邑人遥指洄波处，曾是吾家吊脚楼。

2018-07-22

何智勇

落　日

落日如优昙，须臾一开谢。

不必兴长嗟，寒星忽相射。

2017-02-14

洪君默 福建晋江市人，客居成都，四川《星星诗词》副主编，

《小楼听雨》诗词平台评论委员。

熊　猫
竹深林密旧家乡，占却群山岁月长。
黑白身能兼两道，纵然是兽亦风光。

2020-06-26

戏咏腐乳
清白难论假与真，暗箱操作事频频。
为何腐化生霉者，竟是君家席上珍。

2020-06-26

游乐园乘海盗船
横空吊画舫，强似荡秋千。
直下方拖地，冲腾忽接天。
头昏双足冷，胆战一心悬。
多少良家子，无端上贼船。

2020-07-10

胡光元　1995年生，贵州黔西南人。

岁末感怀
一叶残秋梦里过，人生不也这般么？
个中命运听吩咐，眼底流光莫奈何。
心放宽来忧虑少，境开阔后好诗多。
随缘世事随缘了，我自从容我自歌。

2019-02-03

胡　鸿　男，现居广东中山。

夷陵怀古

刘郎步武猎江东,遍地虫沙指顾中。
差慰曹瞒泉下笑,夷陵不用借东风。

2018-09-17

无题(新韵)

中岁厌营营,荷锄岩下耕。
欲移竹万个,补我眼中青。

2017-07-30

胡 彭 女,江苏人。《中华诗词》杂志责任编辑。

定风波·京城伏中寄友人

太液莲香晚吹清,天阶雨润俗嚣平。宫树莺儿顽不宿,调竹,直如玉笛向人横。

六合炎凉惊起落,谁酌?忽然小悸莫能名。却喜青梅新酿熟,跣足,一杯约与了无明。

2019-11-22

胡迎建

羊狮慕

犄角军分对武功,老君移镇此山中。
岂能叠巘无防守,峭壁扎根十万松。

注:羊狮慕,位于江西安福县境内,为武功山余脉,在武功山北面,山以杨万里诗句得名。

2018-09-03

胡永新 浙江杭州人。

操琴哥

春歌秋曲小桥边，雪絮飞来冻老弦。
岁末新城空寂寂，他乡有泪向谁弹？

2020-03-16

皇甫国 1935年生，湖南桃源人。

浣溪沙·读《杏花词》

小院沉吟鸟不知，春深一卷杏花词。沾衣欲湿雨如丝。
柳絮香尘头已白，清宵淡月意欲痴。风光长似少年时。

2017-03-21

黄祥寿 男，湖北孝感人。广东江门蓬江诗词楹联学会会长。

卢沟桥事变80周年前夜有寄

拭剑千回锷未残，卢沟霜冷夜阑干。
长歌欲唤英魂起，再把金瓯仔细看。

2017-07

黄 旭

憾 甚

踏破芒鞋半世寻，云桥梦里点知音。
谁将丝雨凭天下，不闹春光只闹心。

2018-06-18

黄浴宇 浙江湖州人。现为浙江省诗词与楹联学会常务理事、青年部部长。

寄　远

萍水相知亦偶然，三生石畔有前缘。

封将一夜初春雨，寄与伊人听枕边。

2019-07-22

J

江合友

瘟鹁了

瘟鹁了，瘟鹁了。场静笼空鸣声杳。今夜葬之泪满锄，昨夜之食通宵恼。汹汹疠疫日逼人，所见路桥皆封道。闭户浃旬尽余粮，小禽饥死孰能告。

屠者压价至三毛，所售不堪敷油耗。小康未及幸斗升，一时倾覆债高蹈。瘟鹁了，瘟鹁了。鹁翅扑棱哀哀叫。且从屏前看消息，颂歌如潮心如捣。

2020-03-03

江化冰　1977年生，祖籍四川渠县三汇镇，现居乌鲁木齐。

夜闻沙枣花香口占

一梦远喧埃，幽香伴月来。

有劳风会意，不必倚云栽。

2018-12-09

江　岚

秋窗晚望怀友

满城灯火乱如蝶，雨打秋槐一径斜。

老友半年不曾聚,算来只隔两条街。

2018-08-10

金　水　北京人,搜韵讲师,云社总顾问,聆云阁艺术讲坛主持,《小楼听雨》诗词平台策划。

吟石庐阳台小坐

闲看云影淡穹苍,水色山光入槛凉。
应是茶馀常有句,鸟声吟出两三行。

2020-03-20

己亥端午前三日

寰球剩有几严城,太息长安百二扃。
蒲剑未驱千载恶,榴花已绽卅番腥。
禽微尚与海争地,云暗不妨山自青。
节近端阳天欲雨,且如常日醉还醒。

2019-08-12

晋　风

清　明

纸蝶翻飞不愿离,香烟蟠绕慢疏稀。
一声悲泣催青谷,万树梨花着孝衣。

人

撇捺相牵从不争,顶天立地互支撑。
虽言两笔墨痕少,若要写完需一生。

2018-05-16

K

康永恒 河北省楹联学会副会长暨学术委员会主任,河北书画诗词艺术研究院院士。

应凤瑞先生之邀,贺《诗吟童子趣》第五卷付梓,并与诸君共勉

学诗贵率真,童口宜无忌。
稚拙出天然,何须教曲意。
太行山下泉,鹿水最妩媚。
润物洽无声,寻芳如彼泗。
濯濯看芙蓉,一洗腐儒气。

2019-05-26

孔汝煌

戊寅秋兴

秋来不讶鬓添丝,如水流年只自知。
往事回眸惊辙乱,生涯入梦叹心痴。
禅机无迹凭谁识,尘事多端不我欺。
笑尚多情关世运,悲欢祸福到庞眉。

2020-05-16

寇梦碧 (1917—1990)名家瑞,字泰逢,号梦碧,天津人。天津教育学院及天津大学原讲师,曾主梦碧词社,开津门词社之先。有《夕秀词》行世。

鹧鸪天·自题《夕秀词》

自玩零香抱冷枝,疏狂强藉病支持。微云不滓心头月,独茧凭缲

鬓上丝。

湘水远，鄞山迷。曼魂销尽欲何归。残阳画出秋林影，夕秀孤寻未许知。

蝶恋花·题陈少梅《天寒倚竹图》

翠袖天寒愁日暮。输与凡葩，曲曲雕栏护。一寸春光馀几许。芳心自忍风和雨。

本是倾城羞再顾。展转思量，总被婵娟误。对镜妆成心更苦，娥眉却恨无人妒。

清平乐

万雷鸣缶，闲煞谈天口。日饮亡何浇一斗，拚送流年如酒。

短歌自答疏狂，惊尘不到鸥乡。消得晚凉滋味，不辞坐尽斜阳。

2017-11-14

蝶恋花

记向断桥临水见。露压烟欹，寂寞无人管。一自承恩移上苑，小眉学画宫黄浅。

踠地青青千万线。费尽春工，翻觉东风贱。明月梢头曾许伴，而今月也成秋扇。

八声甘州·饯梦边词人

正排空风雨怒于潮，金声裂危弦。历虫沙千劫，魂飞血舞，惊泪浮天。多少覆巢燕侣，零梦了西园。等是无家别，休唱阳关。

回首梦边小驻，共心光作作，夜气漫漫。几精灵摩荡，呼唤杳冥间。送余生、萧沉月死，问烛花、何意媚宵寒。茫茫意，待乘槎去，河汉都干。

2017-11-24

L

蓝　青　女，潮人。

　　夜于客栈后院听幻庐先生唱京剧口成

　　　　天上三分月，庭前淡淡霜。

　　　　栏杆风不定，犹自荡京腔。

2017-12-05

郎晓梅　辽宁凤城人，《小楼听雨》诗词平台评论委员。

　　与夫春居自兴村

　　　　片月斜升坐晚风，杜鹃崖下小桥东。

　　　　犁耕才罢西山麓，三两点灯墟落中。

　　戊戌春上

　　　　前山新翠霭连冈，半亩鱼漪漫野塘。

　　　　带雨婆婆剪春韭，归来和面杏花窗。

2018-10-30

雷海基　江西进贤人，军旅诗人，诗词评论家。

　　忆母亲冬夜纺棉花

　　　　寒风阵阵叩门开，半盏油灯小桌台。

　　　　纱线慢牵星月走，纺车摇到曙光来。

2020-04-13

离　儿　不详

　　浣溪沙·偶翻高中照片

　　三载寒窗看未真，江湖寥落夜销魂。临窗听雨已非春。

城北清风依旧好，城南灯火万家新。繁华与我不相亲。

2017-10-03

黎正胜 湖南人。

打工王

闽中无主望江流，千里佛陀几度求。
若是佛陀真有信，世间何事使人愁？

*

客舍凄凄伤汉城，烟花乱放不知情。
白云芍药无消息，坐望风声杂水声。

2020-06-08

李爱莲

管涔山天池

一席清凉境，千年泊管涔。
红芦齐岸美，绿水入云深。
风浅穿茅屋，声柔悦渚禽。
空灵惟小雨，点点扑衣襟。

2019-08-26

画堂春·约春

牌楼十二柳风轻，白云自在行停。浊漳初暖水流声，浣此冰莹。
栏外栖迟旧梦，眸中宛转新晴。青葱约到鬓星星，拟个来生。

2019-03-24

李　宝 网称秦少、段王爷。燕赵慷慨悲歌之士也。

夏日游湖晚归

菡萏红疏绿叶肥,蜻蜓暮送蚁舟归。

风中不问香来处,已遣诗心贴水飞。

2018-04-01

闻抱朴堂主寿,遥寄

久驻秦淮畔,浑然忘客居。

每逢重九近,始觉故乡疏。

花月非关己,晨昏懒释书。

西风空复起,不敢问鲈鱼。

2017-12-04

李海霞

西江月·母亲

耕种每随细雨,补缝常伴寒星。三餐灶下煮浓情,鸡唱五更早醒。

儿女长成大树,娘亲熬作枯灯。春风吹处草青青,不见旧时身影。

2020-01-27

李含江

浙江省临海人,浙江省辞赋学会会长,浙江省诗词与楹联学会副会长。

北固山访梅园

家住崖边映水隈,冰清玉洁岂凡胎。

自从嫁与林公后,便入堂园作病梅。

牛头山湖

湖波落日染荷花,望断清溪可有涯,

一竹撑开留问号,几多水底旧人家。

2019-01-17

李豪逸 浙江人,现就读于美国格林内尔学院古典研究系。

唐多令

寒野雨潇潇,冰珠凝树梢。恨流光、易把人抛。冬暮空庭无叶落,料秋日,尽飘摇。

云色蔽苍霄,天河隐鹊桥。纵乘风、归处也迢迢。一载江山劳雁阵,未及我,半程遥。

2019-05-07

李昊宸 华中师范大学文学院研究生,珠江月青年诗词学会副会长,获2017年全球华语短诗大赛特等奖。

登岳麓山

车马渐行远,琴心久未弹。
草深云气满,花落水声寒。
帝业岂常在,诗书方不刊。
相寻飞鸟迹,拱手道平安。

2018-05-24

李静风 别署青凤,生于甲辰冬月,南京人。业于金融,退食江上。

百字令

草间托命,看虫衣渐蜕,试苔门槛。雨梦鹃枝迢递处,能耐几回檐溜。南浦迟云,北楼脆管,扬絮填芳薮。桃鬟无价,判归文字清酒。

信道委羽薆腾，年韶误尽，心迹都成旧。不分青山相待苦，省识灯阑罗袖。鸾镜尘生，蕊房天隔，此恨从来有。绕城沙雁，数声和月低首。

2020-03-08

庚子立春

寒暑轮回到六庚，心光作电许句萌。

晴花弱似烧香火，烟鸟迟如遣恨声。

索命天牢灾易就，逼人时疫路同行。

我非长老能医国，一室扫除惟力撑。

注：六庚乃主灾害之神兽。

2020-03-05

李　军　国家注册编辑。天津市诗词学会副会长兼秘书长、天津楹联学会顾问。

下　厨

无端君子近庖厨，翻勺调羹渐自如。

仍爱推敲几行字，只将菜谱作诗书。

2020-03-01

李利忠

有　寄

咸阳踏遍又南阳，更往湘西近夜郎。

知否江山名胜地，从来半是杀人场。

2018-05-11

庚子春分前四日沿运河下班有作

天日晴和最可珍，行行波认鸭头新。

桃花一路无猜忌,还把春风面向人。

2019-03-23

李明科

童年纪事

沟里摸来小蟹鲜,烹香草湿起青烟。
登高且效孔明法,好借东风助火燃。

2016-12-19

李荣聪

宿莲花湖宾馆

山馆重重傍水开,长松翠柳护门台。
一床绮梦若珠散,人被鸟声抬起来。

2018-06-24

夜　归

山深月冒芽,溪静竹遮家。
柴门忽闻犬,惊醒一窗花。

2018-05-25

李树喜

双枪老太塑像

远离烽火久,世理乱成堆。
老太双枪在,不知该打谁。

下鹳雀楼

众鸟疑飞尽,黄河似不流。
欲知百姓事,请下一层楼。

2018-05-09

送儿出国

淘淘絮语罢，默默理征衣。

天下爹娘愿，盼飞还盼归。

2017-03-15

李伟亮

鸽子窝公园携妻子看海

与妻并坐沐朝晖，长脚鸣禽飞复飞。

小儿不解看潮水，挖得一筐花蛤归。

釜山秋日即景

石刻依稀古庙斜，向时行迹久成沙。

光阴管尽人间事，除却山根野菊花。

2016-11-20

初秋近况

懒看池塘懒问山，江湖与我不相关。

城南五路公交过，满载秋风上下班。

黄昏海滩

沙温水暖鹭回翔，如此情怀坐若忘。

我向苍穹深一瞥，大潮落处月牙黄。

2016-11-20

李蔚斌　原籍安徽无为，现居北京。

端午节有怀

沉沙渐远渐模糊，应季湘灵吊不孤。

到眼九嶷青尚白，齐胸万竹老兼粗。

遏云声且舷歌并，醉梦人堪山鬼趋。

莫要雄黄争赤耳，粽香常在艾香无。

2017-12-17

李文庆　1946年生，浙江上虞人。现居上海。

风入松·踏青有怀

云山袅袅水婷婷，淮畔雨初晴。渔歌声里轻帆过，烟汀外、芦柳青青。隐隐芰荷抽绿，江村处处啼莺。

东风一夜荡山城，心事共潮生。琼楼渐见连云起，双桥边、十里华灯。但得留春长住，人间喜看龙腾。

2017-01-09

李向青　浙江永康人。永康市诗词学会副会长。

忆撑排人

云在深渊鱼在天，楠溪水碧欲生烟。
一篙竹作春风笔，指点江山多少年。

2020-05-01

李亚丹　宁波人，教育工作者。

蝶恋花·珍珠耳环

沧海生波烟起碧。夜夜蟾光，不照倾城色。今我耳边明月泽，是谁怀里晶莹滴。

一向凄凉人未识。辗转经年，记忆何曾失？身已清圆无可剔，深心尚与繁华隔。

2017-06-10

玉楼春·己亥生日过常山

年年迟作寻芳计，积久来探佳绝地。数峰迢递眼前青，一水琉璃舟底翠。

千秋风物明如此,半世韶华轻胜纸。江山未老老红颜,回看桐花容易坠。

2020-01-22

李元洛 当代著名诗评家,湖南省作家协会名誉主席,中华诗学研究会顾问,《小楼听雨》诗词平台顾问。

瞭望台
振衣千仞立高台,如海苍山四望开。
目光似网撒将去,万壑千峰捞上来!

2020-05-23

山与少年
此间曾历古冰川,山自巍然水自妍。
心花长逐山花发,我与青山共少年!

遗失启事
寻幽匝月远星城,临去山溪送我行。
扯片白云书启事:归心遗失万山中。

2020-03-29

山塘垂钓
儿时往事已如烟,倒计时中觅旧缘。
白首山塘边上坐,一竿钓起是童年。

山 宿
春样良宵水样风,天低几可抚星空。
直上高山山顶宿,喜将明月抱怀中。

2020-05-23

李忠利　1941年生，辽宁营口市人。现居上海。

鹊桥仙·的哥

时间行者，空间居士，都市繁华符号。有偿服务路途中，习惯了、坐而论道。

阴晴爱岗，盈亏敬业，恭候八方需要。以车代步苦行僧，驾驶室、一方小庙。

鹊桥仙·小我情调

头衔稀缺，光环不见，现实必须应对。恰逢以帽取人时，再尴尬、休言免贵。

雪花芭蕾，朔风伴唱，冬日暖阳妩媚。诗歌是我口香糖，咀嚼着、当今社会。

李著豪　岭南诗社书画院副院长，岭南国画院副院长，岭南篆刻研究院院长。

松下试茗

闲来岩上坐，独煮石溪泉。
松叶生炉火，金壶袅玉烟。
三钱芽已足，一盏道无边。
况有清风至，徐徐为我弦。

2020-06-09

梁　东　1932年生，安徽安庆人。《中华诗词》杂志社创刊社长、《小楼听雨》诗词平台顾问。

鹧鸪天·魂梦

何处高秋下露微？参差琪树映清晖。无心早岁耽风色，有酒中宵到古夔。

魂万里，故飞飞。似闻顿挫出惊雷。楚天未尽三更鼓，落木萧森入梦回。

巫 山

夔州又见半轮秋，影动瞿塘不系舟。
身揽彩云当对酒，神追白帝莫登楼。
千年杜宇声声血，一段巫山点点愁。
如画江川其助我，霓虹天外雨初收。

2019-09-22

了 凡 本名徐非文，1969年生，上海人，西江月文化发展（上海）有限公司董事长，《小楼听雨》诗词平台评论委员。

湖 上

镜出峰两立，水破云自游。
山影扶不起，难免逐波流。

2018-10-07

廖国华

看猴戏

把戏街沿假作真，铜锣响处跳猢狲。
为官为吏多威武，一脱衣冠不是人！

2016-09-18

母亲节有感（新韵）

梦里家常细细拉，旧时伤痛早结痂。
杯中有限从不醉，兜里无多也够花。
小病养身休住院，乖孙远嫁喜添娃。
人生到此唯一恨，已过三年未喊妈。

2016-12-13

林崇增

雨中登石塘对戒观景台

好花只合梦中看，浅绿点红描亦难。
一种相思春不管，空濛烟雨满金滩。

2019-05-05

林　峰（香港）

除夕有怀

莫叹斯文坠几多，潇潇风雨莫蹉跎。
采薇不食周王粟，立节堪吟正气歌。
岁晚但闻春已到，书深岂怨墨初磨。
雪晴欲折梅花去，徒望高枝奈老何。

2017-05-09

林　峰（浙江） 1967年生，浙江龙游人。中华诗词学会副会长兼学术部主任。

安徽沱湖

连天白水涨平芜，楼外冰轮漾绿珠。
鸥鹭飞时秋色渺，帆樯过处客心孤。
凭轩犹见鱼龙势，隔岸初开海岳图。
我亦匆匆人世客，且将醉眼认江湖。

2020-05-18

秋　瑾

谁挟惊雷过九州，碧涛化血竟风流。
醉将浊酒呼星鸟，痛把青萍射斗牛。

魂共长风来复去，影同明月落还浮。

宝刀一曲声犹烈，笑看新春花满楼。

2017-03-27

林看云 1973年生，河北保定人，河北楹联学会会长助理及学术委员会副主任、保定市徐水区诗词楹联学会会长。

定风波·送春

无计留春春又归，残花轻絮正翻飞。暖日当窗帘半掩，谁管，凭窗高卧久无诗。

人道愁浓宜纵酒，知否，不堪一醉解相思。提笔欲书离别意，风起，庭前摇曳绿参差。

2019-04-29

林凌凤 女，福建厦门人。

夜半梦醒后作

夜雨潇潇不忍闻，落花梦里燕鸿分。

始知枕上新来病，半感春寒半忆君。

2019-09-04

林　岫 国务院参事室中华诗词研究院顾问，中国书法家协会顾问，中国楹联学会顾问，中国兰亭书会顾问，《小楼听雨》诗词平台顾问。

春光好·折梅

一九六〇年三月

风料峭，水潺湲，破春寒。归折南枝斜裹，倚栏杆。

漾漾歌飞桥畔，团团月过山前。纵插发、新花一朵，好谁看？

临江仙·题《云山夜读图》

一九八〇年八月

竹掩三间屋小，窗前云卷云舒。夜深灯下读残书，几枚歪嘴枣，一把破铜壶。

修得澄心默默，颠来醉态如如。是非成梦短长无，大千堪俯仰，花叶任荣枯。

惜黄花·苏北采风访山家

一九九五年四月

鸟啼声健，鸭眠沙暖。三两农家，柴门静，未同掩。绕屋樵青暗，蘸水鹅黄浅。古松径，者番寻遍。

灵境清幽，人儿难见。正藕分根、瓜分架、竹分箭。忽地轻舟过，笑语声声唤。约春后，樱桃红半。

2018-05-06

林丫头　原名徐晓帆，居沪。

偶　感

兴自孤兮何恨哉，吾从亘古采薇来。
今看处士唯山水，一任青丝白到梅。

武大樱花开了

早莺啼破美人家，红雪春桥映紫霞。
多少离魂前岁事，曾经到此看樱花。

2020-03-08

刘　川　1975年生，辽宁阜新人。《诗潮》主编，《小楼听雨》诗词平台策划。

夜半，饮茶，思某某

风来留一吻，到我小茶壶。

欲问谁寄与，波平痕已无。

2018-04-03

渡　口

君行我来迟，沙上惟留字。

欲读却不能，潮吞一半去。

2019-11-19

史

把酒祈青天，莫书我入史。

今古多少人，葬于几张纸。

2020-02-25

山　寺

闲苔阶上绿，僧舍白云封。

黄叶无人扫，斜阳自撞钟。

2017-07-18

刘道平　1956年生，四川平昌人。曾任四川省人大副主任。

咏　竹

拔节青山入翠薇，虚心惯见白云飞。

何如一旦成长笛，便喜人间横竖吹？

高压锅

一阀千钧头上重，天旋地转口难封。

若非舒缓盈胸气，便付安危儿戏中。

2018-08-20

刘鲁宁

初春夜归（新韵）

单车急踏柳风清，路上商家灯火明。
小雨不沾功与利，一爿春色细经营。

西湖未逢

清风茗坐小茶楼，闲数湖山几叶舟。
翌日方知君在侧，时光不许我回头。

2016-08-01

湖畔小坐

细浪悠悠漾白凫，一帘烟雨数峰孤。
不知今夜涢诗笔，蘸得湖山水墨无？

2020-02-10

刘能英

偶　感

梧桐叶上起秋声，扰我中宵梦不成。
便与婵娟相对望，各怀心事到天明。

2017-07-30

刘庆霖

访潭柘寺

万象随缘恒一参，宝珠峰下拜伽蓝。
清心未碍将香上，俗念何妨入寺㞿。
坐壁观尘同大彻，待僧成佛与深谈。
归途可是来途我，架月层峦尽了凡。

鹧鸪天·秋宿寒山寺畔

欲逐诗情流水长,姑苏城外宿新凉。翻开禅寺初三月,读到钟声第六章。

心已息,梦还忙,漫从灯火识秋江。谁人夜半语芦岸,左手一舟停盛唐。

2017-06-28

刘如姬

有 忆

溪边老榕树,月下白衣衫。

谁人曾共我,坐到夜深蓝。

2016-10-19

浣溪纱·江南春(一)

竹笛斜吹袅袅风,夭桃几处探春红。双飞燕在小桥东。

十里垂扬流水上,一肩微雨落花中。烟波深处棹乌蓬。

2020-02-25

喝火令·洪泽湖之夜

红藕银鱼戏,青萍白鹭停。縠纹细细暮烟凝。谁在绿杨堤岸,蓑笠一竿轻?

月上明如镜,潮生卷似绫。鸥舟何处枕云汀?一夜风清,一夜度流萤,一夜涛声渔火,摇落满天星。

2020-03-08

刘文革 1966年生,辽宁康平人,《小楼听雨》诗词平台评论委员。

南翔双塔

白鹤南翔迹尚留，纤纤双塔证千秋。
七层檐宇云常宿，八面门窗风自流。
缘起萧梁三度舍，身经赵宋几番修。
大雄宝殿犹重建，多少游人争叩头。

2019-02-18

刘晓燕

山丹军马场吊霍去病

大将龙旗绝漠擎，祁连驻马汉家营。
剑埋胡虏三军冢，盾掩河西万里城。
一代风流云散去，九原寂寞我寻行。
夕阳垂地鼓鼙杳，古塞莽苍天际横。

2019-12-31

刘 雄

早 发

生无根蒂住无方，车发渝州夜未央。
拳曲厢中似行李，一般打叠到绵阳。

屋角蜘蛛

昆虫不着腹先饥，空吐缚身无限丝。
我与此蛛同一累，自将心网作羁縻。

2019-08-20

刘学敏 1977年生，陕西咸阳人。

魏　祠

檐挑春秋半入云，杏花天雨坠纷纷。
庭前流水拾红去，致使愁肠增一分。

2017-04-11

刘　征

悲歌二首

一

悬隔云泥不识君，长城角下草间人。
悠悠天地一杯酒，也向西风吊霍金。

二

无缘却是有情缘，夜望深空心怆然。
可有先生坐轮椅，一星游走万星间。

2018-04-15

龙　佩　中学语文高级教师，居深圳。深圳诗词学会理事。

黄昏即景

归鸟催云卷且舒，轻烟过树有还无。
斜阳一抹巧装点，半在春山半在湖。

2019-08-07

楼炳文　号静渊，1963年生，现为国家公务员。著有《静渊集》。

取"晚来天欲雪能饮一杯无"为韵步湘西草寇老土绿烟诸诗友其二

山披朱氅至，月拥白潮来。
与我书斋坐，敲诗复举杯。

2019-05-08

北京访张伯驹故居

京阙风流后海边,牡丹龙叶两超然。
百年平复贴中事,一缕游春图上烟。
无恙河山成泼墨,多愁家国入吟笺。
藤墙苔瓦徘徊久,似读庄生秋水篇。

2018-01-09

楼立剑

探春令·湖上

江南二月,晓风吹皱,湘湖舟影。白云拭得山容净,我来也,梅花醒。

鸡鸣古渡王城冷,听潮生潮定。又几番、折苇沉舟,多少故事烟波静。

2019-01-25

河满子·童年记忆之夏夜

狗尾摇过门槛,蝉声撕裂黄昏。两柄锄头团聚了,炊烟一片温存。锅沸疯狂岁月,腹撑虚幻乾坤。

麦垛点燃萤火,晒场摆出龙门。蒲扇招来天下事,旧闻煽作新闻。一阵风翻蕉叶,狐仙蹲在墙根。

2019-01-25

卢龙华　女,江西南昌人。

桐　花

幽窗独坐漫分茶,拂面轻风暖似纱。
只道春寒皆过尽,隔帘烟雨锁桐花。

2020-03-08

对 兰

海桑变幻总纷纷，独坐幽窗赖有君。
清绝猗猗何可佩，且将同梦卧山云。

2020-03-03

卢象贤

赋得卖花声次黄仲则诗韵

带露挑来一担春，山边诗向市边匀。
听深凄美天犹睡，送尽繁华尔独贫。
自是爷娘能种地，非关颜色不如人。
娇音唱罢灯前倚，也见痴儿转盻频。

2019-12-04

陆向红　江苏无锡人。

庚子上元

风自凄凄雨自零，空街灯火类残星。
不知今夜江城内，多少离歌带泪听。

2020-02-09

罗伟雄　湘人。居深圳。

游铜铃峡

入山一步一生幽，信是奇观好豁眸。
梯出石林连鸟道，树朝云海下鱼钩。
坐除心上诸痕迹，行得人间大自由。
美女潭边红叶落，似闻私语在深秋。

2019-08-27

罗小山 本名罗伟,江西弋阳人

机场送别

鹡鸰同饮啄,何意却孤飞。
长向白云去,空期碧海归。
雨余原草遍,天远浦江微。
异域多风雪,赠君唯夕辉。

2018-05-03

M

马 春 1977年生,皖人。

题任公李中堂传卷后

败纸当年补破庐,一遭风雨便成墟。
儿孙莫笑翁颠倒,眼底儿孙都不如。

金阁寺水中石

老鳞衔梦取金黄,苦觅莲华旧日香。
顽石无心便无事,碧潭抱影看斜阳。

2019-11-22

马 力 上海人,原在上海某金融机构担任高管,后调任政府相关部门工作,现已退休。

床 前

病榻黄昏母正眠,依稀还见美人颜。
流年莫让垂垂老,长许孩儿细细看。

2018-07-11

皮兰海滩摄晚霞奇景

云谲如涛万里驰,轻摇湾岬独桅移。
参天油画堪谁作?嵌在斜阳坠海时。

2019-08-15

银川遇大雪止

横削乱壑鬼堪愁,狂草一方舞未休。
岁岁劫尘湮汉冢,忽怜今夜小银钩。

2017-05-12

马星慧

小区又有人去世了

午后谁家唢呐声,发丧凄婉不堪听。
曾经俱是红尘客,默默凭窗送一程。

2018-07-02

毛富强　1972年生,浙江义乌人。

夏　日

雨罢薰风沸晚蝉,钓竿来趁藕花前。
太公身价高千古,到底不如当日闲。

2019-07-22

梅点点　女,青岛人。

蝶恋花

弹指时光如梦杳。折纸轻翻,两个人儿小。窄巷门廊藏正好。风扬裙角微含笑。

又是鸣蝉枝上闹。孤影长长,只道春归早。一架蔷薇双蝶绕。听谁轻唱青春鸟。

2020-03-08

梅　岗　江西萍乡人，江右诗社社员。

己亥戌日赤山道中

疾疾车行晚，馀霞欲绾衣。
寒江波尚浅，圻岸柳仍稀。
堪羡烟花媚，徒怜暮色霏。
复谁涩轻毂，絮语正相依。

五　日

大田春正好，烟雨逐迷蒙。
岭上云何邈，尘边禅自空。
浮光乘绿乱，圻岸摄花红。
流艳时惊眼，沉香未叩桐。

2020-04-13

梅　庐　本名郭纪涛，山东冠县人氏，现居南粤鹏城。中国北社诗社社长。

侍二老游光孝寺归后作

入寺春容万相生，香炉袅袅吹新晴。
缘多精舍尘终灭，日照菩提云自清。
一壁莲花开境界，千年风雨作钟鸣。
来寻只道当时我，初识禅心波渐平。

2018-08-28

孟宪静 女,天津人。

元月有寄

有心常付错,明月寄闲身。

寒色遥当户,孤光共作邻。

夜如深爱物,云是老情人。

那日擦肩过,温柔辨不真。

2020-02-13

孟祥荣 楚人,晚年居粤。《小楼听雨》诗词平台评论委员。

晚过公坑新寺

清风已散殿前烟,晚磬声中菩萨眠。

人在常时知拜佛,事来危处但呼天。

临溪藤古高僧植,背岭塔高香客捐。

幽径尚能通旧寺,于今唯结鸟之缘。

注:寺有禾雀花古藤,传为宋时僧人所种。游龙天矫,盘溪而上,依于古木苍石间。

2020-04-27

雨后山斋

夏木茁新枝,春花零野陌。

相环落落松,独抱栖栖客。

万物与谁齐,四时真岁隔。

坐听庐外风,虚室未生白。

2020-04-20

坐 夜

枕上明光谁可掬,起看凉月在空虚。

清风扫夜尘氛灭,大梦勾人沆瀣馀。

偶有车灯欲窥我，何来雁客肯传书。
草间虫唱丝般瘦，怕也念深难自锄。

2020-05-04

梦也无声 女，辽宁人。诗人、诗词评论家，作家、影视编剧、影视策划人。

节前三亚偷闲琐记

傍水依山闲几天，红花绿叶养新鲜。
微明鸡起犬相唤，将晚蛇行鬼暗穿。
空谷心听魂寂寞，潮头人爱浪疯癫。
风来云上岚烟动，随一缕香到日边。

午后山中偷闲即景

风到窗边不肯留，呦呦摇向荔枝沟。
门前虫咬菠萝蜜，山后鸡叨番石榴。
窄院深亭猫打盹，小桥花榭鹿回头。
红茶一盏随心住，总是春光据上游。

2020-05-28

孟依依

丁香五首其五

一般心志各珍藏，共弃浮华时世妆。
爱极约君君肯否，来生君我我丁香。

步韵酬阿二兄三首其三

金樽檀板舞衣裳，腐草名园萤火光。
何似同时君与我，一生不见不相忘。

莫　林　女，原名姚世瑞，1920年生，江苏如东人。现居上海。

咏残荷
——有感杨逸明《残荷》

河塘残叶秋阳暮，树影倒，寻归路。水碧池边停白鹭。鸟儿鸣叫，鱼儿泡吐，结伴翩翩舞。

横枝竞秀丝丝趣，彩蝶轻轻叶枝伫。日丽风和迎玉女。桨划船荡，倾情几许，偏爱幽幽处。

莫雨涵　本名王霏，女，陕西西安人，中国民主促进会会员。

夏游渼陂

闲来水畔觅清凉，坐对湖光度日长。
柳影穿桥风滴翠，泉声漱石曲生香。
心随野鹭争先舞，梦逐流云自在翔。
如此韶华如此味，九衢尘色渐相忘。

2019-02-02

莫真宝

登鹳雀楼赋河水

黄河从此远，天地吻痕深。
偶折依山势，长怀入海心。
御风开野雾，穿坝起雄音。
逝者如斯也，登楼思不禁。

2019-07-22

浣溪沙·冬至

残月弯弯挂柳条，冷冰冰地暗盯梢。谁家瘦损小蛮腰。

霖雨才停檐下泪，北风又续梦中潮。如何过得最长宵。

注：纳兰性德《生查子》："总是别时情，那得分明语。判得最长宵，数尽厌厌雨。"

虞美人

那时风送清江岸，日色花中乱。踏花人去了无痕，又是一番离索半开门。

深杯总向愁怀罄，长醉终须醒。绕庭飞燕两三双，却见玉兰双倚对残阳。

玉楼春·微红将尽

洛阳花事心头绕，今日看花春欲杳。绿茵丛里觅多时，且喜微红临晚照。

花开未尽人将老，闲日闲花闲处好。莫教尘事唤归来，早是落英遮远道。

2020-06-07

N

那成章　满族，1949年生，哈尔滨人。

过某老厂感怀

陈砖老瓦旧窗棂，木匾新涂又易名。
最是门前杨柳树，国营绿罢绿私营。

乌苏里江乘船偶得

八月乌苏做野人，顺流小艇恰江心。
扶舷回望夕阳下，岸染橙黄水跳金。

2016-09-10

倪浩然 90后,河南商城县人。

四月初五外城河夜游(新韵)

晚来清气漫名都,灯火凌波淡月浮。

花径时时闻软语,楼台遥指是姑苏。

2020-01-26

P

潘　泓

鹧鸪天·张家口杂粮水果店主小云速写

面的刚停响手机,脸庞红黑语声低。帽檐大境楼头雪,裤腿阴山路上泥。

黄绿豆,脆香梨,包装南北卖东西。憨诚媳妇娇儿女,美味人生一店齐。

2017-07-25

阿尔山火山石上落叶松

苍株褐干立云端,胜却居庸忒暖寒。

羽叶探天欣荡荡,龙根咬地郁盘盘。

千年一寸烟霞骨,九死三生铁石肝。

总是枝横栖鹞隼,英雄都不道艰难。

2019-07-11

北京正山堂遗我金骏眉为此以记

小坐无须虑四维,江南春色远能随。

胭脂水照佳人面,雨露芽揉老叟眉。

袅绕风中宜默想,温柔掌上且轻吹。

武夷山在天涯外,恍惚声声到子规。

2020-02-10

潘乐乐 号畏庵,皖人。

江上寄远

偕子芦花岸,经年不复行。
云孤浮雁影,亭冷坐江声。
消息千山隔,光阴一棹轻。
更谁烟渚奏,渺渺自缠萦。

2018-01-31

彭明华

庆春宫·题额济纳胡杨林

亘古由来,辽原深处,凭谁演绎沧桑?牧笛声幽,驼铃声脆,炊烟缭绕毡房。更何时始,遣神木、淹留此乡。越千千岁,生也斑斓,死也轩昂。

迎眸一派金黄。风寒添彩,叶落生香。梦里琼林,林中过客,诗人信马由缰。吟哦之际,那湾水、盈盈有光。其中颜色,天上夕阳,地上胡杨。

2020-05-02

彭轼然(不详)

喝火令

笔带愁中味,书藏别后心。小楼人去更沉吟。空有梦来秋鹤,飘纱立松阴。

世事谁能见,云烟寂远岑。这生风雨料难侵。记得眉颦,记得断弦琴。记得赌书时候，衣浅月痕深。

2020-03-08

皮自樊 原名皮海清，1966年生，江西丰城人，现居浙江省东阳市。

十月初十大晴西山公园即景

秋游恁觉似春游，山色回青水色柔。

蝴蝶寻花花不见，忽然飞上美人头。

2019-11-11

Q

齐蕊霞

多年后回姥姥家见近邻存一老房感怀（新韵）

老房一见撞心房，多少风云里面藏。

我到近前寻故事，斑驳墙对发苍苍。

2020-05-11

启　功（1912—2005），自称"姓启名功"，字元白，也作元伯，号苑北居士，北京市满族人。雍正皇帝的第九代孙。当代著名学者、画家和书法家。

贺新郎·咏史

古史从头看。几千年，兴亡成败，眼花缭乱。多少王侯多少贼，早已全都完蛋。尽成了灰尘一片。大本糊涂流水帐，电子机，难得从头算。竟自有，若干卷。

书中人物千千万。细分来寿终天命，少于一半。试问其余哪里去？脖子被人切断。还使劲，龂龂争辩。檐下飞蚊生自灭，不曾知，何故团团转。谁参透，这公案。

自撰墓志铭

中学生，副教授。博不精，专不透。名虽扬，实不够。高不成，低不就。瘫趋左，派曾右。面微圆，皮欠厚。妻已亡，并无后。丧犹新，病照旧。六十六，非不寿。八宝山，渐相凑。计平生，谥曰陋。身与名，一齐臭。

转

"别肠如车轮，一日一万周。"昌黎有妙喻，恰似老夫头。法轮亦长转，佛法号难求。如何我脑壳，妄与法轮侔。秋波只一转，张生得好逑。我眼日日转，不获一睢鸠。日月当中天，倏阅五大洲。自转与公转，纵横一何稠。团圞开笑口，不见颜色愁。转来亿万载，曾未一作呕。车轮转有数，吾头转无休。久病且自勉，安心学地球。

友人家昙花一盆，盛开速落，因赋长句。时在一九七七年秋

深宵何物幻奇芳，色逊梨花故作香。
根蒂几时来异域，声华毕竟藉空王。
轻拈迦叶成微笑，一现阎浮识淡妆。
签漏未移英已尽，这般身世太寻常。

近见沈石田与诸友唱和落花诗，文衡山以小楷录为长卷，因拟之，得四首（其二）

晴空点点入云衢，红雨如山阵可呼。
金谷草生行碍马，玉关人远出无车。
余香分后歌声换，高烛残时笑靥孤。
不殉恩留铜雀上，阿瞒深意古来殊。

2017-08-13

钱志熙 1960年出生于浙江乐清。现为北京大学中文系教授,教育部长江学者特聘教授,中华诗词学会副会长。

早发林县

太行山势压城头,禾黍苍苍草木秋。
朝发浊漳向清洛,一天云色别林州。

开封纪游

梦华旧迹久模糊,艮岳荒芜汴水枯。
留得樊楼一片月,满城争卖上河图。

龙门石窟纪游

唐碑磨灭佛凋残,千古谁能悟圣凡。
欲证菩提乏心力,夕阳满目下香山。

2018-12-08

樵 风 本名沈旭纳,浙江慈溪人。曾获第二届中国百诗百联大赛一等奖。

寄秋斋先生

行行山水复,客中多风雷。
忽闻江左笛,吹开半死梅。

2017-03-17

绮罗香·枫叶

骨比梅花,魂欺蛱蝶,欲把深秋煎沸。不管霜侵,漫野绛幡寒翠。拂茜袖、摘朵云霞,向晚日、留丝芳岁。是当时、锦字曾题,纵无樽酒亦沉醉。

年年薰染天际,辜负春恩几度,愁减清媚。忍许香腮,凉露滞凝红泪。望雁足、依旧空回,觅初心、那堪飘坠。怕相问、一念生时,尽西风渭水。

2020-03-08

秦　凤　1972年生，武昌人，现就职咸宁市发改委。

鹧鸪天·花开有声

远眺山英一片霞，欲拈无奈忍嗟呀。从前胜日挽云鬟，别后深宵泼苦茶。

天际外，望中赊，空庭老树渐新芽。此间谁寄春消息，细听风声数小花。

2020-03-08

浣溪沙·岁月无痕

信是天涯洒脱人，惯看落照与浮云。眉心挂念在诗魂。

真水无香涵况味，苍崖沉叠纪年轮。流光约我互留痕。

2018-12-22

R

冉长春

见妻白发初生

公园长凳那年同，五指摩挲秀发丛。

讶一银丝偏不说，轻轻拨入夕阳红。

2018-06-06

S

尚佐文　1968年生，浙江丽水人。现供职于杭州出版社。中国楹联学会常务理事,浙江省诗词与楹联学会常务副会长,浙江省文史研究馆研究员,《小楼听雨》诗词平台策划。

生日将至感作

每近生辰便恐慌,无情老我是流光。

少年心事犹丛杂,已被人呼欧吉桑。

云超宸亭优俪携二子枉顾寒舍

草树知光宠,高轩过敝庐。

诗论千载上,酒饮九春初。

青眼欣狂简,素心观卷舒。

浮生如此日,一倍惜居诸。

西湖文化公司金总晓霞女史招赴灵峰笼月楼雅集其地有七星古梅

照眼霞光沁骨香,七星璀璨挹琼浆。

雪消墙角春犹浅,雨洗峰头绿渐忙。

胜友来同鸥鹭侣,闲情付与水云乡。

年年不负西湖约,笼月楼前兴更长。

临江仙·山居春暮

案上青山乱叠,枝头红日低斜。轻寒细细透窗纱。长空归宿鸟,重影护幽花。

流水行云旧曲,清香微苦新茶。闲情容易老韶华。开门延爽气,矫首看馀霞。

2017-02-10

沈利斌

偶　作

疏烟叠叠柳毵毵,十载春华诗酒酣。

今日偶醒无所事,莲花一朵看江南。

2016-06-13

车上遐思

虽幸公交一座同,可怜无计姓名通。
卿将何去何时下,我住钱塘东复东。

2016-09-18

史万胜 甘肃武威凉州区教师。

减字木兰花·年末寄语

俄惊岁秒,一路风尘云渺渺。些事难删,标点人间忙与闲。
诗心未倦,吟上小楼凭月转。兼取杯欢,酌得春风夜不寒。

2020-01-24

一位老母亲

满面纹深岁月铭,锁眉针线织萱庭。
闻儿电话连忙接,倒握手机张嘴听。

2019-05-13

史耀华 1959年生,河南省郸城县人。教授级高级工程师,国家一级注册建筑师。

遣 兴

之一

犹记当年出老桥,青葱逸兴送扶摇。
霜天碛雪千山锦,夕照长风百尺箫。
气运人谋多有限,仙神物事每无聊。
幽怀偶作边秋忆,一见流烟入塞宵。

之二

一声长笛动埃尘,客土青沙寄此身。
往事边笳林谷暖,流光塞草柳前春。
裁冰应拟题羔雁,煮酒还期写凤麟。
且挽今宵云际月,西溪剪水浣缁巾。

之三

云上草原云底风,攒蹄叠鼓凤凰弓。
霜星如约拨犀火,疾羽何时眷壤虫?
逸兴翩翩千里雁,清歌荡漾九秋蓬。
才看朔气惊孤鹜,信马归来一剑翁。

2019-06-02

释圆一 自号沐月归人,1985年生,湖南益阳人。长沙古开福寺常住。

春日漫步所见

照水闲村静,梨花熠熠开。
阿谁哼小曲,花外荷锄来?

岳麓山

秋蝉时一鸣,山色青无霭。
临溪渐不前,深坐听石濑。

2019-09-27

殊 同

北京西站送客

客中送客更南游。一站华光入夜浮。

说好不为儿女态，我回头见你回头。

2020-02-25

我亦好歌亦好酒

我亦好歌亦好酒，唱与佳人饮与友。
歌宜关西铜绰板，酒当直进十八斗。
摇摆长街笑流云，我本长安羁旅人。
崇楼参差迷归路，行者匆匆谁与群。
幸有作文与谈诗，寥落情怀与君知。
负气登楼强作赋，偶被游人笑双痴。
幸有浩然共蹴鞠，轻拨快闪自欢娱。
七月流火无眠夜，同向荧屏做唏嘘。
幸有彩云喜香山，兰裳桂冠共游仙。
说来红尘多趣事，笑声惊动九重天。
幸有晓艳能操琴，玉葱手指石榴裙。
止如高山流如水，流水溯洄桃花林。
红衣佳人白衣友，朝与同歌暮同酒。
世人谓我恋长安，其实只恋长安某。

2018-06-29

殊 熠 本名黄全平，江西人。

登郁孤台

碧树深蝉闹几回，千年寂寞是孤台。
登临忽起怆然意，绝似隔江风雨来。

2019-08-26

宋彩霞

挑　夫
汗滴眼前霜，肩挑天路窄。
一方手帕长，擦痛沧桑额。

2018-07-01

仰望卧佛岭
怀抱苍天正是非，迎风沐雨布春晖。
我从攘攘寻宁静，蓦地胸襟阔十围。

2018-07-15

宋晓光　网名白衣卿相，客居深圳。

生查子·元夕逢疫病
疏雨困幽寒，锁宅如尘茧。枕书赏孤芳，山外迷春眼。
潜居多感时，怀抱江湖远。移序换征鞍，留得东风便。

2020-02-09

浣溪沙·微醺
榴火燃春岁序移，淡然花事漫吟之。渐生华鬓转相疑。
欲解红尘全仗酒，能留意气已如词。当凭风月醉当时。

2018-08-19

苏　俊

红　荔
最是高凉五月中，千山不放一山空。
荔枝齐点连天火，烧出斜阳十倍红。

2020-05-25

题芙蓉楼

闻道龙标此倚栏,至今风露不胜寒。
芙蓉楼上千年月,犹作冰心一片看。

2019-07-22

登 山

白云多事又飞回,风帚三千扫不开。
要看山川真面目,一筇扶日上天来。

2020-02-10

苏王曦 1945年生,广东高州人。江门市蓬江区诗词楹联学会顾问。作品曾多次获全国性诗赛奖项。

水调歌头·宜兴紫砂壶

阳羡誉天下,第一紫泥功。爱他温润如玉,更比玉玲珑。借取溪山灵气,揉合人文雅致,雕镂付神工。浴火凤凰出,犹带绛云重。

汲金沙,烹雪茗,瀹清风。世间真赏,名壶能得几回逢?我欲求田问舍,准拟分江贮月,归计逐坡公。此物追随久,心意倘相通。

2019-10-09

定风波·三峡

江入瞿塘气未平,鱼龙嘘浪挟山倾。赤甲白盐天下壮,千丈,捧来红日半轮明。

万马声中舟一叶,声绝,兹游真足冠今生。十二巫鬟青不老,休恼,看人吹笛下西陵。

2019-10-10

苏些雯

生查子·太姥山饲鸟

汝从何处来,真似曾相识。岂是隔千山,缘有一朝夕。

轻轻啄草丛,巧巧梳毛翼。若得与重逢,莫问天南北。

2017-04-30

苏占山　男,山东人。

题国栋兄《雁南飞图》

楼高待晚晴,元旦愧浮生。

对景嗟头白,翻书忆眼明。

谁知吾道重,莫问此身轻。

北雁南飞远,犹闻一两声。

2020-01-06

孙德生　新疆人,律师,理学学士。

丙申秋趁夜色出行,日出前抵达木垒胡杨林

难得金秋大漠情,星光不负两车行。

山形依旧连天净,日色从新照眼明。

见惯风沙还独守,闻多鼓角更无惊。

北庭霜重征鸿过,当记古今皆汉营。

2018-08-04

孙双平　军转干部,河北某县诗词学会名誉主席。

榆　钱

世上如今行路难,鱼虫鸟兽也贪贪。

青榆欲向人前站,先举枝头几串钱。

咏 菊
不占春光斗紫朱,让他几许又何输?
如今伫立霜风里,回看群花一朵无!

2019-11-22

孙 文 号帘月,旗袍设计师、非物质文化传承人之一。2016年央视春晚少儿节目《二十四节气歌》的唐装设计者。

重游画桥
再觅佳人到画桥,月光如水客如潮。
花灯依旧当年夜,却比当年夜寂寥。

思 儿
长天万里卷彤云,裁取归来绣锦文。
一线一针含妙意,好随鸿雁寄昆仑。

2020-01-25

孙 寅 原名徐启亮,笔名笙吟,1950年生,安徽安庆人,现居北京。

安庆一中下放知青纪念碑落成感赋
五十春秋两地情,忍辞黉舍学农耕。
书声朗朗书生老,潜岳巍巍潜水清。
回首不堪风雨骤,远眸犹觉海波平。
天涯长别各珍重,一座新碑千古评。

2019-11-04

T

谭伟媛 女,号轩辕公子,粤人。师从石头斋苏俊先生习为诗古文辞。现为新社社长、江门市蓬江诗社副社长。

临江仙·古村印记

犹记当时年纪小,东风唱起童谣。鸣蛩蚱蜢野花娇。黄墙黛瓦,梦里忆迢迢。

别样心情游旧地,屋前谁种芭蕉。流光默默纪青韶。斜阳如醉,撞了美人腰。

2018-07-06

落 叶

欲共霜枝老,西风呦呦催。
伤离宁可忍,林下久徘徊。

2020-01-06

探 春

十里寻春不厌遥,早莺啼罢燕来招。
桃花红衬佳人面,争占东风第一娇。

2020-01-24

汤 敏 上海人,海上清音版主。

鹊桥仙·七夕

银河今夕,流星坠泪,一片彩云湿透。相思夜夜织无休。怕误了、郎衣新绣。

梭房昨月,映心沐雪,守着灯儿如豆。梦召鹊鸟筑飞虹。怕误了、缠绵时候。

2016-7-27

浣溪沙·红豆

记取当年玉树风,春华新发一枝浓。西厢待月几时逢。

试问掌中红豆子,善猜心里碧丝桐?此时此物最玲珑。

2020-01-07

唐定坤 贵州遵义人,贵州师范大学文学院副教授,南雅诗社社长、《小楼听雨》诗词平台评论委员。

题书斋

南窗云起变龙象,北阙风来生虎威。

不说大人聊一觑,安排词阵九重围。

2019-01

老父割稻歌

老父老父卓不群,手持镰刀割秋云。七十胝胘欺酒意,风涌稻浪来纷纷。老父老父岂生计,巡山巡水老将军。望中遍是金黄色,卒伍戟立竟殷勤。老父老父聊自足,蔿边蔬果何必荤。有时稗草团瘿俗,一笑蒥畬举火焚。老父老父已槁项,年年不忘三献芹。剥枣获稻竟何如,尤有新米滑牙龈。老父只喜杯中物,拼它岁月挤皱纹。全村都已徙小镇,独好谷口坐氤氲。生年到此只送老,朝菌大椿略得闻。等闲事业吾不废,大儿小儿异耕耘。漫将秋草挽刍狗,自随月令劳赅筋。肃霜涤场橐囊在,吾自来时问灵氛。

2019-09

唐云龙 男,重庆人。

毕业赠下铺舍友

一别东西劳碌身,重逢各抱几风尘?

蒙君四载倾高义，我亦曾为人上人。

2019-07-22

滕伟明 1943年生，四川成都人。原《四川文艺报》《四川文化报》副主编。现任《岷峨诗稿》主编、蜀文献编委会主编。

剑门关

乾坤骤束势如箍，端的丸泥塞万夫。
城上望山山打面，漏中对月月收觚。
姜维卒敢悬孤胆，阿斗终难守霸图。
俯看益州烟袅袅，青痕一点是成都。

2020-02-20

田 遨

鹊桥仙·太湖石旁留影

石顽如我，我痴如石，偶尔相逢一笑。石兄怪我太温存，我也怪、石兄孤傲。

云根万古，人生短暂，难得同窗留小照。相依相契霎时间，便抵得、天荒地老。

偶 成

一片荆榛一片秋，天涯萍梗只生愁。
茫茫回顾归何处，炼得精钢铸骨头。

镇江至苏州车窗所见

朱楼绿野又烟岚，变换风光坐可参。
欲撷车窗春万幅，溪晴山雨画江南。

2017-03-12

桐　荫　本名聂效,广东深圳人。

闲坐湖亭

淡云来往雨初晴,筱竹拂波亭槛清。

坐到疏灯融碧水,小鱼喋荇两三声。

2019-06-19

W

万德武　网名剑尘,江西丰城人,江右诗社社员,《小楼听雨》诗词平台评论委员。

浪淘沙·春寒

细雨又斜风,一寄孤踪。袷衫犹与少年同。花敛芳嫣莺不语,似堕顽空。

回首望冥濛,抚我焦桐。某山某水梦魂中。人自萧寥春自寂,过尽征鸿。

2019-08-16

汪超英　浙江省诗联学会理事、宁海县诗联学会会长,跃龙诗社社长。

少年心

夏日种下春景。薯藤儿,漫过田埂。记垄间勤剔草,几多汗浸。只此刻,鸟寂风停。

地沃何来商请。六十我,亦凭起兴。想老农堪学,陶公仙境。凝眸处,拟有一花萌。

2017-02-16

汪冬霖 山东诗词学会常务理事，烟台市诗词学会会长。

过 年（新韵）

团圆座上沐春风，斟满锃新高脚盅。

非是归家儿爱酒，只图二老笑出声。

庐山石刻存照

仰目镌题百丈高，崖旁一站也风骚。

白头客子寻源久，哪次登临不折腰。

2020-01-10

汪守先 1965年生，贵州遵义人。贵州省南雅诗社顾问。

醉回沙

歌啸闲闲意兴佳，高人契会语飞霞。

倾觞深夕玉山倒，看取天星是酒花。

听乐曲《蓝色多瑙河》

林色三边静，晴光一棹雄。

白浮乾宇浪，蓝走大河风。

持酒思羁客，散怀招去鸿。

幽柔渔唱起，流翠入吟空。

2019-03-07

王传明 山东阳谷县人。现任教于兰州大学文学院，兼任甘肃省诗词学会副会长。

庚子元夕作

今朝过元夕，无酒复无灯。

此日年关尽，何时瘴雾澄？

孤栖失群雁，枯坐入禅僧。

忽见荧屏上,联欢正沸腾!

注:联欢,谓元宵节联欢晚会也!

2020-02-09

王春艳　女,辽宁人。

上班途经天桥逢杏花开得句

香染征衣半是仙,与卿邂逅信因缘。
欲舒又敛枝摇雪,似淡还浓径隐烟。
一味禅寻童子问,千金意借带桥连。
春回大地风尤顺,入耳林声别有天。

2020-04-27

王德珍　1959年生,原籍山西祁县南社村。

煮汤得句

绿紫橙红色可夸,锅中放入两三虾。
火花并与汤花艳,自是春风在我家。

2020-03-08

王海亮

西湖绝句(行堤)

莺啼花落两无痕,碧水接天没远村。
行遍六桥山色晚,一泓淡墨掩黄昏。

2019-05-07

紫　藤

诸般好色竞春光,舞榭歌台轮转忙。
不意百花凋尽后,一蓬浅紫送清凉。

2020-06-22

王海娜

晚　炊

下得厨房开小窗，洗青摘绿一时忙。
知夫今日归来早，灶上黄昏先煮香。

2020-03-08

珍珠滩瀑布

一路欢歌抟玉丸，凡间仙界共层峦。
遥思上古无人处，万桶珍珠泼下滩。

2019-10-05

王红娟　河北人，自号花山子。耽诗词，爱水墨，乐舞剑。

山花子·有感

难计人情百事乖，闲看花影叠楼台。骤雨狂风都殉昨。怕重来？
纵使重来心淡妥，也应忘却笑开怀。不惹纤纤尘一点。懒相猜。

2020-06-30

王红梅　女，山西人。临汾市平水诗词学会副秘书长。

卜算子·琴瑟湖边

峰翠叠为屏，屏绕云千朵。琴瑟湖边闲倚栏，云水青山我。
依约有琴声，依约清风和。欲待清宵明月来，物色堪分破。

2020-03-08

王家麟　1948年生，江苏省沛县人，公职退休。

秋游棋子湾

水碧风清沙似银，奇峰峭立竞嶙峋。

天成棋局谁堪下，还看昌江逐梦人。

2020-01-07

王　骏　浙江省诗词楹联学会会长。

回乡偶书

剡山云霭剡溪烟，梦里回回是少年。
一抹乡愁挥不去，剡山云霭剡溪烟。

2018-07-22

临张大千泼墨山水

泼墨淋漓泼彩漫，青成幽谷绿成山。
云烟商略一峰雨，数滴已先过浅湾。

2018-07-22

王　勤

鹧鸪天·迎春

踏落雪泥没草痕，流光一剪又成春。弱红扶起风私语，嫩碧叨开莺启唇。

梅上月，掌中温。回眸不见旧时人。百年逆旅三更梦，若个尘寰如转轮。

2019-11-22

王善同　1954年生，山东郓城人，新疆诗词学会副会长。

家子将婚祝语

子辞旧岁老乾坤，新宅居安又一村。
伉俪容瑕忧不腹，娜嫘耐久喜盈门。
油盐柴米真滋味，春夏秋冬晰印痕。

红烛休言光亮小,耆年回首望昆仑。

2018-08-18

王淑贞 女,浙江人。

蝶恋花·本意

犹记初逢阡陌上,浅笑盈盈,垂首娇模样。掬起心香如水漾,合眸堕入红尘障。

蓦见空枝呆一晌。罚我为卿,困在相思网。纵使今生成绝望,痴痴还作来生想。

2020-03-08

王文海

己亥冬日访项王故里遇雨（新韵）

霸业无成人未归,乌江水逝一何悲。

今朝多少英雄气,犹作潇潇冷雨飞。

2019-12-09

王　毅

寄边友

转任归来意尚倾,戍思夜夜到边城。

梦回四十年前哨,情寄三千里外营。

郙路崎岖深眷顾,徼亭窈窕总牵萦。

国门长使心中挂,策马身犹万里征。

2019-11-18

王翼奇

括苍山中夜读李贺诗

千载灵均嗣响谁，中唐忽见此瑰奇。
生来骨相非凡马，呕出心肝是可儿。
世路蹉跎秋士老，诗魂寂寞美人迟。
忆君亦有如铅泪，独下苍山夜半时。

杭州马坡巷谒龚自珍故居

来从箫剑想英仪，太息当年国士悲。
六合残梅喑病马，一缄红泪湿青词。
秋风淮浦南归日，夜雪黄河北上时。
我亦飘萍文字海，四厢花影欲催诗。

2017-02-11

王永江　山东人，居北京，中国楹联论坛执行站长。

冬日访香山寺

闻焚毁于八国联军侵华时期的香山古寺近日得重建开放，吾于冬日午后登访。

香云生界外，佛塔仰千层。
坐久松如化，参多鹄似僧。
残碑经劫火，暮日照溪冰。
悟到慈悲处，山寒不忍登。

2018-12-15

王玉明

凤栖梧·中秋夜咏怀
——用冯延巳韵

滚滚红尘浸没久，赤子真情，谁个仍依旧？别样新愁浓似酒，西风帘卷黄花瘦。

月照秋荷烟锁柳。萤火幽微，明夏知还有？未泯清香盈子袖，芳心待发他年后。

2019-09-27

王远存

清　明

一世情留三代间，农家儿女各天边。

荒丘隐隐谁人祭，满树梨花落纸钱。

2020-04-04

庚子春题武汉大学樱花

千朵复万朵，寂寂江汉春。

今春花尤白，一花一故人。

2020-03-16

王跃平　山西太原人，万柏林诗词学会会长，晋社副社长。

戈壁诗绪

嫩柳骄杨沐暖晖，祥和春意不曾违。

流云赶路时时过，彩雀巡园处处飞。

屋上风来旗展展，天边雪化岭巍巍。

欣然小憩西陲地，待与甘霖一并归。

2019-05-27

王增强 网名方竹,笔名岱松,河北栾城人。

童年有忆
儿童三五各箩筐,花草满身泥土香。
红染西山绿村外,捉来蟋蟀斗螳螂。

2019-07-14

王蛰堪 1949年生于天津,原籍河北霸州。早年从寇梦碧先生习诗古文辞,词宗南宋。《小楼听雨》诗词平台顾问。

浣溪沙·晏殊诞辰千周年
忆断词魂赣水西,夕阳山远眼凄迷。梦中重认旧亭池。
一瓣心香供采撷,千年骚绪费支持。伤情最是燕来时。

2016-09-18

清平乐
抚缣空叹,魂断灵河岸。何事幽怀来酒畔,枯树石根曾见。
淡痕描取孤芳,霜毫拖作愁长。不道终朝幽谷,为谁消尽馀香。

月边娇·己亥上元写兰并题依草窗元夕怀旧韵
莺语娇啼,想晓露初晞,春眠方醒。久依石罅,才离岸渚,笔底巧移芳影。丛生翠谷,羡素卉、非因人俊。尘踪空远,漫不管、一时红粉。

倩谁与说清芬,淡然颜色,傲然情性。旧盟曾许,佳期既诺,更约朵云穿引。忧襟暗省。任几被、霜欺香鬒。冰蟾染罢,怕夜沉花冷。

水龙吟·谢公玉岑诞辰百二十周年祭
宿鸥栖冷寒塘,曲波浅印霜天影。斜阳晚照,乌衣深巷,旧家门径。万感幽单,酒边肯奈,江山都病。把盈怀骚绪,画眉深意,忍还对,孤鸾镜。

运命莲生差许,算才情、纳兰相并。先凋蒲柳,艺林犹是,早标名姓。怕展遗编,几双清泪,一番悽哽。正遥岑极目,梦魂萦缕,坐郊亭暝。

2019-06-06

王震宇 1975年生,辽宁省葫芦岛市人。《小楼听雨》诗词平台评论委员。

晚 归

过岭寒云晚四垂,小城灯火转迷离。
虚堂酒醒风飘雨,独向长街立片时。

2017-03-09

王政佳 1954年生,辽宁岫岩人。国家一级美术师、诗人。

骏马悲歌

沙场月冷淬真魂,浩气千秋一吐吞。
喋血何妨肥劲草,不容胡骑破辕门。

2019-01-13

王志伟

回 家(新韵)

高铁仍嫌不似风,羁心早向腊八羹。
临窗小憩家滋味,梦比车轮快一程。

2018-08-13

题刘公岛炮台(新韵)

崖上涛声十丈危,不堪一景刺心扉。

百年炮口仍东望，铁甲王师去未归。

2020-01-16

哨所值班接老母电话（新韵）

半字未询何日还，亦知白发望眸穿。
家山不过一张票，我计归程须用年。

2019-10-30

王中伟 江苏江阴人，中学教师。

过梵净山

云依林壑染青痕，钟鼓悠悠洗六根。
欲问重霄登入处，一峰如钥插天门。

2020-03-30

韦树定

短歌行二首其二

银河光如水，众星落水中。水深几光年？地球在渊洪。星多水当浊，行人如瞽聋。光速一何疾，所悲渡河公。宙合方扰攘，吾其忧忡忡。

2018-04-11

魏新河

鹧鸪天·雪后飞行（1988）

银界无尘一色同，恍惊身在玉壶中。刺天白燕疑无影，匝地红尘望绝踪。

澄耳目，净心胸。太虚此际返鸿蒙。孤怀放浪青冥里，遮莫微躯寄九重。

2019-08-24

浣溪纱·早春

知是相思第几年,新愁恰在杏花前。春衫犹滞一襟寒。

七八丝黄深浅际,二三分绿有无间。与谁心事共遥山。

2019-07-11

文　裳　本名何振山,河北大名县人。少小入军籍,业医,现居苏州。师从津门词家曹长河先生。

高阳台·戊戌大寒前一日,姑苏诗友雅集,访午梦堂腊梅,传为叶小鸾手植者。惜甫过芳候,凋零殆尽,唯余冷香郁郁。流连踟蹰,惆怅莫名。虞山周向东兄约赋此调。

紫玉烟沉,青鸾羽化,空余倩影疏香。小院颓垣,当时立尽斜阳。冲寒手植韶华梦,甚韶华,负了红妆。恁凄凉,留此灵株,兀自横窗。

百年谁绾金铃索,为精魂摄护,艳骨柔肠。桥影流虹,春闺一样哀伤。分湖碧水无情思,但年年,送过帆樯。更迷茫,鸥鹭无猜,劫数沧桑。

念奴娇·谒蒋捷墓

碧天如洗,正葱茏岑表,遍生修竹。寂寞荒丘围短柏,道是稳眠苍玉。千度樱红,依然雨冷,漫打芭蕉绿。凄然伫立,趋前长揖如肃。

遥想江左风流,斯人才调,文采清相续。故国伤心悲齿发,铮骨耻依周粟。落拓江湖,寄情诗酒,我亦风前烛。萧条异代,对君倾泻愁斛。

2019-12-21

台城路·丁酉花朝重至西湖,忆昔柳莺纵酒忽忽逾十年矣

十年未湿西湖雨,花朝忽临汀渚。列岫眉同,横波眼似,惝恍旧

游芳侣。吉光片羽。记第四桥边,再招鸥鹭。独照清流,萧疏两鬓霜如许。

东君知我别久,促春嫣好景,红到花树。柳浪莺巢,梅林鹤舍,绰约先贤名墅。踟蹰静女。便油壁钿车,欲之何处?小小西陵,那时松柏路。

2019-07-22

无以为名 又名无名,隐天下精舍为诗。

香　烟

殉火成灰杂劫尘,一支长仅寸余身。
每期焚草耽焦味,偶借浮云定乱神。
卷纸惟藏心里话,吐圈偏套眼前人。
欲离难舍何时了,不戒终因本性真。

2018-02-22

吴硕贤 1947年生,福建诏安人。2005年当选为中国科学院院士,是中国建筑技术科学领域唯一的中科院院士。《小楼听雨》诗词平台顾问。

办公室

红楼工作已多年,昔日谁曾住此间?
四壁无言唯静默,人如流水屋如岩。

2018-07-22

相　思

君住江之北,吾居地尽南。
悠悠思念苦,量子互纠缠。

2020-6月13日

吴未淳（1920-2004）北京海淀人，1942年毕业于中国大学国学系。

酒友歌

满腹吞心酸，大才无用珠落渊，醉来痛哭呼苍天。风姿绝翩翩，三十无室犹孤眠，愁来买醉不论钱，人生那得长流连。痴狂亦可怜，书读万卷绝尘编，醉后鱼花浪纠缠。未老雪满颠，三载缧绁几沉冤，归来日日放酒泉。风流疏尘缘，三杯落肚兴盎然，羞与俗子相周旋。清狂二十年，有杯如斗笔如椽，抗怀诗酒齐青莲。

2017-09-07

吴祖刚（1908—2013），江苏常州武进人。曾于上海北虹中学任教。

拔　牙

依依长进藿藜餐，八十余年共苦酸。乞食嗟来同齿冷，打针语塞却心寒。

小虫为患人无奈，白刃相加我岂安？忍痛一挥君去也，此生骨肉再圆难。

一剪梅·戏作

老子当年气吐虹，坐也威风，立也威风。而今老态忐龙钟，看也蒙龙。听也蒙龙。

儿辈营营花闹蜂，东也嗡嗡。西也嗡嗡。一天风雨乱鸡虫，笑阿家翁。骂阿家翁。

如梦令·游戏

淘气猫儿追尾，逃学儿童滚地。醉了谪仙人，白发三千游戏。游戏游戏，赤子乾坤无际。诸葛空城妙计，说得天花乱坠。

大圣小猢狲,闹得翻天覆地。游戏游戏,熠熠生辉文艺。下笔摇头摆尾,面孔从头板起。大块好文章,滥调陈词堆砌。无味无味,也算一场游戏。

2017-02-05

武 斌

老宅去杂栽竹

二月莲山雪后晴,倦劳再践旧时盟。
贫生岂是偏怜竹,为听潇潇打叶声。

2020-02-11

武立胜

除夕夜听刘德华演唱《回家的路》

经年羁旅走天涯,一曲歌倾泪满颊。
梦惹乡思三百六,今宵最怕唱回家。

2018-08-29

巨鹿杏花节

美到无词可一夸,烟封雾裹愈清嘉。
当年破釜沉舟处,座座桥头卖杏花。

2019-05-21

武 阳

治 腰(词韵)

古稀非短寿,预定目标超。
疾疫常相伴,阎罗总未招。
常疑生禄在,抑或担需挑。

欲解腰椎苦，挨他第五刀。

注：第五刀，第五次手术。

2019-12-28

送孙女上学偶得

方才离襁褓，转瞬学生装。
日觉肩包重，时看发辫长。
端端书算式，朗朗颂诗章。
老幼天伦趣，朝晖伴夕阳。

2019-05-27

X

萧雨涵

登凤凰楼

叠叠巴山入眼青，登楼须上最高层。
我今仿佛骑鳌客，摘取云河十万灯。

2020-06-08

谢莹 赣籍，现居粤。教师，新社副社长，蓬江诗社副秘书长。

蝶恋花（依师父石斋韵）

雨打芭蕉轻与诉，叶叶声声，肠断分离处。寂寞千丝心上住，落花数尽愁难去。

最是多情烟际树，脉脉无言，相伴高台古。猜破情天谁可补，红颜总被痴情误。

2018-06-28

蝶恋花

最恨韶光难绾住。斜柳无言，怅望分襟处。昨夜西风频寄语，忍将残梦吹成絮。

雨织离愁千万缕。点滴幽阶，化作叮咛句。凤约鸾期须记取，莫教明月空来去。

2020-01-04

星 汉

沁园春·夜游哈尔滨冰雪大世界，同陈修文先生李雪莹吟兄

北国风光，不被冰封，就被雪埋。笑红颜少女，气嘘银发；白须老子，风染桃腮。哈尔滨人，松花江畔，造个清雄世界来。严冬里，伴酒朋诗侣，抒展情怀。

这般图画铺开，直小看前朝咏絮才。趁琼楼剔透，抚摩肝胆；华灯烂漫，放浪形骸。稳步虹桥，登高四望，撒落星辰向草莱。分携后，恐天山魂梦，在此徘徊。

2018-01-28

熊东遨

清明有怀

暂歇黄牛一角田，家家墓上举青烟。秧针绣水参差绿，莺笛招魂滴溜圆。

残梦淡如花下露，夕阳红到井中天。他年我亦归尘土，与子同亲大自然。

2017.05.29

行香子·暮春过草庵寺怀弘一法师

几点微红，几杵疏钟，把吾侪，引入空蒙。摩碑辨字，倚石观

松。对一山云,一池月,一亭风。

当年佛寺,曾住诗翁。大光明,顶上圆通。纷繁世道,简约行踪。在竹溪旁,梅峰下,菊园中。

2017.03.29

熊　鉴（1923–2018）　字章汉,别号楚狂。湖南沅江人。曾任《当代诗词》任编辑编委,广东省中华诗词学会常务理事、顾问。

虾

跳跃灵于蟹,峥嵘势若龙。

生前无滴血,死后一身红。

推土机

推去丘陵填尽坑,希求万里可通行。

造山运动无休止,世路何由铲得平?

2018-07-25

熊梅珍　女,湖北人。

鹧鸪天·清明吟

带泪梨花湿画屏,蒙蒙细雨诉衷情。一溪春水柔波弄,几许心思细雨听。

情切切,念声声。双亲家里又叮咛。乳名轻唤忙回应,好梦惊醒惆怅生。

2020-04-04

熊盛元　1949年生,江西剑邑人。江右诗社社长,《小楼听雨》诗词平台顾问,江西省诗词学会副会长。师从毗陵吕小薇先生学诗古文辞。

湾里云堂寺蜡梅初绽,次逋仙《梅花》韵

林杪同云欲雪时,漫沿苔径好寻诗。
验渠方外无双谱,怜此春前第一枝。
疏影临溪何妩媚,淡香于我总偏私。
披襟笑倚幽篁侧,伫待回阳暖律吹。

丁酉端阳感赋

惜诵怀沙两未能,骚心欲共海云腾。
空教沃若张荷盖,转觉萧然似野僧。
廿八年间苔掩血,三千劫外雨飘灯。
高丘影没烟霾里,底事危阑苦自凭?

水调歌头·丙申除夕醉中作

天际翰音邈,水调更谁歌。匣中霜剑锋敛,灯下自摩挲。细数平生知己,惟有庭前梅蕊,怜我醉颜酡。欲洒两行泪,翻恐海扬波。

日边梦,花外恨,两销磨。劫尘飞处,休问西馆与南柯。漫道枯槐蚁聚,争奈芝田人去,春信隔云罗。惝恍见之子,晞发在阳阿。

2018-08-07

徐　敏　现居襄阳,中学高级教师。襄阳市中华诗词学会副会长。

晨游神农架金猴岭

古木清溪老树藤,青苔绕径上崚嶒。
金猴未见游人少,啼鸟声如秋水澄。

2019-09-12

许东良 安徽宿州市毛泽东诗词研究会会长。

题唢呐班子

至高声调向天鸣,嘴上功夫不厌精。
莫管几流吹鼓手,历来都是好营生。

2019-05-16

Y

严野夫 60后,粤人回归香港。

访樟树阁皂山(汉丹井)

松风依旧荡嚣尘,枯井断垣殊可珍。
若是桂花长结实,何妨遗世作真人。

2020-06-09

燕　河 女,居北京。

大雪前数日寄梅花赠月白

且向春天借一旬,罗浮旧梦隐芳尘。
近来万物无新事,只有梅花最动人。

2019-11-22

杨启宇

梅花寨古寺

当年曾此访梅花,峰转溪回认不差。
欲往山中寻古寺,上方钟磬碧云遮。

2019-09-24

庚子元宵

九州齐罢上元灯，寂寞鱼龙舞未能。
乍入小康浑觉梦，何来疫疠竟封城。
钧天似醉还非醉，老眼看春不是春。
欲问姮娥明日事，姮娥无语掩冰轮。

2020-02-09

杨　强　唐社副社长。浙江卫视首届《向上吧，诗词》决赛总冠军。《小楼听雨》诗词平台评论委员。

木兰花慢·赋落花

抱寒枝几日，更风雨，簸花魂。趁数点胭脂，不教春去，舞困苔茵。轻颦，问谁爱惜，绕芳庭、树底倚孤身。一片飞红掌上，斯须为挽残春。

殷勤，故坠金樽，谁把酒，慰羁人？叹空遇飘零，眼穿仍尽，分付黄昏。逡巡，暂留醉赏，拚明朝、陌上逐轻尘。捡得空枝自去，梦回凝想芳痕。

2018-09-09

己亥三月廿六夜重抵沪上追感往迹偶作一首

缩地江山窄，风埃此日行。
一城灯有味，万里客关情。
海国涛声壮，天涯潘鬓惊。
飘蓬思往事，旅枕意纵横。

2020-01-04

杨叔子　中国科学院院士，华中科技大学教授、原校长，中华诗词学会名誉会长。

鹧鸪天·访西湖父迹（二）

2009.10.27　杭州

一曲吟成意未消，孤山亭上看今朝。雷峰夕照丹霞绕，保俶晨辉古塔骄。

苏小墓，映波桥，风荷曲院彩图描。香山洞渺人何去？[①]一炷云山拜奠遥。

注：①余父昔曾寓香山洞。

2017-12-08

杨卫真　江西人。

烟波一苇

烟波铺十里，淡染亦含情。

云约蓬山去，风掀竹海鸣。

禽声穿晓雾，櫂桨击清泓。

游目尘嚣外，飘飘一苇行。

2019-10-31

杨新跃　男，湖南人。《小楼听雨》诗词平台评论委员。

二胎得女两周岁生日作绝句三章选其三

非为最小得偏怜，有姊提携未息肩。

前世情人今世累，笑从眉眼认前缘。

2019-05-31

杨逸明

小　窗

深居斗室小窗三，一扇朝东两扇南。

垂野星星挂空月,几平方米已包涵。

车行黄河大堤上
车驰百里起尘烟,滚滚黄河浪接天。
我上大堤双眼湿,恍如攀在父亲肩。

听春雨戏作
一夜潺潺未肯停,春波急涨与桥平。
如今好雨知时态,润物那甘不作声?

2016-12-12

杨勇民 河南固始人。

浣溪沙·花到荼蘼
十万天花未可留,无情落照似凭秋。怕听燕子唱凉州。
欲种长春天不雨,未眠子夜鼓当楼。关山若许一时忧。

2017-05-16

杨 裕 江西上饶人。

种 菜
儿童打枣下枝头,角豆新除摘石榴。
今有闲人无所事,前庭补种一篱秋。

2019-05-15

杨子怡 号篱边散人,中华诗教学会常务理事,广东省诗词学会常务理事。

雨后游园
翠木阴阴花涨溪,一园红湿压枝低。轻烟织缕银镶岭,青草铺茵玉满畦。

苑里已容随意绿，林中不禁自由啼。鸣蛙不解人间痛，犹自笙歌北到西。

2020-03-23

黄风铃半谢

半作金毡半作冠，土豪色合土豪看。

富极一时终有谢，留将青眼对青峦。

2020-03-16

姚海宁 浙江临海人，浙江省诗词与楹联学会理事，临海市诗词楹联学会副会长兼秘书长。

暮　春

曲巷深深近我家，藤红竹绿各相遮。

暮来忽见风吹雨，不忍前行踏落花。

2018-05-17

冬至前两日过曲院风荷有怀

院中初日惹思量，恍见当年人影长。

且爱风寒荷别样，清癯如许带微霜。

2018-01-08

姚泉名

宿梅红山

秋山入夜色全无，却把楼灯泼满湖。

犹记来时峰转处，溪声醉得数枫朱。

2017-10-16

翠芳亭避雨

穿林打叶响泠泠，檐下倚栏闲坐听。

信到遭逢风雨处，一山松柏不如卿。

2019-05-13

叶嘉莹 号迦陵，中国古典文学研究专家。1924年生，1945年毕业于辅仁大学国文系。现为南开大学中华古典文化研究所所长，博士生导师，加拿大皇家学会院士。

水龙吟·秋日感怀

满林霜叶红时，殊乡又值秋光晚。征鸿过尽，暮烟沉处，凭高怀远。半世天涯，死生离别，蓬飘梗断。念燕都台峤，悲欢旧梦，韶华逝，如驰电。

一水盈盈清浅。向人间、做成银汉。阋墙兄弟，难缝尺布，古今同叹。血裔千年，亲朋两地，忍教分散。待恩仇泯没，同心共举，把长桥建。

鹧鸪天·再寄梅子

老去相逢更几回，人间别久信堪哀。繁花又向天涯发，明月还从海上来。

山断续，水萦回，白云天远动离怀。年年断送韶华尽，谁共伤春酒一杯。

蝶恋花

爱向高楼凝望眼，海阔天瑶，一片沧波远。仿佛神山如可见，孤帆便似追寻遍。

明月多情来枕畔，九畹滋兰，难忘芳菲愿。消息故园春意晚，花期日日心头算。

2018-02-18

叶金平 男，江西人。

浣溪沙

岸柳无心理晚妆，飞花偏又搅愁肠。兰舟此去更茫茫。

世事烟云空聚散，人间恩怨漫思量。栏干凭软立斜阳。

2019-11-22

叶元章（1923-2019） 浙江镇海人，《中华诗词》、上海诗词学会原顾问。

重访西湖忆二苏（选二）

西泠桥畔鸟朦胧，月上南屏几杵钟。

油壁香车何处是？湖头剩有晚来风。

*

情僧去后春无色，苏小风流竟又闻。

绿暗西泠云淡淡，桃花红上美人坟。

江村春景

一

花外钟鸣日未昏，人随流水过前村。

犬眠篱落莺啼树，三五田家绿锁门。

二

妖娆不改古时装，醉倚流霞舞霓裳。

春老江村桃未落，繁花肃客入横塘。

2017-04-09

游海盐南北朝

游罢南湖又北湖，四围山色水平铺。

挥毫欲写天然景，纸上烟云总不如。

2020-03-18

于虹霞　生于北京的75后，语文教师。

游七里山塘街

闾巷虎丘多旧闻，晴烟澹雪尽芳芬。
落桥斜日曛如绣，举棹青澜绿到裙。
袅娜红灯燃七里，绵长昆曲醉三分。
看风吹皱波心月，归抱山塘一片云。

2020-03-12

于文清

多景社友小酌，缺席拈得"几"字

金焦两点青，多景望吾子。
千古大江横，一时高唱起。
诗非不可为，人要清如水。
但见古今诗，真诗能有几？

2019-09-23

于文政

夜舟武昌至汉口

夜归经夏口，醉袖倚舷窗。
地迥云连汉，天低斗浸江。
船行灯影碎，杯举月轮双。
鹦鹉洲何在，襄阳愧隐庞。

2019-05-15

余月清 江西广信人。

无 题

南乡复北城，布谷一声声。
不必相催急，良田已遍征。

2019-04-22

岳连婷 河北省沙河市人，邢雅诗社理事。

夜 坐

霾深无语隔楼台，漫把乡愁入酒杯。
醉到深时无所事，一宵测字问将来。

2018-12-18

Z

曾继全

烈士墓

清瘦几抔土，无名冢作家。
春风没忘你，开满小黄花。

2019-12-01

曾俊甫 1981年生，湖南新化人。网名瘠堂，号还园

寄王红利兄

小斋仰屋过年年，故纸频钻接古贤。
一角馨香知境妙，半城风雨任陵迁。
歌吟肯约花前梦，晤坐期邀酒后篇。

待到秦皇风日暖，与君晒腹听溅溅。

2018-08-04

曾 拓

井 梧

照影还饶月色凉，井波不动结新霜。
寸心已为深秋死，莫遣空枝误凤凰。

2019-11-22

张春义

过杜甫草堂

踪迹如萍西复东，缘江曾此系孤篷。
桤林明晦应相似，花径萦纡自不同。
已共声名侔太白，合随宅舍胜扬雄。
我来恰值秋声晚，远客摩肩望未穷。

2016-09-25

病 怀

抱疴如小隐，聊洗旧尘氛。
节序阴潜发，江湖杳不闻。
半生南北路，万事去来云。
数尽层台雀，轩窗日又曛。

2019-12-20

张 帆 男，浙江象山人。

乡 思

忽见他乡新燕飞，家山应是落梅时。

梦中一夜江南雨，　春上梨花第几枝？

2017-03-15

张凤军　男，黑龙江青岗人。

风入松·家中小酌

去年樱盛与今同，弹泪别从戎。夕云暮雨征尘老，栈桥外、柳瘦桃红。愁绪单凭浑酒，闲情莫寄东风。

花开花落小楼东，寂寞老闲翁。枕怀家国兴亡事，一杯酒、倚剑星空。谁道人生苦短？任他吟梦惊鸿。

2020-03-09

张福有　1950年生，吉林集安人，中华诗词学会顾问。

再步赵玉兄韵车上致披林撷秀

铁岭来风沁远香，亭亭雅韵自荷塘。

遥知撷秀多辛苦，接站牌高找沈郎。

2019-03-06

张桂兴　1944年生，河北隆尧县人，1961年入伍，1985年转业，北京市民政局副局长。原中华诗词学会副会长，北京诗词学会会长。

鹧鸪天·寄武汉樱花诗社诸友

又见枝头吐蕾芽，去年武大醉樱花。曾临光谷惊科技，更在东湖傍晚霞。

忧此疫，念诸家。思情难理乱如麻。京城楚地同安好，送罢瘟神共品茶。

2020-03-15

张海鸥 笔名燕云子，中山大学中文系教授、博士生导师。

采桑子·结业典礼并共勉

"诗词黄埔"始于2009，2014、2017三期矣。校训"高贵典雅"，校歌《长干行》期许相逢与远方。

黉堂三度清嘉事，典雅芳芬。高贵氤氲。都似扶风澹荡人。

相逢借问方行远，风许青蘋。玉许璘珣。伴得华年锦瑟温。

2017-09-13

张海燕 1969年生，浙江余姚人。《浙江诗联》编委。

落 红

同根骨肉自相依，无奈风来东复西。

皆爱钢筋混凝土，落红何处化春泥。

2018-05-01

张 虹 美国计算机硕士，软件工程师，定居纽约。

游仙诗二首

其一

壁炉微照酒微醺，月影灯光渐不分。

忽见松鳞窗外入，更惊人语枕边闻。

玲珑三寸神仙舌，奇怪一篇天地文。

后世前尘诠未载，亦真亦假说纷纷。

其二

正月繁霜已可嗟，临渊惴惴更无涯。

谁知凡物皆牛马，却怕几时成鬼蛇。

空谷虽能存道术，青云那得有仙槎。

山中客子今何往，处处经荒处处家。

2020-03-25

张剑英　男，浙江象山人。

感落英

东风不恤惜花人，吹落芳华乱作尘。

长恨人间春日短，未曾深识已无痕。

2017-03-15

张金英　70后，祖籍广东，定居海口。《小楼听雨》诗词平台评论委员、海南省诗词学会副会长兼会刊《琼苑》执行主编。

浣溪沙·月牙泉

谁卧鸣沙绿梦生？一湾碧玉满天星。尘心未染月心明。

许是瑶池难了镜，莫非人世万年睛。空荒大漠不荒情。

2020-07-01

初春望湖岭寄怀兼呈诸师友

染青点黛带疏烟，烟景飘摇供眼前。

山夹长湖云迤逦，天开明镜水缠绵。

放来心魄皆飞鹭，聚起峰峦竞吐莲。

春惹人怜还惹恨，何当共赏入吟笺。

2018-05-09

张青云

早春江楼听雨有怀巴渝故里二首（其一）

弥天霡霂绝纷拏，何处箫声忆故家？

一种乡情忘未得，万山风雨冻桐花。

2017-07-30

早春江楼听雨有怀巴渝故里（其二）

春衫白纻小楼西，紫燕飞来失故泥。
商略怀乡唯有睡，平明梦渡海棠溪。

2017-05-15

张庆辉 1970年生，重庆云阳人，定居云南昆明，《小楼听雨》诗词平台评论委员。

宿光禄古镇百果岭山庄

暮投迤岭东，窗下响寒虫。
帘动松风起，秋灯一院红。

2017-12-20

冬夜听石鹏飞教授论道

林隈小借一隅安，贪听先生坐夜残。
直语滔滔苍龑怒，长河耿耿晓星攒。
百年难祛流行病，九域谁传定制冠。
木落山亭风飒飒，灰炉炭烬战霜寒。

2019-11-22

张孝华

母　亲

微身难服老，独自守家乡。
种豆夕阳短，思儿夜梦长。
银针缝日月，白发煮风霜。
布谷声声唤，南田又插秧。

2020-02-07

幸福生活

忙碌多年已退休,归心念父故乡留。

夕阳结伴儿时路,小老头推老老头。

2020-02-07

张志坚

送 山

秋风一路乱纷纷,秋水深寒秋日曛。

我与青山心俱裂,新伤口是故人坟。

2018-02-16

潮汕故家

家住小村东寨坡,溪云缭绕岭嵯峨。

南窗更替田园画,春换秧苗夏换荷。

张智深

寄 远

清宵孤月冷,有梦出罗帏。

渺渺秋江上,风骑一叶飞。

八声甘州·金陵

问石城何处有龙蟠,钟麓渺重霄。想凤台灿羽,香楼坠扇,幕府惊涛。憔悴台城宿柳,一梦失南朝。谁傍长洲月,吹彻寒箫。

独立雨花台上,正秋风澹澹,落叶萧萧。看雄楼兀起,云涌古城高。裂苍空,笛声千里,武昌轮、风雨过江桥。长回首,秦淮深处,灯火如潮。

2020-05-24

章雪芳

与彩阳同仁游普吉岛
云卷岛浮空,沙明望不穷。
采回光万缕,共织一帆风。

2019-09-15

杨梅山
星海倚高风,酸甜落柴丛。
儿时多少梦,都挂树梢红。

2020-01-02

章一菲　1949年生,浙江临海人,临海市诗联学会副会长。

芙蓉峰
翠石攒成一朵莲,四山幻作叶田田。
待看雨霁风生后,万壑松涛涌碧涟。

卜算子·苦雨
春雨暮连朝,辜负东湖柳,欲借清樽遣寂寥,忌病难胜酒。
斗室几徘徊,料峭寒侵袖,帘外频传滴嗒声,乱把心弦扣。

2020-01-19

赵宝海

也涵宴客
书香门第小书衙,梨枣清香味最嘉。
共饮玫瑰陈酿酒,一杯岁月一杯花。

2018-08-18

赵崇卓 男,广东新会人。

象山秋月

高风扶起一轮秋,托出葵城十二楼。
顾倩谁人搓锦缆,长教月系象山头。

2019-05-27

赵迪生

杨启宇、廖国华兄光临寒舍

应与春风缘不悭,飙轮枉顾我门前。
好将心底陈年话,化作牢骚到酒边。

2019-05-27

赵桂云 女,内蒙赤峰人。

雪　夜

寂寂今宵夜,风轻月色新。
乡愁襟上泪,别思梦中身。
惆怅忆前事,蹉跎为客尘。
残年将又尽,故里几归人。

2019-12-28

赵　丽

丙申春中蒙边境北塔山牧场纪行

回风划地入苍冥,远望残山睡未醒。
春到西陲真吝啬,至今不办一痕青。

2020-03-08

赵章武 男，浙江温州人。

过南京北极阁吊死难同胞纪念碑

夜泊秦淮客梦遥，悲风古木叶萧萧。

伤心卅万同胞骨，哪有馀哀吊六朝。

2019-11-22

甄秀荣

送　别

南国春风路几千，骊歌声里柳含烟。

夕阳一点如红豆，已把相思写满天。

赏　花

房前闲地种玫瑰，春色一庭红绣堆。

许是我家花更好，过墙蝴蝶又飞回。

2020-03-08

郑虹霓 安徽六安人，阜阳师范大学文学院教授、硕士生导师。《小楼听雨》诗词平台评论委员。

渔家傲·辛卯山乡小记

偶入桃溪随小艇，市声渐远人心静。最是海棠花事盛，绮梦冷，四围山色风吹醒。

催我晨莺枝上并，嘤鸣远近来呼应。薄雾横垣浮竹影，添逸兴，北窗吟咏酬佳茗。

2019-06-22

郑 力

什刹海二首

其一

吹柳京华燕子鸯，侯门列戟又何年。
一身十万红尘里，坐看清漪绣白莲。

其二

绿楫红桥处处凭，清漪紫燕望艑棱。
蓦然围岸皆灯市，也向浮生一影凝。

2018-07-19

父亲的自行车

忍看斑斑铁锈黄，那时最爱上车梁。
纵然风雨难遮避，也载欢声一路长。

2019-06-16

郑晓京 北京人。徐悲鸿艺术沙龙理事，师从诗词书法大家萧劳先生。

白菜花

弃玉难抛向水栽，看家菜也有花开。
小窗昨夜犹听雪，却有春风阵阵来。

2017-10-06

郑欣淼 1947年生，陕西澄城人，曾任文化部副部长、故宫博物院院长以及中国鲁迅研究学会会长、中国紫禁城学会会长等、中华诗词学会会长。

七十咏怀

其一

影踪一路到幽燕，造化驱人岂偶然？

血荐韶华镐京月，心萦畎亩渭川烟。
雪峰饱看五千仞，紫阙欣聆六百年。
今可从心矩犹在，衙门再结海山缘。

其二

心头骚雅耳边钟，相伴今生有两公。
春望秋兴感沉郁，鹰飞鲸掣思宏雄。
热风已得燃犀烛，直面才看贯日虹。
鲁迅锋芒工部韵，殷殷尽在不言中。

2017-12-20

钟家佐 1930年生，广西贺州人，历任中华诗词学会顾问，广西诗词学会会长。

洞里萨河所见

村庄绿树水中浮，树下波涛吊脚楼。
一任苍茫天水阔，门前自系打渔舟。

2018-09-14

钟振振

扬州瘦西湖二首选一

千秋西子两名湖，雪月风花斗丽姝。
恕我偏心稍爱瘦，谁教籍贯是江苏？

登悉尼大桥观海日东升

一道钢梁束海腰，横空有客立中宵。
两三星火诗敲出，曙气红喷百丈潮。

2019-12-20

北川废城春草

寂寂废城花不春,圮椽腐瓦久封尘。
生机最属无名草,挺出卑微傲岸身。

2019-06-03

观宋代文物展览,有官窑青瓷数器甚佳

广腹圆罈直口瓶,有容无畏足仪刑。
而今正要陶钧手,烧此官窑一色青!

2019-04-27

马来西亚森林城市远望海峡对岸新加坡灯火

海线遥看璀璨明,快哉风起倚栏听。
光年十万都吹落,编出星洲一岸星。

2020-02-25

周　达　1962年生于武汉,原籍湖北宜昌,中国南方航空集团深圳分公司党委书记,中华诗词学会常务理事。

母亲忌日

石门风雪暗,岭海雨冥冥。
遣梦临泉路,燃香候户庭。
思深双泪尽,宵永一灯青。
从此生涯事,无人仔细听。

2020-03-03

周逢俊　北京师范大学启功书院艺委会委员,安徽省美术家协会顾问,周逢俊美术馆馆长,燕堂门下。

念奴娇·尼亚加拉大瀑布

不须仰望,汇千川激下,海平低处。开魄自由经九曲,多少情

怀难诉。大壑冰溶，气生万里，共拓荒原路。撕开裂嶂，直穿寒曙朝暮。

遥落碎玉惊澜，急流不息，腾起漫天雨。切莫徘徊行怯怯，更有几番揆渡。浩浩飞思，蒸蒸气动，化作潮头去。秋光无限，壮游天下谁与。

2018-11-02

周冠钧 1970年生，皖人，居扬州，平山诗社和平山清韵网站发起人。

相思引·临屏戏赋春感

向晚闲愁与日斜，披香燕子又还家。多情小月，韵已著些些。

毕竟东风凉太细，柳绵几点落窗纱。此身虽在，只是隔天涯。

鹧鸪天·闲题

除却西风不是秋，菊花飒飒一迟留。无边日影堪怜物，随意人生可饭牛。

深把盏，漫搔头。小诗长寄水东流。衰桐疏柳经年绿，许我多情独上楼。

2018-11-10

周锦飞 江苏张家港人，今虞诗社社长，兼社名誉社长。

澡兰香·谷渎港樱花次梦窗韵

涵云细水，夹岸疏枝，叠叠渐生妙觉。新芬染露，浅粉团酥，古渡有人曾约。又东风、吹过桥西，伊谁容教破萼。空顿首、盈盈过客，黄莺青箬。

一丈红尘软处，一寸相思，已归精魄。平分造化，自老文章，稳对酒家帘幕。是飞英、亦是流光，潜入浮杯小酌。也不管、铁笛孤舟，才占眉角。

注：谷渎港在江苏张家港市中心步行街东首。

周粟庵 网名青牛，山东人。

无 题

鸿爪江湖鬓已星，时间煮雨醉中听。

看花不忍近窗久，唯恐无聊忽念卿。

注：《时间煮雨》，郁可唯演唱。

2017-03-21

周退密（1914-2020），生于浙江宁波，毕业于上海震旦大学。曾参与《法汉辞典》的编写工作。

为邵君题王伯敏山水小卷

何处烟波何处山，登临来泊一舲闲。

题诗不觉伤游子，疑在家乡浅水湾。

看 山

山石嶙峋草木肥，攀藤扣葛绿霏微。

今朝初得看山诀，静里峰峦势欲飞。

丙戌人日

送旧迎新岁几更，逢春得句庆收成。

违时只觉文章贱，多病惟求药价平。

室有梅花增喜气，茶当浓酒欠深情。

微尘世界谁言小，一见难如隔百城。

西江月·贺吴老祖刚百零一岁寿诞

九十三龄小弟，百零一岁仙翁。此身虽老未痴聋，感谢苍天恩宠。

小令花间俊语，家筵草阁春风。醒来一觉失残冬，试听黄莺初哢。

2018-05-04

周燕婷 别署小梅窗,世居广州。广东中华诗词学会副会长,《小楼听雨》诗词平台顾问。

浣溪沙·接约

尘镜重开理晚妆,两蛾淡淡为谁长?裙衣细拣费思量。

几许心期轻错误,一丝情分暗收藏。黄昏渐近渐彷徨。

2020-02-25

清平乐·残荷

玉簪偏坠,舞袖笼金翠。欲遣西风重唤起,又恐妨她清睡。

红笺未写离情,白云犹记初盟。一夜萧疏冷雨,几回认作花声。

蝶恋花·咏柳用清真韵

江畔桃花飞尽后。独送莺箫,直欲穿疏牖。雨驿风亭休怯酒,长条恰够佳人手。

密约凭谁消息透?一样蛾眉,爱共春山秀。照影流波惊白首,思量只有情依旧。

2020-03-08

生查子·为儿生日寄怀

庭树绿云张,可解天涯意?枝叶不关风,只把相思系。

迟月渐成圆,此念何时已。有梦越重洋,梦亦清如水。

2019-04-04

渔歌子·过西陵峡龙进溪

来往游鱼见二三,片兰团石聚烟岚。风动竹,水拖蓝,听溪似与古人谈。

2018-07-22

周子惠　女,浙江丽水人。

卖花声·周庄梨花村

无处不梨花,春色堪赊。炊烟起处有人家。隔叶黄莺声最软,胜似琵琶。

闲淡送生涯,料理桑麻,招他明月过篱笆。待把乡情都泡入,一盏清茶。

2019-12-28

朱八八　女,浙江温岭人。

菩萨蛮·中秋夜感怀

星光拟向人间坠,蟾光欲照秋心睡。清露在今宵,誓他昨夜潮。
风色随秋影。不免多情病。圆月白生生。梦中身外城。

2019-09-13

朱鸿飞　1955年生,浙江武义县人。

生日自遣

不计生辰过几何,自烧汤面半汤锅。
皮囊已饱心知足,骨气犹存背未驼。
追梦讲台成幻影,移情太极舞婆娑。
老似寒江舟一叶,寂然独坐钓烟波。

2019-07-19

朱军东

小叶紫檀佛珠

山里修行八百年,蛇游兽走少人烟。
谁知刀斧加身后,才向红尘证佛缘。

2018-10-02

朱　宁　北京大学博士后、研究员，现在国务院某部门工作。

隔海即兴二首，寄世双

兄弟豪情及鸿燕，拏空一跃作云痕。

寻鲲渤澥望无际，梦语睒携国是论。

*

逸兴隔山追隐鹄，于飞霄气挞天阍。

缚鲸瀛澥出霞际，睐远憧憧忘昼昏。

2020-03-02

梓　煜　本名何春英，70后。生于吉林定居余姚。

北国春

大块藏春时晦明，半坡新草带寒生。

乱云不碍风先睡，一夜杏花听雨声。

2020-05

紫　筠　江苏徐州人。

踏莎行·灯光

此处花开，那边星灿，三千街巷金银炫。醉中盏盏似卿眸，夜深照我归程远。

万里风尘，十年辗转，几曾问得凉和暖。蔷薇香溅倚栏时，丝丝灯射相思箭。

2020-02-17

索引

优秀作品点评选编（按照作者姓氏音序排列）

A

秋天杂咏 / 安全东 155

B

病中偶得 / 白晓东 155
竹笛 / 鲍淡如 156

C

汉宫春·南园 / 蔡世平 156
菊 / 蔡致诚 157
晚秋滨堤行 / 曹宪阁 157
生查子·有感于情人节 / 陈绮璋 157
看爹娘遗像 / 陈廷佑 158
沧浪亭 / 陈伟 159
素描 / 陈衍亮 159
路上 / 陈衍亮 159
参观南京博物院偶得 / 池健 160
独饮 / 楚成 160
七七祭 / 楚家冲 160
摊破浣溪沙·寄炉子 / 辞醉雪 161

观震灾募捐晚会后有记 / 匆匆太匆匆 161
庚子正月十七凭窗 / 崔广礼 162
临江仙 / 崔杏花 162

D

村中小戏即景 / 戴根华 163
清明夜雨 / 独孤食肉兽 163

F

村中一留守人家年关小情景 / 范东学 164
浪淘沙·立秋日府谷黄河有记 / 范诗银 164
梅花 / 方春阳 164
老邻居夜话 / 冯晓 165
对桃花 / 傅璧园 165
喝火令 / 负棺人 166

G

西江月 / 盖涵生 167
隐括《山行》诗致敬刘章老师并贺八十华诞 / 高昌 168
重逢 / 高昌 169
答友 / 高海生 169
庚寅元日值西方情人节 / 高寒 169
立冬 / 高先仿 170
小说人生 / 葛勇 170
每看 / 葛勇 171
看傻姑画眉 / 葛勇 171
与志坚兄访青浦赵巷镇金嗣水幽居 / 龚霖 171
别意 / 古求能 172
叱犊 / 郭定乾 172
题金丝小枣 / 郭庆华 173
大河吟 / 郭友琴 173

H

唤春 / 韩开景 173
登香山不见红叶有感 / 何鹤 174
乘地铁有感 / 何鹤 174
鹧鸪天·元旦有寄 / 何鹤 175
路见枯花 / 何其三 175
鹧鸪天·耕读乐 / 贺刚 175
清远道中 / 洪子文 176
刘麒子先生来电 / 胡迎建 176
得意 / 黄旭 177

岳飞墓 / 霍松林 177

J

捣衣 / 江合友 178
秋日过小汤山窗前即景 / 江岚 178
树木盆景 / 蒋昌典 179
重阳戏一绝 / 晋风 179
写在母亲节 / 晋风 180

K

宴别 / 孔繁宇 180
河姆渡遗址有作 / 孔汝煌 180

L

秋色 / 蓝衣 181
汨罗江 / 李爱莲 182
清洁工（新韵）/ 李海霞 182
赠抗日老战士 / 李建新 183
重阳登龙华古塔 / 李建新 183
柳浪闻莺 / 李利忠 183
为人写别意 / 李梦唐 184
立冬 / 李明科 184
清平乐·山中溪流 / 李树喜 184
寄赠武昌诗人 / 李树喜 185
望月 / 李伟亮 186
回保定乘K字车 / 李伟亮 186
春日寄重楼兄 / 李伟亮 186
初春 / 李玉莲 186

夜市 / 李育林 187
那一天也是母亲节 / 廖国华 187
赏枫叶 / 廖志斌 188
中秋月 / 林崇增 188
过秦俑坑 / 林从龙 189
七七过卢沟桥 / 林从龙 189
回乡偶感 / 林从龙 189
咏新荷 / 林从龙 190
三亚题南天一柱 / 林东海 190
赋《怀玉堂吟稿》/ 林峰（香港）191
海岛来客有寄 / 林作标 191
中秋 / 刘刚 191
夜起（新韵）/ 刘鲁宁 192
摊破浣溪沙·野趣（新韵）/ 刘能英 192
鹧鸪天·山中听琴 / 刘庆霖 193
高原牧场 / 刘庆霖 193
壶口看黄河 / 刘庆霖 194
西安怀古 / 刘庆霖 194
武湖渔民 / 刘庆霖 194
汀江春日 / 刘如姬 195
乡村夏夜 / 刘如姬 195
湖畔见樱花 / 刘雄 196
重到吴山茶楼分韵得遥 / 刘雄 196
临江仙·北海公园重新开放，园中散步 / 刘征 196
云 / 楼立剑 197

早春（二首）/ 楼立剑 197
重到王安石纪念馆信步踯躅园 / 卢象贤 198
水调歌头·中欧专列 / 骆春英 198

M

北京街头卖渔具者 / 马斗全 199
一剪梅·母爱 / 马星慧 200
生查子 / 马祖熙 201
初冬返佛山闲居自嘲 / 梦欣 201
凤栖梧·江南行七首之西湖 / 孟依依 201
暮春还乡 / 莫真宝 202

P

乌兰察布道上 / 潘泓 203
聊天 / 潘泓 203
聂世美君以奉和 / 庞坚 204
山行有遇 / 彭明华 205
题樱林图 / 彭明华 205
王维《雪溪图》/ 彭明华 205
看落花 / 彭莫 206
如果 / 彭莫 207

Q

土家古寨 / 齐蕊霞 207
青玉案·老屋情思 / 全凤群 207

S

题兴城大青山 / 邵林 208
江南 / 沈利斌 209
巴山春色 / 十里绿烟 209
游姑苏平江路遇雨 / 殊同 210
船上人家 / 宋彩霞 210
南歌子·读红楼梦 / 宋彩霞 210
再游刘公岛甲午海战旧地 / 宋红 211
岭云海日楼题句 / 苏俊 211
满江红·乘机飞滇作 / 苏俊 212
好事近·旧梦留痕 / 苏些雩 213
秋游白鹭湖 / 孙临清 213
村湖 / 孙延红 214
见邻家儿童放风筝 / 孙延红 214

T

观云海 / 唐云 214
某饭店邀跳舞，谢不往，诗以自嘲 / 田遨 215

W

邻居 / 汪孔臣 215
雨中登厦门五老峰 / 王海亮 216
八台金鼎观日出 / 王海娜 217
黄昏独坐 / 王胡子 217
卜算子·过南疆 / 王建强 218
五绝其一 / 王建强 218
八声甘州·岁末 / 王勤 218

问道 / 王亚平 219
赴津道上 / 王毅 219
无复 / 王翼奇 220
永遇乐·鲁迅故居感怀（步辛弃疾韵）/ 王玉明 220
霜尘 / 王志滨 221
远路 / 王志滨 221
他乡酸菜 / 王志滨 221
哨所吟 / 王子江 222
甲午初夏过圆明园 / 韦树定 222
云上飞行 / 魏新河 223
燕子 / 温瑞 223
军嫂 / 武立胜 224
江城子·盼雪 / 伍锡学 224
鹧鸪天·祭灶戏写灶王 / 武阳 225

X

秋收 / 奚晓琳 226
故人 / 夏婉墨 226
山中独坐（二首选一）/ 萧雨涵 227
西江月·宿巽寮湾 / 星汉 228
火烧山 / 星汉 228
应星楼下作 / 星汉 228
武当山金顶望云感赋 / 星汉 228
水调歌头·外家琐忆 / 熊东遨 229
题南仁刚墨马图 / 熊东遨 229
重访徐州 / 熊东遨 229
雨中游赤壁陆水湖同李锐周笃文王

澍诸老 / 熊东遨 230

夏日西山小住 / 熊东遨 230

Y

月夜登楼 / 杨慧芳 230

挽彭德怀元帅 / 杨启宇 231

黄山夕眺 / 杨逸明 231

初春雨夜 / 杨逸明 232

雨中游朱家角古镇 / 杨逸明 232

春暮垂钓即兴 / 杨逸明 232

秋兴 / 杨逸明 232

回乡偶书 / 杨云 233

谒平江杜拾遗墓 / 姚泉名 233

张家界 / 姚泉名 234

黄花村 / 叶永新 234

水调歌头·登北固楼 / 于文清 235

咏雪 / 于文政 235

汶川大地震 / 玉出昆岗 235

Z

送儿子上学有感 / 曾继全 236

浣溪沙 / 曾少立 236

方山 / 张春义 237

地铁车厢一幕 / 张立挺 237

咏竹二首（选一）/ 张明新 238

平居写照 / 张青云 238

浣溪沙·秋意 / 张晓虹 238

空巢乡村 / 张孝华 239

傍晚公园见一对老夫妻弹琴对唱 / 张孝华 239

雨夜 / 章雪芳 239

与小楼师友游小芝红树林 / 章雪芳 240

寄远 / 张智深 241

黑龙江水稻插秧 / 赵宝海 241

纤夫吟 / 赵宝海 241

雁门关怀古 / 赵迪生 242

努尔大峡谷徒步 / 赵丽 242

丙申春中蒙边境北塔山牧场纪行 / 赵丽 243

咏女环卫工 / 甄秀荣 244

蜀道行 / 郑万才 244

建康赏心亭 / 郑雪峰 244

移新居（四首其三）/ 郑雪峰 245

黄山人字瀑 / 知艳斋 245

盐城湿地珍禽保护区咏丹顶鹤 / 钟振振 246

盐城大洋湾赏晚樱（其三）/ 钟振振 246

冬日杂感 / 周裕锴 246

邻居 / 朱继文 247

温泉 / 朱少文 247

索引

优秀单首诗词作品选编（按照作者姓氏音序排列）

A

鹧鸪天·称体重/阿蛮 251
过巴山大峡谷一线天/安全东 251
秋望/安全东 251
岁末观云有赋/暗香疏影 251

B

访钟祥莫愁村/巴晓芳 252
秋游锡林郭勒草原/白秀萍 252
喝火令·包粽子迎接女儿暑假归来/白秀萍 252
野游得句/包德珍 252
诗忆北大荒·初到铁力/鲍淡如 253
姑苏台/毕小板 253

C

霜天晓角·过秦岭/蔡淑萍 253
楼梯/蔡相龙 254
一剪梅·鄂尔多斯向榆林/蔡致诚 254

题图/蔡致诚 254
甘州·大明湖谒稼轩祠废址/曹长河 254
木兰花慢·溱潼水云楼遗址吊蒋鹿潭/曹长河 255
鹧鸪天·斜街唤梦图/曹长河 255
浣溪沙·芦花/曹长河 255
小梅花·为望望白白二盲犬作/曹长河 255
留影/曹继梅 256
巫山一段云·赠友人/曹继梅 256
乡居晓起/曹世清 256
浣溪沙·酒醒之后/曹新频 256
鹧鸪天·父亲节忆父/常立英 257
不寐/陈伯玲 257
咏桂/陈国霞 257
河滨行吟/陈国元 257
鼓浪屿谒郑成功像/陈海洋 258
告蝉/陈虹 258
山行和简斋韵/陈锦平 258

国殇 / 陈乐平 258
定风波·春事 / 陈丽娜 259
落叶 / 陈飘石 259
小年即兴 / 陈仁德 259
游书堂山 / 陈廷佑 260
蝶恋花 / 陈伟强 260
游菽庄花园感吟社重建 / 陈伟强 260
春日 / 陈晓敏 261
梅林 / 陈显赫 261
回乡 / 陈显赫 261
园林 / 陈衍亮 261
题古胡杨 / 陈引奭 261
丁未作杂诗百首选其五首 / 陈永正 262
寒露前一日不觚园主人邀饮分韵得蓑字 / 陈志文 263
顾影偶得 / 程皎 263
丁酉秋意 / 程皎 263
蒲公英 / 程良宝 263
羊城暮春 / 成文君 264
雨伞 / 池健 264
山村向晚 / 楚家冲 264
雨中游西溪南古村落 / 楚之氓 264
桃花 / 辞醉雪 265
清平乐 / 崔杏花 265
临江仙 / 崔杏花 265

D

卖莲蓬者 / 戴根华 265
贺新郎·酬巴州诗友饯行 / 邓世广 266
登泰山 / 邓水明 266
湖上漫兴 / 邓水明 266
携小女游北戴河 / 丁海军 266
端午节 / 丁汉江 267
赋得龙岩夏景送秀秀归家 / 独孤食肉兽 267
将至西湖时晴雨相间 / 独孤食肉兽 267
东湖雪霁 / 独孤食肉兽 267
观老父为并栽红薯种保暖 / 段维 267

F

摘桃 / 范东学 268
西江月·逐弱水而行 / 范诗银 268
卜算子·八台山上 / 范诗银 268
岁暮夜友人来访时值兰草青葱 / 范义坤 268
木兰花令·上元节有感 / 范玥红 269
浣溪沙 / 方建飞 269
夜宿灵山寺 / 方伟 269
望万里海疆图 / 方伟 269
夜宿临海牛头山景区 / 方伟 270
过专诸巷 / 方益洪 270
咏龚自珍先生 / 冯南钟 270

黄昏 / 冯青堂 270
沙 / 冯青堂 270
丁酉六月值小楼听雨创刊一周年 / 冯晓 271
戊戌六月值小楼听雨创刊两周年 / 冯晓 271
己亥六月值小楼听雨创刊三周年 / 冯晓 271
庚子惊蛰感言 / 付向阳 271
对桃花 / 傅璧园 272
通天岩敬步王阳明玉岩题壁 / 傅义 272

G
江油留句 / 高昌 272
沁园春·家 / 高昌 273
金缕曲·爱妻三周年祭 / 高海生 273
水调歌头·游览走马槽太行山断裂带 / 高海生 273
拆迁 / 高寒 274
对琴 / 高寒 274
丙申杂题两首 / 高凉 274
春旅 / 高咏志 274
酒肆窗竹 / 高玉林 275
夜抵山西永济，站台小立 / 葛勇 275
贺小楼听雨三周年 / 龚霖 275
山中即景 / 龚霖 275
无题 / 郭宝国 276

同口中学旧址怀孙犁 / 郭宝国 276
菊花 / 郭定乾 276
己亥秋分，几十四岁 / 郭竞芳 276
枫 / 郭冶 277
鲢鱼 / 郭冶 277

H
柿子树 / 韩开景 277
乘索道 / 韩丽阁 277
扬州慢·游圆明园遗址 / 何革 278
凭窗有感建筑工人冒雪劳作 / 何革 278
墨鱼 / 何蛟娣 278
空花瓶 / 何其三 278
贺新郎·戊戌暮春登郁孤台吟啸 / 何永沂 279
丁酉秋过三峡 / 何智 279
落日 / 何智勇 279
熊猫 / 洪君默 280
戏咏腐乳 / 洪君默 280
游乐园乘海盗船 / 洪君默 280
岁末感怀 / 胡光元 280
夷陵怀古 / 胡鸿 280
无题（新韵）/ 胡鸿 281
定风波·京城伏中寄友人 / 胡彭 281
羊狮慕 / 胡迎建 281
操琴哥 / 胡永新 281
浣溪沙·读《杏花词》/ 皇甫国 282

卢沟桥事变80周年前夜有寄 / 黄祥寿 282

憾甚 / 黄旭 282

寄远 / 黄浴宇 282

J

瘗鹎了 / 江合友 283

夜闻沙枣花香口占 / 江化冰 283

秋窗晚望怀友 / 江岚 283

吟石庐阳台小坐 / 金水 284

己亥端午前三日 / 金水 284

清明 / 晋风 284

人 / 晋风 284

K

应凤瑞先生之邀 / 康永恒 285

戊寅秋兴 / 孔汝煌 285

鹧鸪天·自题《夕秀词》/ 寇梦碧 285

蝶恋花·题陈少梅《天寒倚竹图》/ 寇梦碧 286

清平乐 / 寇梦碧 286

蝶恋花 / 寇梦碧 286

八声甘州·伐梦边词人 / 寇梦碧 286

L

夜于客栈后院听幻庐先生唱京剧口成 / 蓝青 287

与夫春居自兴村 / 郎晓梅 287

戊戌春上 / 郎晓梅 287

忆母亲冬夜纺棉花 / 雷海基 287

浣溪沙·偶翻高中照片 / 离儿 287

打工王二首 / 黎正胜 288

管涔山天池 / 李爱莲 288

画堂春·约春 / 李爱莲 288

夏日游湖晚归 / 李宝 288

闻抱朴堂主寿，遥寄 / 李宝 289

西江月·母亲 / 李海霞 289

北固山访梅园 / 李含江 289

牛头山湖 / 李含江 289

唐多令 / 李豪逸 290

登岳麓山 / 李昊宸 290

百字令 / 李静凤 290

庚子立春 / 李静凤 291

下厨 / 李军 291

有寄 / 李利忠 291

庚子春分前四日沿运河下班有作 / 李利忠 291

童年纪事 / 李明科 292

宿莲花湖宾馆 / 李荣聪 292

夜归 / 李荣聪 292

双枪老太塑像 / 李树喜 292

下鹳雀楼 / 李树喜 292

送儿出国 / 李树喜 293

鸽子窝公园携妻子看海 / 李伟亮 293

釜山秋日即景 / 李伟亮 293

初秋近况 / 李伟亮 293
黄昏海滩 / 李伟亮 293
端午节有怀 / 李蔚斌 293
风入松·踏青有怀 / 李文庆 294
忆撑排人 / 李向青 294
蝶恋花·珍珠耳环 / 李亚丹 294
玉楼春·己亥生日过常山 / 李亚丹 294
瞭望台 / 李元洛 295
山与少年 / 李元洛 295
遗失启事 / 李元洛 295
山塘垂钓 / 李元洛 295
山宿 / 李元洛 295
鹊桥仙·的哥 / 李忠利 296
鹊桥仙·小我情调 / 李忠利 296
松下试茗 / 李著豪 296
鹧鸪天·魂梦 / 梁东 296
巫山 / 梁东 297
湖上 / 了凡 297
看猴戏 / 廖国华 297
母亲节有感（新韵）/ 廖国华 297
雨中登石塘对戒观景台 / 林崇增 298
除夕有怀 / 林峰（香港）298
安徽沱湖 / 林峰（浙江）298
秋瑾 / 林峰（浙江）298
定风波·送春 / 林看云 299
夜半梦醒后作 / 林凌凤 299
春光好·折梅 / 林岫 299
临江仙·题《云山夜读图》/ 林岫 300
惜黄花·苏北采风访山家 / 林岫 300
偶感 / 林丫头 300
武大樱花开了 / 林丫头 300
夜半，饮茶，思某某 / 刘川 300
渡口 / 刘川 301
史 / 刘川 301
山寺 / 刘川 301
咏竹 / 刘道平 301
高压锅 / 刘道平 301
初春夜归（新韵）/ 刘鲁宁 302
西湖未逢 / 刘鲁宁 302
湖畔小坐 / 刘鲁宁 302
偶感 / 刘能英 302
访潭柘寺 / 刘庆霖 302
鹧鸪天·秋宿寒山寺畔 / 刘庆霖 303
有忆 / 刘如姬 303
浣溪纱·江南春（一）/ 刘如姬 303
喝火令·洪泽湖之夜 / 刘如姬 303
南翔双塔 / 刘文革 303
山丹军马场吊霍去病 / 刘晓燕 304
早发 / 刘雄 304
屋角蜘蛛 / 刘雄 304
魏祠 / 刘学敏 304
悲歌二首 / 刘征 305
黄昏即景 / 龙佩 305
取"晚来天欲雪，能饮一杯无"为

韵/楼炳文 305
北京访张伯驹故居/楼炳文 306
探春令·湖上/楼立剑 306
河满子·童年记忆之夏夜/楼立剑 306
桐花/卢龙华 306
对兰/卢龙华 307
赋得卖花声次黄仲则诗韵/卢象贤 307
庚子上元/陆向红 307
游铜铃峡/罗伟雄 307
机场送别/罗小山 308

M
题任公李中堂传卷后/马春 308
金阁寺水中石/马春 308
床前/马力 308
皮兰海滩摄晚霞奇景/马力 309
银川遇大雪止/马力 309
小区又有人去世了/马星慧 309
夏日/毛富强 309
蝶恋花/梅点点 309
己亥戌日赤山道中/梅岗 310
五日/梅岗 310
侍二老游光孝寺归后作/梅庐 310
元月有寄/孟宪静 311
晚过公坑新寺/孟祥荣 311
雨后山斋/孟祥荣 311
坐夜/孟祥荣 311
节前三亚偷闲琐记/梦也无声 312
午后山中偷闲即景/梦也无声 312
丁香五首其五/孟依依 312
步韵酬阿二兄三首其三/孟依依 312
咏残荷/莫林 313
夏游渼陂/莫雨涵 313
登鹳雀楼赋河水/莫真宝 313
浣溪沙·冬至/莫真宝 313
虞美人/莫真宝 314
玉楼春·微红将尽/莫真宝 314

N
过某老厂感怀/那成章 314
乌苏里江乘船偶得/那成章 314
四月初五外城河夜游（新韵）/倪浩然 315

P
鹧鸪天·张家口杂粮水果店主小云速写/潘泓 315
阿尔山火山石上落叶松/潘泓 315
北京正山堂遗我金骏眉为此以记/潘泓 315
江上寄远/潘乐乐 316
庆春宫·题额济纳胡杨林/彭明华 316
喝火令/彭轼然 316

386

十月初十大晴西山公园即景 / 皮自樊 317

Q

多年后回姥姥家见近邻存一老房感怀（新韵）/ 齐蕊霞 317
贺新郎·咏史 / 启功 317
自撰墓志铭 / 启功 318
转 / 启功 318
友人家昙花一盆，盛开速落 / 启功 318
近见沈石田与诸友唱和落花诗 / 启功 318
早发林县 / 钱志熙 319
开封纪游 / 钱志熙 319
龙门石窟纪游 / 钱志熙 319
寄秋斋先生 / 樵风 319
绮罗香·枫叶 / 樵风 319
鹧鸪天·花开有声 / 秦凤 320
浣溪沙·岁月无痕 / 秦凤 320

R

见妻白发初生 / 冉长春 320

S

生日将至感作 / 尚佐文 320
云超宸亭伉俪携二子枉顾寒舍 / 尚佐文 321
西湖文化公司金总晓霞女史招 / 尚佐文 321
临江仙·山居春暮 / 尚佐文 321
偶作 / 沈利斌 321
车上退思 / 沈利斌 322
减字木兰花·年末寄语 / 史万胜 322
一位老母亲 / 史万胜 322
遣兴（三首）/ 史耀华 322
春日漫步所见 / 释圆一 323
岳麓山 / 释圆一 323
北京西站送客 / 殊同 323
我亦好歌亦好酒 / 殊同 324
登郁孤台 / 殊熠 324
挑夫 / 宋彩霞 325
仰望卧佛岭 / 宋彩霞 325
生查子·元夕逢疫病 / 宋晓光 325
浣溪沙·微醺 / 宋晓光 325
红荔 / 苏俊 325
题芙蓉楼 / 苏俊 326
登山 / 苏俊 326
水调歌头·宜兴紫砂壶 / 苏王曦 326
定风波·三峡 / 苏王曦 326
生查子·太姥山饲鸟 / 苏些雩 327
题国栋兄《雁南飞图》/ 苏占山 327
丙申秋趁夜色出行，日出前抵达木垒胡杨林 / 孙德生 327
榆钱 / 孙双平 327
咏菊 / 孙双平 328

重游画桥/孙文 328
思儿/孙文 328
安庆一中下放知青纪念碑落成感赋/孙寅 328

T

临江仙·古村印记/谭伟媛 329
落叶/谭伟媛 329
探春/谭伟媛 329
鹊桥仙·七夕/汤敏 329
浣溪沙·红豆/汤敏 330
题书斋/唐定坤 330
老父割稻歌/唐定坤 330
毕业赠下铺舍友/唐云龙 330
剑门关/滕伟明 331
鹊桥仙·太湖石旁留影/田遨 331
偶成/田遨 331
镇江至苏州车窗所见/田遨 331
闲坐湖亭/桐荫 332

W

浪淘沙·春寒/万德武 332
少年心/汪超英 332
过年（新韵）/汪冬霖 333
庐山石刻存照/汪冬霖 333
醉回沙/汪守先 333
听乐曲《蓝色多瑙河》/汪守先 333
庚子元夕作/王传明 333
上班途经天桥逢杏花开得句/王春艳 334
煮汤得句/王德珍 334
西湖绝句（行堤）/王海亮 334
紫藤/王海亮 334
晚炊/王海娜 335
珍珠滩瀑布/王海娜 335
山花子·有感/王红娟 335
卜算子·琴瑟湖边/王红梅 335
秋游棋子湾/王家麟 335
回乡偶书/王骏 336
临张大千泼墨山水/王骏 336
鹧鸪天·迎春/王勤 336
家子将婚祝语/王善同 336
蝶恋花·本意/王淑贞 337
己亥冬日访项王故里遇雨（新韵）/王文海 337
寄边友/王毅 337
括苍山中夜读李贺诗/王翼奇 338
杭州马坡巷谒龚自珍故居/王翼奇 338
冬日访香山寺/王永江 338
凤栖梧·中秋夜咏怀/王玉明 339
清明/王远存 339
庚子春题武汉大学樱花/王远存 339
戈壁诗绪/王跃平 339
童年有忆/王增强 340
浣溪沙·晏殊诞辰千周年/王蛰堪

340
清平乐 / 王蛰堪 340
月边娇·己亥上元写兰 / 王蛰堪 340
水龙吟·谢公王岑诞辰百二十周年祭 / 王蛰堪 340
晚归 / 王震宇 341
骏马悲歌 / 王政佳 341
回家（新韵）/ 王志伟 341
题刘公岛炮台（新韵）/ 王志伟 341
哨所值班接老母电话（新韵）/ 王志伟 342
过梵净山 / 王中伟 342
短歌行二首其二 / 韦树定 342
鹧鸪天·雪后飞行（1988）/ 魏新河 342
浣溪纱·早春 / 魏新河 343
高阳台·戊戌大寒 / 文裳 343
念奴娇·谒蒋捷墓 / 文裳 343
台城路·丁酉花朝 / 文裳 343
香烟 / 无以为名 344
办公室 / 吴硕贤 344
相思 / 吴硕贤 344
酒友歌 / 吴未淳 345
拔牙 / 吴祖刚 345
一剪梅·戏作 / 吴祖刚 345
如梦令·游戏 / 吴祖刚 345
老宅去杂栽竹 / 武斌 346
除夕夜听刘德华演唱《回家的路》/ 武立胜 346
巨鹿杏花节 / 武立胜 346
治腰（词韵）/ 武阳 346
送孙女上学偶得 / 武阳 347

X

登凤凰楼 / 萧雨涵 347
蝶恋花（依师父石斋韵）/ 谢莹 347
蝶恋花 / 谢莹 348
沁园春·夜游哈尔滨 / 星汉 348
清明有怀 / 熊东遨 348
行香子·暮春过草庵寺怀弘一法师 / 熊东遨 348
虾 / 熊鉴 349
推土机 / 熊鉴 349
鹧鸪天·清明吟 / 熊梅珍 349
湾里云堂寺蜡梅初绽，次逋仙《梅花》韵 / 熊盛元 349
丁酉端阳感赋 / 熊盛元 350
水调歌头·丙申除夕醉中作 / 熊盛元 350
晨游神农架金猴岭 / 徐敏 350
题唢呐班子 / 许东良 351

Y

访樟树阁皂山(汉丹井)/ 严野夫 351
大雪前数日寄梅花赠月白 / 燕河 351
梅花寨古寺 / 杨启宇 351

庚子元宵 / 杨启宇 352

木兰花慢·赋落花 / 杨强 352

己亥三月廿六夜重抵沪上追感往迹偶作一首 / 杨强 352

鹧鸪天·访西湖父迹（二）/ 杨叔子 352

烟波一苇 / 杨卫真 353

二胎得女两周岁生日作绝句三章选其三 / 杨新跃 353

小窗 / 杨逸明 353

车行黄河大堤上 / 杨逸明 354

听春雨戏作 / 杨逸明 354

浣溪沙·花到荼蘼 / 杨勇民 354

种菜 / 杨裕 354

雨后游园 / 杨子怡 354

黄风铃半谢 / 杨子怡 355

暮春 / 姚海宁 355

冬至前两日过曲院风荷有怀 / 姚海宁 355

宿梅红山 / 姚泉名 355

翠芳亭避雨 / 姚泉名 355

水龙吟·秋日感怀 / 叶嘉莹 356

鹧鸪天·再寄梅子 / 叶嘉莹 356

蝶恋花 / 叶嘉莹 356

浣溪沙 / 叶金平 357

重访西湖忆二苏（选二）/ 叶元章 357

江村春景两首 / 叶元章 357

游海盐南北朝 / 叶元章 357

游七里山塘街 / 于虹霞 358

多景社友小酌，缺席拈得"几"字 / 于文清 358

夜舟武昌至汉口 / 于文政 358

无题 / 余月清 359

夜坐 / 岳连婷 359

Z

烈士墓 / 曾继全 359

寄王红利兄 / 曾俊甫 359

井梧 / 曾拓 360

过杜甫草堂 / 张春义 360

病怀 / 张春义 360

乡思 / 张帆 360

风入松·家中小酌 / 张凤军 361

再步赵玉兄韵车上致披林撷秀 / 张福有 361

鹧鸪天·寄武汉樱花诗社诸友 / 张桂兴 361

采桑子·结业典礼并共勉 / 张海鸥 362

落红 / 张海燕 362

游仙诗二首 / 张虹 362

感落英 / 张剑英 363

浣溪沙·月牙泉 / 张金英 363

初春望湖岭寄怀兼呈诸师友 / 张金英 363

早春江楼听雨有怀巴渝故里二首（其一）/ 张青云 363
宿光禄镇百果岭山庄 / 张庆辉 364
冬夜听石鹏飞教授论道 / 张庆辉 364
母亲 / 张孝华 364
幸福生活 / 张孝华 365
送山 / 张志坚 365
潮汕故家两首 / 张志坚 365
寄远 / 张智深 365
八声甘州·金陵 / 张智深 365
与彩阳同仁游普吉岛 / 章雪芳 366
杨梅山 / 章雪芳 366
芙蓉峰 / 章一菲 366
卜算子·苦雨 / 章一菲 366
也涵宴客 / 赵宝海 366
象山秋月 / 赵崇卓 367
杨启宇、廖国华兄光临寒舍 / 赵迪生 367
雪夜 / 赵桂云 367
丙申春中蒙边境北塔山牧场纪行 / 赵丽 367
过南京北极阁吊死难同胞纪念碑 / 赵章武 368
送别 / 甄秀荣 368
赏花 / 甄秀荣 368
渔家傲·辛卯山乡小记 / 郑虹霓 368
什刹海二首 / 郑力 369
父亲的自行车 / 郑力 369

白菜花 / 郑晓京 369
七十咏怀两首 / 郑欣淼 369
洞里萨河所见 / 钟家佐 370
扬州瘦西湖二首选一 / 钟振振 370
登悉尼大桥观海日东升 / 钟振振 370
北川废城春草 / 钟振振 371
观宋代文物展览 / 钟振振 371
马来西亚森林城市远望海峡对岸新加坡灯火 / 钟振振 371
母亲忌日 / 周达 371
念奴娇·尼亚加拉大瀑布 / 周逢俊 371
相思引·临屏戏赋春感 / 周冠钧 372
鹧鸪天·闲题 / 周冠钧 372
澡兰香·谷澳港樱花次梦窗韵 / 周锦飞 372
无题 / 周粟庵 373
为邵君题王伯敏山水小卷 / 周退密 373
看山 / 周退密 373
丙戌人日 / 周退密 373
江月·贺吴老祖刚百零一岁寿诞 / 周退密 373
浣溪沙·接约 / 周燕婷 374
清平乐·残荷 / 周燕婷 374
蝶恋花·咏柳用清真韵 / 周燕婷 374
生查子·为儿生日寄怀 / 周燕婷 374
渔歌子·过西陵峡龙进溪 / 周燕婷

卖花声·周庄梨花村 / 周子惠 375
菩萨蛮·中秋夜感怀 / 朱八八 375
生日自遣 / 朱鸿飞 375

小叶紫檀佛珠 / 朱军东 375
隔海即兴二首，寄世双 / 朱宁 376
北国春 / 梓煜 376
踏莎行·灯光 / 紫筠 376

2016—2020年小楼记事

《小楼听雨》诗词平台自2016年建立以来,承蒙全球各地师长诗友倾情相助。建楼以来,每天不间断选审并推送二篇以上的诗词内容,坚持至今。为了发掘当代好诗词,截至2020年底,成功举办了来自全球诗词爱好者参与的《人间要好诗》诗赛三届,协办了临海市有关部门举办的"山大王杯"临海蜜橘全国征诗大赛。"小楼听雨"诗词平台作为宣传单位全程参与诗词大赛的组织活动。本诗赛融合了果品和诗词的联系,赋予诗词新的生命力,对接市场,同时又促进了经济文化发展。

在2018年、2019年中华诗词研究院编著的《中华诗词发展报告》一书里,对"小楼听雨"诗词平台宣传推广当代诗词的努力亦作出了积极评价。同年本平台又与中华诗教促进中心主办的《中华诗教》季刊建立了长期合作关系,每期有一固定的"小楼荐诗"栏目,推荐小楼人选评的作品。

2016-7-22,《小楼听雨》诗词平台组建。两天后即在公众号上正式推出第一期《小楼听雨诗友集》。

公众号主页网址:https://mp.weixin.qq.com/mp/profile_ext?action=home&__biz=MzI1MzE2MzE1Ng==&scene=124&uin=&key=&devicetype=Windows+10+x64&version=6302019c&lang=zh_CN&a8scene=7&fontgear=2

2017-04-19，搜狐新闻网《小楼听雨诗轩》开通。并每天同步小楼公众号所刊内容。

搜狐新闻网主页：

http：//mp.sohu.com/profile?xpt=YXVjaGFuemhhbmdAc29odS5jb20=

2017-10-14，今日头条《小楼听雨诗刊》开通。并每天同步小楼公众号所刊内容。

今日头条主页网址：https：//www.toutiao.com/c/user/71178137453/#mid=1580302303058958

2018-04-24，凤凰新闻网《小楼听雨诗刊》开通。并每天同步小楼公众号所刊内容。

凤凰新闻网主页：

https：//share.iclient.ifeng.com/share_zmt_home?tag=home&cid=998909

2018-11-24，百度百家号《小楼听雨诗词》开通。并每天同步小楼公众号所刊内容。

百度百家号主页网址：https：//author.baidu.com/home?type=profile&action=profile&mthfr=box_share&context=%7B%22from%22%3A%22ugc_share%22%2C%22app_id%22%3A%221617842085217658%22%7D

2019-06-02，腾讯客户端《小楼听雨轩》开通，包括腾讯新闻，腾讯看点，腾讯视频，腾讯体充，腾讯微视，微信看一看，QQ空间。并每天同步小楼公众号所刊内容。

腾讯新闻客户端主页网址：

https：//media.om.qq.com/author?id=MFETa1_Ao6x74GMsm5aTo_-A0&pcsource=3

腾讯新闻小程序主页：

打开手机微信小程序《腾讯新闻》，搜索《小楼听雨轩》即可。

2019-06-18，华人号《小楼听雨诗刊》开通。并每天同步小楼公众号所刊内容。

华人号主页网址：http：//www.52hrtt.com/webapp/tophrtt_hrttInfoView.do?topHrttId=G1556596321215&areaId=47&languageId=1

2019-11-22，360图书馆《小楼听雨诗刊》开通。并每天同步小楼公众号所刊内容。

360图书馆主页网址：

http：//www.360doc.cn/userhome.aspx?userid=41872009&from=timeline#10006-weixin-1-52626-6b3bffd01fdde4900130bc5a2751b6d1

2020-02-22，都市头条《小楼听雨诗刊》开通。并每天同步小楼公众号所刊内容。

都市头条主页网址：https：//m.booea.com/geren/geren_list.jsp?authorID=15021309959&userid=15021309959

2018-11-21至2019-01-19首届《人间要好诗》诗赛

支持的嘉宾有：

初审：《小楼听雨》编委会

二审：葛勇、刘鲁宁、苏俊、沈利斌、姚泉名、曾峥

终审：蔡世平、李树喜、梦欣、杨逸明、钟振振

2019-06-02至2019-10-01第二届《人间要好诗》诗赛。

支持的嘉宾有：

初审：《小楼听雨》编委会

二审：楼立剑、葛勇、刘鲁宁、苏俊、王震宇、李伟亮、张青云

终审：钟振振、杨逸明、梦欣、金水

2020-05-05至2020-07-28第三届《人间要好诗》诗赛。

支持的嘉宾有：

初审嘉宾：《小楼听雨》编委会

二审嘉宾：葛勇、刘鲁宁、王海亮、沈利斌

终审嘉宾：钟振振、杨逸明、熊盛元

2019-10-30

"山大王杯"临海蜜橘全国征诗大赛起动。

支持的嘉宾有：

初审：《小楼听雨》编委会

二审：楼立剑、李含江、刘鲁宁、沈利斌、陈引奭

终审：钟振振、杨逸明、王翼奇、曾峥

2019-12-07至2019-12-08

"山大王杯"临海蜜橘全国征诗大赛颁奖典礼及采风。

参加活动的诗词界师友：李树喜、星汉、王翼奇、李明科、方伟、曾小云、刘爱红、朱汝略、李利忠、吕新景、吕黎明、何智勇、马力、李苇莎、刘郎、杨强、汪超英、张密珍、葛守伟、邬俊成、林作标、林大岳、池健、姚海宁、章雪芳等。

2020-12-04至2020-12-06临海蜜橘采风活动，参加的小楼师友：陈仁德、洪君默、孟祥荣、张庆辉、姚泉名、池健、姚海宁、章雪芳等。

后 记

当代古诗词创作，已蔚为大观，优秀作品可说是浩如烟海。本书是从2016—2020年小楼已刊发的当代人作品里选取，每首（篇）都标有当时刊发的具体时间，以便查询小楼人的历史脚印，同时也是当代网络诗词的一个缩影。内容共分四个版块：诗路花语（当代诗词创作理论及诗话）、人间要好诗（历届诗赛获奖作品点评）、优秀作品点评选编、优秀单首诗词作品选编，由于版面篇幅有限，难免遗珠之憾。敬请作者和读者谅解。

本书通过何永沂老师介绍特邀陈永正先生题写正封书名，杨逸明先生的书名题签用作护封，文内的"小楼听雨"四字来自梁东先生赐字，"诗路花语"来自林岫先生取的栏目名并赐字，"人间要好诗"来自文清先生赐字，"优秀作品点评选编"来自吴硕贤院士赐字，"优秀单首诗词作品选编"来自王玉明院士赐字，聂永身先生的画作用作封面配图。熊盛元先生写序，李树喜先生写"山大王杯"临海蜜橘诗赛的序，刘鲁宁兄写他所看到的小楼成长经历，同时邀请了葛勇、刘鲁宁、王海亮、苏俊、沈利斌、洪君默、尚佐文等人在众多作品里帮忙选审，钟振振先生和杨逸明先生最后总审把关，广西师范大学出版社总编辑汤文辉先生，编辑赵艳老师大力支持，才得以付梓。

在这里特别感谢周文彰先生、杨逸明先生、钟振振先生、雷海为先生、陈曦骏先生等人为本书写推荐语。更要感谢平时为小楼默默付出并相助的师友：李元洛、林岫、梁东、钟振振、杨逸明、熊盛元、李树喜、星汉、陈仁德、陈廷佑、曹长河、曹辛华、梦欣、尚佐文、洪君默、廖国华、安全东、莫真宝、刘川、苏俊、曾峥、姚泉名、葛勇、楼立剑、沈利斌、王海亮、江合友、张庆辉、武阳、黄旭、张春义、高海生、晋风、刘鲁宁、龚霖、张志坚、冯晓、蔡志诚、王志伟、孟祥荣、谭伟媛、邓莉璇……赞助平台费用的史耀华、雷海基、韩倚云、马力、李建新……由于要感谢的师友很多，就不一一赘述，请移步书里简介一览，在此一并谢过。

章雪芳

2021年5月1日

注：本书费用来源：所售书款＋热心诗友赞助＋小楼公益基金，不足部分，由章雪芳资助；售书如有多余金额，用于小楼下次的公益活动，比如续出第二本。